AF402943

Amy Myers ist eine britische Autorin mehrerer erfolgreicher Krimi-Reihen, darunter die *Wychbourne Court*-Reihe, die in den 1920er Jahren spielt, und die zeitgenössische *Marsh & Daughter ermitteln*-Reihe. Sie schreibt auch kurze Kriminalgeschichten für Zeitschriften und Anthologien. Gemeinsam mit ihrem Mann lebt sie in der wunderschönen Gegend von Kent in Südengland, wo viele ihrer Romane angesiedelt sind.

DIE MORDE VON WICKENHAM

Ein Fall für Marsh & Daughter

AMY MYERS

Erstausgabe September 2020

© 2020 dp DIGITAL PUBLISHERS GmbH

Made in Stuttgart with ♥
Alle Rechte vorbehalten

Die Morde von Wickenham

ISBN 978-3-96817-346-7
E-Book-ISBN 978-3-96817-157-9

Übersetzt von: Nadine Erler
Covergestaltung: Buchgewand
Umschlaggestaltung: ARTC.ore
Unter Verwendung von Abbildungen von
shutterstock.com: © Honza Krej, © St. Nick, © Stuart Monk,
© Scisetti Alfio, © Venus Kaewyoo
Korrektorat: Anke Wendt
Satz: dp DIGITAL PUBLISHERS
Druck und Bindung: Books on Demand GmbH, Norderstedt

Vorwort

Ich möchte mich bei Edwin Buckhalter von Severn House und seiner Verlagsleiterin Amanda Stewart dafür bedanken, dass sie diesen Roman von seinen ersten Anfängen an unterstützt haben, ebenso wie ihrem großartigen Team, das so tatkräftig für die Verwirklichung des Projekts gesorgt hat – vor allem meinem Lektor Hugo Cox für seine Adleraugen. Wie immer gilt mein Dank meiner Agentin Dorothy Lumley von der Dorian Literary Agency für den untrüglichen Instinkt, mit dem sie bei meiner Arbeit die Spreu vom Weizen trennt. Auf dem Weg von der ersten vagen Idee bis zur Vollendung eines Romans lauern viele Fallen und ich danke denen, die ihr Bestes getan haben, um mich am Hineintappen zu hindern: Vor allem Nick Claxton, dem Leiter der Rechtsmedizin am LGC, Teddington und seinen Kollegen; Suzanne Smith, Martin Kender und Allan Jamieson, Direktor des Forensic Institute, Edinburgh; dem Royal Observatory in Greenwich; Marian Anderson, Clifford Long und Valerie Barnard. Sollte ich doch in unsichtbare Fallen getreten sein, ist es nicht ihre Schuld. A. M.

1. *Kapitel*

Georgia Marsh schloss die Haustür und warf einen verstohlenen Blick in das Arbeitszimmer ihres Vaters. Gut – er war aufgestanden, und sie hörte das gewohnte Quietschen seines Rollstuhls. Er saß jedoch nicht am Computer – das war weniger gut. Sie trat leise ein, weil sie wissen wollte, was sie erwartete. Jetzt, da sie Nachbarn waren und nicht mehr im selben Haushalt wohnten, war es leichter einzuschätzen. Er saß noch am Frühstückstisch (mit ein paar Stapeln von Büchern und Papieren, die er offenbar ungeduldig beiseitegeschoben hatte) und beugte sich über einen aufgeschlagenen *Daily Telegraph.* Er musste gemerkt haben, dass sie hinter ihm stand. „Georgia!“, schrie er triumphierend. „*Marsh & Daughter* sind wieder im Geschäft!“ Sie schleuderte ihren Mantel von sich und eilte zu ihm, auf das Schlimmste gefasst. „Wir waren nie *aus* dem Geschäft, Peter!“ Bei der Arbeit war er immer „Peter“ für sie. Die Rolle des Vaters wurde an der Bürotür abgegeben, weil sie beide es so wollten. Es machte das Zusammensein außerhalb der Arbeitszeit erträglicher, wenn sie bei ihren Wortgefechten Distanz wahrten – jedenfalls theoretisch. Das System funktionierte, mehr oder weniger zumindest. Ihre Bemerkung traf zu. Es gab immer einen Artikel zu schreiben, etwas Interessantes zu erforschen, ein Buch, das zu Ende gelesen oder korrigiert werden musste, oder ein Anruf bei Detective Inspector Mike Gilroy (der Ärmste!). Ohne eine Miene zu verziehen, hatte sie einmal vorgeschlagen, dass Peters ehemalige Polizeidienststelle am Stour in Kent ihm einen Router für zu Hause zur Verfügung stellen sollte, damit seine Leitung sicher war. Der Detective Inspector hatte säuerlich, und ohne den Hauch eines Lächelns, abgelehnt. Aus Peters leicht altmodischer Sicht gab es kein Ablaufdatum für ausstehende, wohlverdiente Gefallen. Es war schließlich erst neun Jahre her, dass er in den Ruhestand gegangen war. Eine Schießerei, seit der er gelähmt war, hatte ihn dazu gezwungen. „Was für einen Braten riechst du jetzt wieder?" Sie schaute ihm neugierig über die Schulter, aber keine auffällige Schlagzeile sprang ihr ins Auge. *„Fee fi fo fum*!" Offensichtlich hatte etwas sein Interesse geweckt. Er tippte mit dem Finger auf einen vierzeiligen Absatz unter der Rubrik *„In Kürze*". „Erinnerst du dich noch an Wickenham? In den North Downs, irgendwo in Richtung Gravesend. Ich habe doch gesagt, dass es ein trostloses Dorf war, nicht wahr?"

„Das sagt mir nichts. Oder doch." Eine verschwommene Erinnerung tauchte auf. „Das ist aber ewig her!"

„Ewig? Bestimmt, denn diese zwei Beine waren damals noch in Betrieb", erwiderte Peter ohne Bitterkeit. „Aber du musst dich doch erinnern! Ich hatte einen Fall in Dartford und du bist gekommen, weil du mich aus irgendeinem Grund sehen wolltest. Wir haben in Wickenham Tee getrunken." Die Erinnerung wurde langsam wach. „Ein Dorf, das versucht, kein verschlafener Vorort von London zu sein", fiel ihr ein. „Oh, und ein lustiges altes Café, in dem es Tee mit Sahne und altbackenen Kuchen gab. Und was ist nun mit Wickenham?" Zu ihrem Ärger verdeckte Peter den wichtigen Abschnitt mit der Faust. „Skelett in Kalkhöhle entdeckt."

„Ist das alles?" Die Kalkhöhlen im Norden von Kent stellten bekanntermaßen eine große Gefahr für neugierige Jungen und arglose Spaziergänger dar, die durch die Wälder streiften. Sie waren tief und senkrecht, und oft führten alte Gänge zu den Tunneln, die sich unter ihnen erstreckten. Die Höhlen waren eine Versuchung für Abenteuerlustige, vor allem, weil ihr Alter unbekannt war. Waren es Minen aus grauer Vorzeit, Verstecke oder Anlagen für Kalkbrennereien aus dem neunzehnten Jahrhundert? Was auch immer – Peters Aufregung schien ihr unbegründet. „Komm schon, Georgia", sagte er ungeduldig. „Es sieht dir gar nicht ähnlich, so kurzsichtig zu sein. Woher sollen wir wissen, ob das alles ist? Es könnten die sterblichen Überreste eines angelsächsischen Königs sein oder die des verschollenen Earl of Lucan! Es könnte die größte Herausforderung sein, vor der wir je standen! Du weißt doch noch, was ich damals gesagt habe – dass in Wickenham offene Fragen in der Luft liegen!"

„Hast du das gesagt?" Sie runzelte die Stirn und ärgerte sich, dass sie sich immer noch nicht erinnerte. Schließlich war der gemeinsame „Riecher" die Grundlage für ihre Zusammenarbeit. Sie war vor allem für die Recherche zuständig und er für das Schreiben; Telefonate und alles, was mit dem Internet zu tun hatte, teilten sie unter sich auf. Peter hatte ein rollstuhlgerechtes Auto, aber seine Streifzüge in die Außenwelt waren – wenn es um die Arbeit ging – sorgfältig inszenierte

Auftritte, in denen er die Rolle des an den Rollstuhl gefesselten Autors meisterhaft spielte. „Du, Georgia, bist meine Augen und meine Beine", erklärte er erhaben – wenn er nicht doch beschloss, selber mitzumischen. Alles in allem waren *Marsh & Daughter* ein gutes Team. Das Wichtigste war, dass sie und ihr Vater den gleichen Instinkt für unerledigte Dinge hatten; manchmal schlummerten diese in der Geschichte, meistens jedoch in der Atmosphäre eines Ortes. Das fesselte sie beide. Sie war sich nie ganz sicher, ob dieses Gespür angeboren war, oder ob es sich im Laufe der Jahre erst entwickelt hatte. Vielleicht beides. In seiner früheren Laufbahn hatte Peter sich immer für eine bestimmte Sorte von Fällen interessiert, von denen Gilroy, damals noch Detective Sergeant, gesagt hatte, sie seien „ihm auf den Leib geschneidert". Und immer hatte die Lösung darin gelegen, der Vergangenheit nach zu lauschen. „Fingerabdrücke auf der Zeit", so nannten Peter und sie die Spuren der Vergangenheit. Nichts Handfestes, nichts Greifbares, nur die Spuren, die traumatische Ereignisse am Ort des Geschehens hinterließen; vor allem dann, wenn sie nicht abgeschlossen waren. Schließlich, so Peters Ausführung, galten Geister als eine Art Fingerabdruck auf der Zeit, denn sie suchten die Orte heim, an denen sie gelebt hatten. Es war ein Widerspruch und höchst unlogisch, dass Peter, der für die Vorstellung sichtbarer Geister nur Spott übrighatte, ebenso wie sie felsenfest an die Fingerabdruck-Theorie glaubte. Es war genau so, als ob man ein Haus oder eine Kneipe zum ersten Mal betrat und sofort eine frohe oder traurige Atmosphäre wahrnahm. Der Eindruck konnte aus der Gegenwart oder der Vergangenheit stammen, aber er war da. Georgia war anfangs skeptisch gewesen, aber dann hatte sie Montségur im Südwesten Frankreichs besucht, den Schauplatz des Massakers an den Katharern im dreizehnten Jahrhundert. Das hatte sie überzeugt. Selbst das Kommen und Gehen tausender Touristen und Pilger hatte die Atmosphäre der Tragödie nicht ausgelöscht. Wickenham war nicht unbedingt Montségur, aber Kent war eine interessante Gegend. Die allzu offensichtlichen Zeichen der Moderne – der Schnellzug über den Ärmelkanal, Autobahnen et cetera – hatten Wunden geschlagen und verbargen die schlummernde Vergangenheit, die sich dann und wann bemerkbar machte und sich der Welt in Erinnerung brachte. Die kürzliche Entdeckung des Ringlemere Cup, eines goldenen Bechers aus der Bronzezeit, war ein Beispiel dafür. Ihr eigenes Dorf, Haden Shaw, lag nicht weit von Canterbury entfernt und befand sich, ebenso wie Wickenham, in den North Downs in Kent. In diesem Dorf war die Vergangenheit allgegenwärtig. Umso ärgerlicher war es, dass sie sich nicht besser an Wickenham erinnern konnte. „Also, wessen Skelett ist es? Ist *das* das Geheimnis?"

„Nicht unbedingt. Wahrscheinlich sogar nicht", sagte er selbstzufrieden. „Erinnerst du dich an den Fall Ada Proctor? Der ist mir in den Sinn gekommen, als wir dort waren, und deine Mutter hat es nachgeschlagen, als wir wieder zu Hause waren." Immer hieß es „deine Mutter", nie Elena. Das war seine Art, sie seelisch auf Abstand zu halten. Dass ihre Mutter den Fall nachgeschlagen hatte, erklärte wahrscheinlich, warum Georgia die Erinnerung daran verdrängt hatte. Es waren die alptraumhaften Jahre gewesen, die jetzt in ein fernes

Land zu gehören schienen – verbotenes Gelände, welches sie und Peter nicht mehr betraten, auch wenn es noch tief in ihrem Inneren begraben lag. Es galt die stillschweigende Übereinkunft, dass dies der Ansporn für die Arbeit von *Marsh & Daughter* war. Elena Marsh hieß jetzt Elena Pardoe und lebte mit Ehemann Nr. 2 in Frankreich. „Ja", sagte Georgia laut. „Das dachte ich mir."

„Die Tochter eines Arztes." Sie kramte in ihrem Gedächtnis. „Sie wurde an einem Freitagmorgen in aller Frühe erwürgt auf einem Feld aufgefunden. Es war in den 1930er Jahren oder so."

„1929, um genau zu sein."

„Sie wurde sexuell missbraucht."

„Falsch. Oder jedenfalls nicht bewiesen. Einige Kleidungsstücke fehlten, andere waren zerrissen und verrutscht, und es gab reichlich Anzeichen für einen heftigen Kampf. Vielleicht war es ein sexueller Übergriff, aber die Rechtsmedizin konnte nur Erwürgen nachweisen."

„Aber darum", Georgias Interesse war geweckt, „argumentierte der Ankläger, das sei nicht wichtig. Sie war eine Frau reiferen Alters, kräftig und stark genug, um das eigentliche Vorhaben ihres Angreifers abzuwehren. Sie muss ihn abgeschüttelt haben und er packte sie von hinten, um sie am Schreien zu hindern." „Das dürfte auf einem einsamen Feld mitten in der Nacht wohl kaum eine Rolle gespielt haben. Ich weiß noch, dass das mein erster Gedanke war, als ich über den Fall gelesen habe. Ich habe es irgendwo hier." Peter nahm seine langstielige „Buchzange", die immer griffbereit lag, zog ein Buch aus dem Regal und fing es mit der freien Hand auf. Dank langjähriger Übung war er sehr geschickt darin. „John Mitchison, *Village Murders*, 1972. Es ist der einzige veröffentlichte Bericht, soviel ich weiß, und er ist mir in Erinnerung geblieben. Denk nach, Georgia. Welche Frage drängt sich auf?"

„Was wollte sie mitten in der Nacht auf dem Feld mit jemandem, dem sie nicht hundertprozentig vertraute? Hieß es nicht, ihr Angreifer sei ein dünner Bursche gewesen und nur von mittelgroßer Statur?"

„Ja. Der junge Davy Todd. Ah, Margaret", er wandte sich an seine Betreuerin, die auch seine Haushälterin war. „Da kommen Kaffee und Kuchen, um mich wiederherzustellen!"

„Nein, hier kommen Kaffee und ein Apfel, um Sie wiederherzustellen", teilte sie ihm kurzangebunden mit. Margaret war der vernünftigste Mensch, dem Georgia je begegnet war. Das musste sie auch sein, um mit Peters Launen fertig zu werden. Sie war die Sprechstundenhilfe des Dorfarztes gewesen, bis sie sich mit seinem Computer verkracht hatte. Zum Glück für die Marshs war das gleichzeitig mit Elenas Abschied passiert. Sechs Stunden am Tag hielt sie Peters Leben in Ordnung. Mehr oder weniger jedenfalls. „Man sollte meinen, dass ich als Krüppel etwas bekommen sollte, das ich mag!", beklagte sich Peter bitter. „Sagen Sie sich einfach, dass Sie Äpfel mögen." Margaret war offenbar nicht zu Verhandlungen bereit und hatte ihre Hartnäckigkeit zu einer schönen Kunst entwickelt. Nachdem das Ritual beendet war und Margaret siegreich den Rückzug angetreten hatte, wandte sich Peter wieder an Georgia. „Davy Todd war der junge Gärtner der Proctors. Es lagen nur Indizien gegen ihn vor, aber die waren schwerwiegend, und Dr. Proctor bezeugte widerwillig, dass Ada immer sehr vertraulich mit Davy umgegangen sei. Er wurde verhaftet, man machte ihm den Prozess und befand ihn für schuldig. Im April 1930 wurde er wegen Mordes gehängt. 1929 war er zwanzig Jahre alt. Und sie war siebenunddreißig." *Nur drei Jahre älter als ich*, dachte Georgia sofort. „Irgendwelche Zweifel am Urteil, Peter?"

„Dafür, liebe Georgia, habe ich meine Tochter. Mir kommt dieser Mord sehr seltsam vor, vor allem, da er an Allerheiligen passiert ist – kaum die Jahreszeit für Knutschereien unter freiem Himmel. Also ist es deine Aufgabe, herauszufinden, ob Ada Proctor und Davy Todd bis heute ihre Fingerabdrücke im Dorf hinterlassen haben."

„Wir wissen nicht, ob es überhaupt jemand tut", rief sie ihm ins Gedächtnis. „Es ist Jahre her, dass wir da waren! Was auch immer du damals gespürt hast – es ist vielleicht schon seit einer Ewigkeit verschwunden."

„Na und? Wenn Anne Boleyns Geist hinter dem Kamin hervor käme, würdest du auch nicht sagen: ‚Verschwinde, du kommst Jahrhunderte zu spät, du bist nicht mehr interessant!', oder?"

„Ich weiß nicht, was ich sagen würde", antwortete Georgia ehrlich. „Vielleicht würde ich um mein Leben rennen – oder vielleicht würde ich sie fragen, ob sie weiß, dass ihre Tochter, *Good Queen Bess,* ein Medienstar des einundzwanzigsten Jahrhunderts geworden ist. Gestern Abend kam wieder eine Dokumentation im Fernsehen. Hast du sie gesehen?"

„Bleib beim Thema – Wickenham." Peter tippte auf die Zeitung. „Hier sind *Marsh & Daughter* gefragt!"

„Spar dir die Floskeln", sagte sie höflich. „Du bist heute Morgen ungewohnt schlechter Laune, Georgia. Wo ist deine Spürnase für Geheimnisse, Entdeckungen, Abenteuer?"

„Die schläft noch auf meinem Kissen", erwiderte sie. „Ich hatte eine etwas unruhige Nacht. Jemand hat um drei Uhr morgens in voller Lautstärke den *Emperor* gehört. Für dich ist es kein Problem, da das Haus an einer Straßenecke steht, es stört niemanden außer mir." Es war die übliche Neckerei. Sie wussten beide, warum er es tat.

***

Ada Proctor hatte sich in den zwei Wochen seit ihrem ersten Gespräch über den Fall hartnäckig geweigert, aus ihren Gedanken zu verschwinden. Aber sie waren kaum weitergekommen. Bevor Ada in ihr Leben getreten war, hatten sie an einem interessanten Fall in East Anglia gearbeitet – auch ein Skelett, also warum ging ihr ausgerechnet der Mord an Ada nicht aus dem Kopf? Wahrscheinlich lag es daran, dass sie kaum Fortschritte machten, redete Georgia sich ein. Aber Peter hatte ihr nur einen Blick zugeworfen, als sie das gesagt hatte, und sie wusste, warum. Sie erinnerten sich, dass sie an dem Tag, als sie sich in Wickenham getroffen hatten, nicht allein gewesen waren. Nicht nur Elenas Anwesenheit hatte sie Wickenham in den Schleier des Vergessens hüllen lassen. Zac war auch dabei gewesen. Kein Wunder, dass sie ihr Bestes getan hatte, um diesen Tag zu verdrängen – ebenso wie ihre kurze (aber aufregende, das musste sie ihm zugestehen) Ehe. Nur konnte sie es leider nicht völlig aus ihrem Gedächtnis streichen, weil Zac seit seiner Entlassung aus dem Gefängnis immer mal wieder auftauchte wie ein funkelnder neuer Penny – meistens ohne einen einzigen davon in der Tasche. Einen unfähigeren Kriminellen als Zac Taylor konnte sie sich nicht vorstellen, aber leider hatte er sie trotzdem drei Jahre lang zum Narren gehalten. Es war dumm von Ada Proctor gewesen, Davy Todd zu ermutigen, aber Georgia saß selbst im Glashaus und konnte nicht mit Steinen werfen. *Marsh & Daughter* konnten zurzeit mit gar nichts werfen, weil ihnen Informationen fehlten. In der Lokalpresse fand sie ab dem Tag seiner Hinrichtung nichts mehr über Davy Todd. In den 1930er Jahren hatte es noch keinen öffentlichen Druck gegeben, zweifelhafte Urteile nachhaltiger zu untersuchen. Allerdings sprach nichts von dem, was Georgia bisher gelesen hatte, dafür, dass es sich um ein solches handelte. Es hatte nicht einmal eine Revision gegeben. Die größte Enttäuschung war die Durchforstung der Webseite des National Archive / Public Record Office gewesen. Es gab kaum Informationen über den Prozess. „Keine Revision und natürlich auch kein Protokoll“, hatte Peter düster berichtet. Die stenografierten Mitschriften waren 1912 abgeschafft worden, und der Fall war eindeutig nicht von großem öffentlichen Interesse gewesen; das Treasury Solicitor's Department und der Director of Public Prosecutions hatten nicht alle Unterlagen aufbewahrt. „Der arme alte Davy war kein bedeutender, polarisierender Aufklärer wie ein Roger Casement, der wegen Hochverrats angeklagt war“, fuhr Peter fort. „Es gibt eine Liste bei den eidesstattlichen Aussagen und eine in den

Anklageschriften, aber ich glaube nicht, dass wir daraus etwas erfahren würden, das wir nicht schon wissen. Nur Vorladungen von Geschworenen, Anklagen, Haftentlassungen und so weiter sowie die Ergebnisse des ursprünglichen Prozesses und der Berufungen. Wenn wir Glück haben, sind die Untersuchungsergebnisse des Rechtsmediziners da."

„Sind Listen von Beweisstücken dabei?"

„Ja, du kannst nach Kew fahren und nachsehen. Ich konnte im Bericht in der *Times* nichts Dramatisches finden, dem man nachgehen müsste." Das war der einzige Lichtblick, denn in Ada Proctors Zeit waren die Presseberichte über Gerichtsverhandlungen viel ausführlicher gewesen als heute, und vor ein paar Jahren hatte Peter ein Vermögen ausgegeben – für den Mikrofiche-Katalog der *Times* der ersten neunzig Jahre des zwanzigsten Jahrhunderts und die auf CD aufgezeichneten aktuelleren Belege. Davy Todd war am ersten November 1929 verhaftet worden, die Obduktion hatte am Montag, dem vierten, stattgefunden und das Begräbnis am nächsten Tag. Drei Tage später hatte man ihn vor dem *Old Bailey* angeklagt und ihm Anfang Februar den Prozess gemacht. Nach heutigen Maßstäben war alles sehr schnell gegangen, aber für damalige Verhältnisse war es völlig normal gewesen. Der Prozess hatte nur zwei Tage gedauert, aber in der *Times* standen ein paar Absätze mit wörtlich zitierten Aussagen. „Hier", Peter fuchtelte mit einer Seite aus einer Zeitung, „ist die Stimme von Davy Todd. Der Reporter der *Times* wollte oder konnte den Dialekt von Kent nicht für seine Leser wiedergeben."

„Lies es mir vor", bat Georgia. Dialekte aus Vergangenheit und Gegenwart gehörten zu Peters Spezialitäten, und er machte sie liebend gern nach. Das war seine Gelegenheit und er ergriff sie beim Schopf. „Es ist aus seinem Kreuzverhör", fing Peter an. „Frage*: ,In dieser Nacht wollten Sie sich mit Miss Proctor treffen, nicht wahr?* – ,Nein, erst in der nächsten Nacht*, sagt Davy. ,Wir wollten eigentlich schon, es war ja Allerheiligen, sehen Sie, aber sie wollte nach London, und wusste noch nicht, wann sie wiederkommen würde. Also verabredeten wir uns für den nächsten Abend, und ich bin stattdessen zu meiner Mary gegangen. Ich war froh darüber. Dann habe ich an dem Abend gesehen, wie Miss Proctor in die Felder ging; ich war überrascht, das habe ich auch zu Mary gesagt, jawohl. Jawohl.'" Georgia überlief es kalt. Peter war gut – zu gut. Es konnte ein Problem darstellen, nach Jahrzehnten die so perfekt nachgeahmten Worte von Davy Todd zu hören. Ohne weitere Hintergrundinformation war die Gefahr der Voreingenommenheit einfach zu groß. Peter war sich dessen ebenso bewusst wie sie, denn er sagte: „Für den Moment ist es genug, nur noch einen Auszug. Hier steht er wirklich unter Druck, würde ich sagen. Frage*: ,Sie mochten Miss Proctor, nicht wahr?* Antwort: ,Jawohl.'* Dann hakte der Staatsanwalt nach: ,Sie mochten sie sehr, nicht wahr? Sie wollten sie berühren, sie küssen.'* Antwort: ,Nein, das habe ich mich nicht getraut. Sie war die Tochter vom Doktor.'* Frage: ,Nicht getraut? Also wollten Sie sie anfassen.'* Antwort: ,Das wollte ich nie. Niemals nicht.'"

„Was ist mit Ada?", brachte Georgia hervor. „Sie kann sich nicht mehr äußern."

„Du wirst schon etwas finden“, sagte Peter leichthin, „wenn du nach Wickenham fährst.“ *Wenn*, nicht falls – das fiel ihr auf. Wickenham war die nächste Hürde, der sie sich also stellen musste; am besten ohne Zacs Schatten, der neben ihr herlief. Sie musste objektiv sein. Im Augenblick war Peter viel überzeugter als sie, dass entweder der Fall Proctor, oder eben das gefundene Skelett, eine gründliche Untersuchung von *Marsh & Daughter* verdiente. Bisher hatte sie nicht viel über Adas Leben herausgefunden – nur eine Todesanzeige von Dr. Edward Proctor aus Wickenham aus dem Jahr 1935. Und Peter war nach etwas Stöbern im Internet darauf gestoßen, dass Winifred Proctor, wahrscheinlich seine Frau, etwa zehn Jahre früher gestorben war. Man konnte also davon ausgehen, dass Ada in der elterlichen Praxis sowie bei der Arzneiausgabe geholfen und zudem ihrem Vater den Haushalt geführt hatte – Letzteres war eine unvermeidliche Rolle und als solche alltäglich für so viele Frauen, die nach dem furchtbaren Blutbad des Ersten Weltkriegs keinen Ehemann gefunden hatten. Ihr Gesicht – eine Kopie aus einem Zeitungsbericht, die an Peters Computer lehnte – starrte ihnen entgegen, so trotzig und geheimnisvoll, wie es unter einem Glockenhut eben ging. „Stell sie dir ohne den Hut vor – was siehst du dann?“, fragte Peter. „Eine Frau, die einen Abschluss in Oxford gemacht hätte, wenn sie dreißig Jahre später geboren wäre“, erwiderte Georgia prompt. Das Gesicht war ihrem eigenen nicht unähnlich – lang und recht schmal. Aber Ada hatte glattes, kurzes Haar gehabt und sie selbst trug einen Pferdeschwanz, deshalb hinkte der Vergleich ein wenig. „Ja. Meinst du, dass sie leidenschaftlich war?“

„Schwer zu sagen." Georgia runzelte die Stirn. Auf der grauen, verschwommenen Kopie, die noch dazu von einem schlechten Original stammte, kam die Persönlichkeit nicht zur Geltung. „Ich würde sagen, ja, aber damit meine ich nicht zwingend in sexueller Hinsicht. Sie wirkt wie eine Frau mit festen Überzeugungen."

„Das könnte wichtig sein, Georgia. Nichts von dem, was wir bisher gelesen haben, erklärt, was sie so spät am Abend in Crown Lea vorhatte – außer, sich mit Davy Todd zu treffen. Ihr Vater sagte aus, er habe sie um halb zehn im Haus gesehen, als er sich zur Nachtruhe begab – ist das nicht ein wunderbarer Ausdruck, Georgia? Ich glaube, ich werde das ab jetzt auch sagen – und sie wurde zwischen neun und elf Uhr getötet, das ist ein ziemlich langer Zeitraum. Nehmen wir an, dass es mehr oder weniger korrekt ist, vor allem, da ihre Leiche früh am nächsten Morgen gefunden wurde, nicht allzu lange nach der Tat. Wurde sie direkt am Fundort erwürgt? Das wissen wir nicht. Es steht in keinem Bericht. Oder wurde sie dorthin geschleift? Und das Wichtigste: Wenn sie sich in jener Nacht nicht mit Davy Todd treffen wollte, mit wem dann? Sie sieht aus wie eine vernünftige Frau, das heißt, wer auch immer es war – entweder wollte sie Sex mit ihm oder sie vermutete in keinster Weise, dass er etwas in der Richtung vorhatte. Und sogar Davy gibt zu, dass sie verabredet waren."

„Das bringt uns wieder an den Anfang. Wenn sie in den jungen Gärtner vernarrt gewesen wäre, hätte sie einen gastlicheren Treffpunkt wählen können als ein Feld mitten in der Nacht." Wieder Schachmatt. Eine Liebesnacht auf einem matschigen Feld Ende Oktober?

Selbst wenn Ada wirklich etwas von Davy gewollt hätte, so hätte sie sicher einen gemütlicheren Ort gefunden. „Die Verteidigung sagte, er sei bis etwa halb zwölf bei seiner Freundin Mary Elgin gewesen", sagte Peter, „und sie bestätigte die Aussage unter Eid, auch wenn ihr natürlich niemand glaubte. Sie sagte, ihr Vater sei nach Hause gekommen und habe sie und Davy zusammen ertappt, aber der stritt dies entschieden ab. Deshalb war klar – jedenfalls für die Geschworenen –, dass sie log, um Davy zu schützen. Aber hier ist ein interessanter Punkt. Zwei Zeugen sagten aus, sie hätten Davy in einem ausgesprochen derangierten Zustand nach Hause gehen sehen – mit blutverschmiertem Gesicht – und das war gegen viertel vor zwölf, nach dem Ende des Balls. Das sprach für seine Version, aber da Marys Vater es leugnete, ging man davon aus, dass Davy spät nach Hause kam, weil er Ada ermordet hatte. Wenn wir davon ausgehen, dass Ada gegen elf Uhr schon tot war, was hat Davy dann in diesen fünfundvierzig Minuten gemacht?"

„Vielleicht war er in Panik?", schlug Georgia vor. „Warum ist er dann nicht weggelaufen? Oder gleich nach Hause gegangen?"

„Vielleicht hat er gehofft, dass ihn niemand sehen würde?"

„Schwaches Argument. Und außerdem hat eine Zeugin, das Dienstmädchen der Proctors, ausgesagt, Ada sei an dem Abend aufgeregt gewesen, da sie später jemanden treffen wollte. Es war ein großes Geheimnis, und ihr Vater sollte es auf keinen Fall erfahren. Hätte Ada es überhaupt jemandem erzählt, wenn sie mit Davy verabredet gewesen wäre? Ich bezweifle es.

Sicher nicht ihrem Dienstmädchen. Andererseits hat ein anderer Zeuge ausgesagt, Ada sei eine unbescholtene Frau gewesen, die nie spät mit jemandem ausgegangen wäre, den sie nicht kannte und dem sie nicht vertraute – und Davy Todd vertraute sie, wie ihr Vater bestätigt hat." In diesem Moment wurden sie vom Klingeln des Telefons unterbrochen. Peter meldete sich ungeduldig und dann änderte sich seine Stimme plötzlich. Er schlug seinen Schnurr-Ton an. „Wie schön, von dir zu hören, Mike." Er lauschte aufmerksam, dann schnurrte er ein liebenswürdiges Dankeschön. „Hat Mike geknurrt, gestöhnt oder gegrinst?", fragte Georgia. Detective Inspector Mike Gilroys Grinsen war über das Telefon wahrnehmbar, aber es kam selten vor, auch wenn sie den Verdacht hatte, dass es sich in seinem Inneren öfter ausbreitete, als er sich nach außen hin anmerken ließ. Sie fragte sich, ob seine Frau Helen einen anderen Mike sah. Sie hatte die beiden nur wenige Male zusammen erlebt, und nichts hatte dafürgesprochen. Aber manchmal malte sie sich aus, dass Mike sich einen Papierhut aufsetzte und bei albernen Weihnachtsspielen mitmachte. „Ich verstehe nicht, warum du die fixe Idee hast, ich sei Mike lästig. Er war nur zu gern bereit, die Dienststelle in Darenth für mich zu kontaktieren."

„Okay, also, was gibt es Neues über das Skelett in der Kalkhöhle?"

„Es wurde gefunden, als ein paar Kinder hinuntergeklettert sind. Was natürlich strengstens verboten ist. Die Kalkhöhle war eingestürzt; ein Teil war zwar unversehrt geblieben, aber im Boden war ein glockenförmiges Loch aufgebrochen. Das Skelett lag unter einem

Haufen Geröll, der sich im Lauf der Jahre angesammelt hatte. Der Rechtsmediziner hat eine forensische Untersuchung in Auftrag gegeben, und bisher weiß man, dass es ein erwachsener Mann zwischen dreißig und vierzig war. Es hat dort schon einige Zeit gelegen und hatte Knochenbrüche, die von einem Sturz herrührten. Weißt du, Georgia, mein Riecher sagt mir, dass diese menschlichen Knochen der rote Faden sind, dem wir folgen sollten."

„Gibt es irgendwelche Hinweise auf die Identität?" Sie war noch nicht bereit, seine Begeisterung zu teilen. „Ein paar Fetzen Kleidung und einige andere Sachen, die noch untersucht werden müssen, und die vielleicht damit zu tun haben, vielleicht aber auch nicht. Noch nichts Aufregendes, aber du kannst wetten, dass das noch kommt. Machen wir uns an die Arbeit, auch wenn das Skelett noch keinen Namen hat." Nur eine Leiche, dachte Georgia. Und auch, wenn man sie endlich gefunden hat, wird sie wohl nicht einmal identifiziert, auch wenn Peter noch so zuversichtlich ist. Selbst, wenn das Labor brauchbare DNA in den Knochen fand, würde es in der nationalen DNA-Datenbank wohl keinen Treffer geben. Verrückterweise überzeugte genau dieses sie davon, dass Wickenham ein Projekt für die Marshs war, obwohl der Fall Ada Proctor sie viel mehr interessierte als dieses namenlose Skelett. Sie wusste, dass das auch Peter antrieb – und damit waren die Würfel gefallen. „Siehst du Stoff für ein neues Buch darin", fragte sie unumwunden, „oder zumindest für einen Artikel?" Peter hatte soeben ihr neues gemeinsames Manuskript über einen Mordfall aus den 1940er Jahren eingereicht, und er hasste es, kein Projekt zu haben. „Natürlich. Aber

Wickenham selbst ruft nach uns, mein Schatz", sagte er tugendhaft. „Etwas dort muss zur Ruhe gebracht werden."

2. *Kapitel*

In Wickenham deutete kaum etwas darauf hin, dass hier irgendwas zur Ruhe gebracht werden musste. Es wirkte wie eine wachsende Gemeinde, nahe an London gelegen; man musste zwar pendeln, aber man bekam nicht das Gefühl, dass das Dorf zwischen den Hauptverkehrszeiten ausgestorben war. Georgia beschloss, durch die Straßen zu schlendern, bevor sie im *Green Man* eincheckte, in dem sie für die Nacht ein Zimmer gebucht hatte. Sogar für eine Frau war ein Pub eine gute Unterkunft, aber sie musste sich erst an die Atmosphäre des Dorfes gewöhnen. Erste Eindrücke waren nicht unbedingt richtig, aber gerade deswegen wertvoll und nicht zu missachten. Dörfer zu erkunden, war ein eigenes Fachgebiet der Archäologie. Zunächst die physische Archäologie: Das alte Dorf erstreckte sich an einer Hauptstraße entlang, mit ein paar prächtigen Häusern aus dem Mittelalter und der Tudorzeit und einem kleinen grünen Hügel in der Mitte. Mit dem goldenen Herbstlaub in der milden Septembersonne bot es einen friedlichen Anblick, und nichts deutete auf geheimen Aufruhr hin, weder aus der Vergangenheit, noch aus der Gegenwart. Majestätische Bauten im georgianischen und viktorianischen Stil flankierten die älteren Häuser, und am Rand des Dorfes standen die stolzen Neubauten aus dem zwanzigsten Jahrhundert. Sie hatte den Eindruck, dass sehr viel gebaut worden war, seit sie und Peter hier gewesen waren. Auch wenn etliche Grünflächen hatten weichen müssen, so waren die Siedlungen doch sehr viel ansehnlicher als die typischen Bauten der Sechziger und Siebziger. Die psychische Archäologie interessierte sie wesentlich mehr. Heutzutage hatten die meisten Dörfer Jahresringe wie ein Baum – die Alteingesessenen, die seit Generationen dort lebten, Zugereiste, die schon so lange dort wohnten, dass sie mittlerweile dazu gehörten, und Zugereiste, die meistens erst vor kurzem hergezogen waren, die pendelten und/oder kein Interesse am Dorf selbst hatten. Alte Loyalität sträubte sich gegen frisches Blut, alte Sitten prallten auf neue Ideen und das spielte eine Rolle, wenn sie und Peter richtiglagen und Wickenham seine Wunden leckte. Der Pub *The Green Man* befand sich im Zentrum des Dorfes. Es gab noch mindestens einen anderen Pub in Wickenham, *The Red Dragon*, vom einstigen Herrenhaus, Wickenham Manor, ganz zu schweigen, das jetzt ein schickes Landhotel war. Gegenüber vom Pub lag der Park, umgeben von ein paar schönen Backsteinhäusern aus der Tudorzeit und ein oder zwei Läden, darunter Todds Fleischerei. Auf dem flacheren Teil des Parks war, laut Reiseführer, früher Cricket gespielt worden. Für ein modernes Feld war er nicht groß genug, und die Spiele fanden heute auf einem anderen Feld neben dem Fußballplatz statt. Beide gehörten zu dem Landsitz Wickenham Manor. Sie wusste davon, weil ein Plakat am Schwarzen Brett im Pub eine Bürgerinitiative gegen den Verkauf der Plätze angekündigt hatte. Sie dachte an die hitzige Stimmung, die solche Angelegenheiten in ihrem eigenen Dorf,

Haden Shaw, hervorrief, und rechnete damit, dass diese Sache heiß umkämpft sein würde. Wickenham machte einen friedlichen Eindruck, aber vielleicht trog der Schein. Der Park war eindeutig nur zum Anschauen da, nicht, um dort Hunde auszuführen. Natürlich hätte man auf diesem makellos gepflegten Rasen nie Hundehaufen geduldet. Das Dorf legte offenbar großen Wert auf seine Erscheinung. Wenn es eine Unterschicht gab, entschied Georgia, dann musste diese auf ihrem Platz bleiben – oder vielleicht zeigte sie sich nur des nachts. Wenn sie im Pub bliebe, würde sie es schon herausfinden. Sie würde versuchen, nach und nach alle äußeren Schichten abzustreifen, bis sie zur Seele des Dorfes vorgedrungen war. *„In Wickenham lässt es sich leben, sind wir nicht großartig?"* war die Botschaft, die es verkündete, ob bewusst oder nicht. Spontan entschied sie sich, vom Pub bis an das Ende des Parks zu gehen, denn sie erinnerte sich, dass dort damals die Teestube gewesen war. Servierte die reichlich mürrische Besitzerin immer noch altbackenen Nusskuchen von gestern in ihrem wunderschönen Garten? Seltsam, dass sie sich plötzlich an diesen Garten erinnerte. Vielleicht lag es daran, dass ihr wieder in den Sinn kam, was sie damals gedacht hatte: Der Garten wurde mit so viel Liebe gehegt, dass für die Arbeit in der Teestube keine mehr übrig blieb. Zuerst lief sie an dem Cottage vorbei, weil sie es nicht gleich erkannte. Erst als sie die Bäckerei dahinter sah, fiel ihr wieder ein, wo genau die Teestube gewesen war, und sie kehrte um. Jetzt gab es hier keinen Tee mehr. Vielleicht hatte man wegen neuer Statuten schließen müssen, aber wahrscheinlich war die Besitzerin einfach zu alt geworden. Es war nun ein hübsches Privathaus mit modernen neuen Fensterläden und Bleiglasfenstern. Klematis rankte sich unaufhaltsam aufwärts. Eine grell gestrichene Schubkarre zierte eine Wand, und die Rosen und all die anderen Blumen, die einst kunterbunt in dem Garten gewachsen waren, hatten schnurgeraden Beeten weichen müssen. Rosen gab es immer noch, aber es waren moderne Züchtungen – jede Biene mit etwas Selbstachtung würde sie ignorieren. Das war nicht mehr der Garten, an den sie sich erinnerte. *Oh, mürrische alte Dame, was glaubst du? Warum hast du deinen Kuchen vernachlässigt und nur deine Rose geliebt?* Vorsicht, Georgia, warnte sie sich selbst. Sie war hier, um zu arbeiten, nicht um Gedichte über eine geschlossene Teestube zu schreiben. Es war Zeit, dass sie mit der Routinearbeit der Ermittlungen anfing. Sie hatte schon einen Plan dafür. Sie würde den Vormittag in ihrem Pub verbringen und nach unten gehen, um sich ein erstes Gefecht mit dem Besitzer, Geschäftsführer oder Wirt zu liefern. Dann würde sie zum Mittagessen in der Bar bleiben, um in die Stimmung des Dorfes einzutauchen.

The Green Man war ein altes Gebäude, hatte aber offenbar im Laufe der Jahre viele Veränderungen erlebt. Auf der Zielgeraden zum praktischen Komfort gab es keinen Rückweg zum früheren Charme uriger Balken und altmodischer Nischen. Trotzdem herrschte eine angenehme Atmosphäre, und sie war zuversichtlich, dass es immer noch der Treffpunkt für alle Schichten der Gemeinde war. „Was führt Sie hierher? Urlaub?" Der Mann hinter dem Tresen zapfte ihr Biermischgetränk mit einem Selbstbewusstsein, als sei es der erlesenste Bordeaux aus seinem Weinkeller. Er war der Besitzer, nicht der Geschäftsführer, das schloss sie aus der Unbefangenheit, mit der er sie begrüßt hatte. „Arbeit, fürchte ich." Er konnte höchstens vierzig sein, schätzte Georgia. Viel zu jung, um etwas über Ada Proctor zu wissen. „Und was gibt es an einem Mittwoch in Wickenham zu tun?"

„Ich recherchiere für einen Schriftsteller." Sie wusste aus Erfahrung, dass das Wort „Journalist" keine zuverlässige Hilfe war. Manchen funkelten sofort Dollarzeichen in den Augen, andere schreckten zurück. ‚Recherchen für einen Schriftsteller' schuf eine gute Distanz. Nur wenige wussten, was das bedeutete, und sie selbst konnte es auch nicht genau beschreiben. Sie dachte zuerst, er würde nicht darauf eingehen, aber dann tat er es doch. „Recherchieren, so?"

„Wickenhams Geschichte."

„Oh. Ich wette, Sie wussten nicht, dass der großartige Alfred ‚Mighty' *Mynn* hier zum ersten Mal Cricket mit nur einem Tor gespielt hat?" Das hatte sie nicht gewusst, und es stimmte auch nicht, es sei denn, das Dorf Harrietsham beanspruchte diese Ehre zu Unrecht. „Wie interessant", sagte sie anerkennend. „Spielen Sie ebenfalls?"

„Ich? Nein. Man muss fünfzig Jahre hier gewohnt haben, um ins Team zu kommen. Ich habe erst zehn zusammen."

„Ich untersuche einen Mord, der hier 1929 passiert ist." Das war sicher ungefährlich. Damit trat man keinem auf die Zehen. „Zu früh für mich. Seitdem sind noch ein paar mehr geschehen, glaube ich." „Das Skelett in der Kalkhöhle, meinen Sie? Glaubt man im Dorf an einen Mord? Es wirkt eher wie ein Unfall." „Ich weiß nichts darüber." Georgia fürchtete, dass sie zu weit gegangen war, und er sich verschließen würde wie eine Auster, aber er tat es nicht. Er erzählte von einer Kneipenschlägerei, die sich vor fünf Jahren ereignet hatte – natürlich nicht im *Green Man*, wie er hastig versicherte, und von einem Tischler, der verrückt geworden war, und der vor acht oder neun Jahren seine Familie massakriert hatte. Nichts davon konnte Peters Spürnase geweckt haben, denn beides war nach ihrem ersten Besuch damals geschehen. Ihr eigener Riecher, erkannte sie, hatte auch noch keine Witterung aufgenommen. War Ada Proctor eine heiße Fährte oder nicht? Sie hatte noch keine Ahnung. Schließlich hatte sie in der Lokalpresse Randnotizen über zwei andere Morde gefunden. Ein Mädchen in den Zwanzigern war Ende der 1950er Jahre tot am Rand des Dorfes aufgefunden worden, und in den 1970er Jahren war ein Bauer aus dem Ort von einem Nachbarn wegen eines Eifersuchtsdramas erschossen worden. Georgia kam zu dem Schluss, dass sie Ada Proctor als Wickenhams „unerledigte Angelegenheit" weiterverfolgen musste, bevor sie etwas Neues anfing, darunter auch das Skelett. Sie fühlte sich dem Gesicht auf dem Foto verpflichtet und konnte es nicht einfach so im Stich lassen. Die Bar füllte sich langsam mit Stammgästen, die immer um die Mittagszeit kamen, also nahm sie ihre Ofenkartoffeln und noch ein Biermischgetränk mit in eine Ecke und versuchte, möglichst auszusehen wie ein Teil des Gebälks. Die Körpersprache der Gäste verriet eine Menge über die Bewohner eines Dorfes. Die Müßiggänger am Rand stützten einen Ellbogen auf, andere machten sich breit und legten beide Ellbogen auf die Theke, der Freundeskreis thronte in der Mitte, der Stammgast saß auf seinem Platz, und die Durchreisenden und Rentner zogen sich bescheiden an die Tische zurück. Von der ersten Sorte waren heute nur wenige da, denn das waren meistens Pendler oder Wochenendgäste, aber die anderen waren in großer Anzahl vertreten. Im Telefonbuch gab es keine Elgins, aber jede Menge Todds, die in der Gegend wohnten, darunter auch den Fleischer. Aber es war ein Allerweltsname, und obwohl sie es geduldig bei allen probiert hatte, hatten alle abgestritten, irgendetwas mit Davy Todd zu tun zu haben. Aber sie dachte daran, dass der Mord über siebzig Jahre zurücklag. Das Gedächtnis konnte sowohl kurz als auch lang sein, wenn es um Mord ging, und sie hatte die Hoffnung noch nicht aufgegeben. Sie hatte den Zeitpunkt für ihren Besuch in Wickenham mit Bedacht gewählt, denn laut Lokalzeitung gab es diese Woche in der Dorfhalle eine Ausstellung alter Postkarten, organisiert von einem Mr. Jim Hardbent. Das war ihr Plan für den Nachmittag, und sie erhoffte sich viel davon. Die Dorfhalle thronte hinter dem Park auf einem großen, eigenen Platz, an einer neuen Straße gelegen und zudem mit einem Parkhaus ausgestattet. Ein modernes Gebäude, das aussah, als verdanke es seine Existenz einem reichlichen Geldsegen. Die Ausstellung befand sich in einem Nebenzimmer, die Halle wirkte leer, und Georgia war erleichtert, dass ein Mann allein an einem Tisch saß. Sie beschloss, mit der Ausstellung anzufangen. Sie wunderte sich, dass es von einem einzigen Dorf so viele verschiedene Postkarten geben konnte. Sie dankte dem Schicksal, dass die meisten aus der

Blütezeit der Dorfpostkarten stammten – dem frühen zwanzigsten Jahrhundert. Sie nahm sich Zeit und versuchte, nicht nur Informationen zu sammeln, sondern auch in die Atmosphäre einzutauchen und sich vorzustellen, wie das Dorf wohl zu Ada Proctors Zeit ausgesehen hatte. Danach wandte sie sich an den ‚Museumsdirektor‘. „Sind Sie Mr. Hardbent?“, fragte sie. Wenn ja, konnte sie ihr Glück kaum fassen. Kein junger Sammler, sondern ein braungebrannter, bärtiger Mann mittleren Alters oder schon etwas älter. Er hatte wahrscheinlich sein ganzes Leben hier verbracht und kannte den Hintergrund jeder einzelnen Postkarte. „Das bin ich.“

„Gibt es eine Karte mit dem alten Haus des Arztes, vor dem Zweiten Weltkrieg?“, fragte sie. „Ich interessiere mich für den Mord an Ada Proctor.“

„Tatsächlich?“ Er schaute sie aufmerksam an. Er sah vielleicht aus wie ein einfacher Dorfbewohner, aber sein Blick war wachsam. „Was ist daran interessant?“

„Davy Todd“, erwiderte sie prompt. Er nickte. „Und warum?“ Wenigstens hatte er von ihm gehört. Eins zu null für Davy. „Ich untersuche alte Mordfälle.“

„Komischer Job für eine Frau. Was hat das für einen Sinn? Gruselig nenne ich das.“

„Wenn Sie zur Familie des Opfers gehören würden, hätten Sie sicher nicht gern das Gefühl, dass Ihr Angehöriger einfach in der Anonymität verschwunden und in Vergessenheit geraten ist. Und wenn die Verwandten des Mörders der Meinung sind, es sei ein Unrecht geschehen, so haben sie vielleicht auch nichts gegen neue Ermittlungen.“ Sie hatte das Gefühl, dass sie sich

ungeschickt ausdrückte und eine abweisende Antwort
verdiente. „Lassen Sie sie in Frieden ruhen, sage ich."

„Wenn Sie meinen. Ich weiß nicht, ob im Fall Ada Proctor ein Fehlurteil gefällt wurde, aber ich möchte mehr
herausfinden. Wenn es nichts gibt, gehe ich wieder.
Wenn doch, grabe ich so viel wie möglich aus, bis ich
weiß, was wirklich passiert ist." Er dachte nach, und zu
ihrer Erleichterung nickte er widerwillig. „Ich zeige sie
Ihnen. Sie haben sie übersehen." Er ging mit ihr zu einem der Stände und wies auf eine Postkarte einer recht
unscheinbaren Villa im spätviktorianischen Stil. „Um
1910 aufgenommen. The Firs hieß es."

„Und wem gehört es jetzt?" Sie erinnerte sich nicht, es
gesehen zu haben. „Es wurde schon vor Jahren für ein
neues Bauprojekt abgerissen. Im Krieg wurde es von einer Fliegerbombe getroffen." Ohne, dass sie darum gebeten hatte – auch wenn sie wusste, dass sie eingeschätzt wurde –, zeigte er ihr den Rest der Ausstellung
und erklärte alles so eingehend, dass das Dorf in ihrer
Phantasie zum Leben erwachte. „Das ist Wickenham
Manor." Er wies auf ein großes klassisches Haus aus
dem achtzehnten Jahrhundert, umgeben von Gärten.
„Es hat sich kaum verändert, auch wenn es jetzt ein Hotel ist. Das Anwesen war vor dem Krieg noch größer, sie
mussten einiges davon verkaufen. Squire Bloomfield
hat nichts mehr zu sagen, auch wenn die Familie noch
im Dorf wohnt und ihr das Hotel gehört."

„Weiß die Familie vielleicht etwas über den Mordfall
Proctor?"

„Kann sein. Sagen Sie ihnen, dass ich Sie geschickt
habe." Eine Pause. „Sie sind nicht von hier, oder?"

„Nein. Ich komme von der anderen Seite des Medway und bin somit einer Ihrer Feinde“, sagte sie ernst. Die uralte Unterscheidung zwischen ‚aus Kent‘ und ‚kentisch‘ spielte immer noch eine Rolle, deshalb war sie immer vorsichtig. „Haben Sie keine eigenen Morde bei sich zu Hause, die Sie untersuchen können?“ Er antwortete im gleichen Ton, nicht unbedingt abweisend, fand sie, aber sie fühlte sich immer noch wie unter einem Mikroskop. „Dieser interessiert mich. Er wirkt so“, sie suchte nach dem richtigen Wort, „unwahrscheinlich.“

„Warum?“ Wieder musste sie sich rechtfertigen, aber daran war Georgia gewöhnt und antwortete unumwunden. „In den Zeitungsberichten kommt Ada einem nicht vor wie der Typ Frau, der sich in einen Gärtner verliebt, noch dazu in einen, der nur etwas mehr als halb so alt war wie sie. Was wollten die beiden zusammen, da draußen – wenn sie zusammen waren?“

„Das weiß man nicht, oder? Wie die Leute sind, meine ich.“ Es trat wieder eine Pause ein, dann fügte er hinzu: „Dafür brauchen Sie Bert Todd. Sie finden ihn im Altenheim – wenn er nicht im *Green Man* ist.“

„Ich habe ihn angerufen, aber er sagte, er sei nicht mit Davy verwandt.“ Sie erinnerte sich lebhaft an das Telefonat – das kürzeste ihres Lebens. Er hatte nur gesagt „Nein, bin ich nicht“ und aufgelegt. „Natürlich hat er das gesagt. Niemand will einen Onkel, der wegen Mordes gehängt wurde. Sie können versuchen, ihn umzustimmen. Sagen Sie ihm, dass Jim Hardbent Sie geschickt hat.“

„Danke.“ Georgia war wirklich dankbar. Endlich ein Türöffner, und sie würde ihn nicht unbedacht verschwenden. „Wie würden Sie es finden, wenn mein Vater und ich – wir arbeiten zusammen – der Meinung sein sollten, dass der Mordfall Proctor Material für ein Buch bietet?" Am besten formulierte sie die Frage explizit. Jim Hardbent würde sicher nicht gern hören, dass in Wickenham generell etwas „faul" war. Eine lange Pause trat ein, die sie nicht verstand. Dann antwortete er: „Ich würde es wohl lesen. Wenn es richtiggemacht wurde." Was sollte sie davon halten? Er wartete auf ihre Reaktion, also war sie noch nicht aus dem Schneider. Sie entschied sich für die Flucht nach vorn. „Ihre Postkarten. Die sagen die Wahrheit, nicht wahr? Auch wenn die Wahrheit hundert Jahre alt ist. Wir betrachten sie aus der Distanz und fällen keine Urteile, ziehen aber Schlüsse. Genau das tun mein Vater und ich in unseren Büchern. Okay?" Wieder eine Pause. Dann sinnierte er: „Mein Dad hat oft von dem Fall erzählt. Er ist mit Davy Todd zur Schule gegangen."

„Tatsächlich?" Ihre Neugier war geweckt. „Was für ein Junge war Davy? Kannte Ihr Vater auch Ada?"

„Davy war merkwürdig, sagte Dad, aber er sagte nie, warum. Und Ada, nun ja, sie war die Tochter des Arztes. Sie passten nicht zusammen. Es gab viel Gerede, sagte Dad immer. Angeblich war Davy nicht der Einzige, mit dem sie sich traf."

„Er hat nicht abgestritten, dass sie verabredet waren, aber laut seiner Aussage erst für den nächsten Abend. Und selbst wenn, warum sollte sie so verrückt gewesen sein, mit ihm in die Felder zu gehen?"

„Er war der Gärtner. Sie konnte sich nicht unter den Augen ihres Vaters mit ihm abgeben, oder? Sie musste ihre Verehrer woanders treffen. Dad sagte, es sei nicht das erste Mal gewesen, dass sie mit Davy in die Felder ging – oder mit einem anderen." Jetzt ging es los. Sie kam dem Kern der Sache näher. „Auf den Bildern, die ich gesehen habe, sah sie nicht aus wie eine Frau, die an jedem Finger zehn Liebhaber hat."

„Die sehen nie so aus, nicht wahr?" sagte Jim geheimnisvoll.

Der Gedanke, dass es offenbar mehr über Ada herauszufinden gab, versetzte Georgia in Hochstimmung. Sie beschloss, den Friedhof zu erkunden. Adas Vater hatte sie sicher hier beerdigen lassen, die Frage war nur, ob das Grab hier bei St. Nicholas war oder auf dem neuen Friedhof, an dem sie auf dem Weg nach Wickenham vorbeigekommen war. Die Kirche befand sich am Rand des Anwesens von Wickenham Manor, zwischen dem *Green Man* und der Auffahrt zum Hotel. Der Friedhof war recht groß. Ein Blick auf die ersten Grabsteine sagte ihr, dass sie am richtigen Ort war. Auf mehreren stand der Name Hardbent und bestärkte sie in der Annahme, dass Jim in Wickenham geboren war. Es dauerte eine Weile, bis sie die Gräber der Proctors gefunden hatte. Adas Eltern und mehrere andere Vorfahren waren hier beerdigt. Adas Grab befand sich neben dem ihrer Eltern und hatte einen schlichten Stein mit der Inschrift: *Ada Proctor, 1892–1929. Geliebte Tochter von Edward und Winifred. Ruhe in Frieden.* Das Grab war nachlässig gepflegt und zugewachsen, aber nicht völlig verwahrlost, und sie fragte sich, wer sich nach dem Tod von Adas Vater darum gekümmert hatte. Die Todds? Sie ging mit neuem Schwung wieder in den Pub. Sie würde die Bloomfields erst einmal in Ruhe lassen, aber am gleichen Abend stellte sie sich Bert Todd vor. In der Bar des *Green Man* war er leicht zu finden. Ein großer Mann, er saß auf einem Eckstuhl, der wohl sein Stammplatz war. Sie erinnerte sich, dass sie ihn auch mittags dort gesehen hatte. „Ah. Jim hat schon gesagt, dass Sie kommen und mich ausfragen würden. Ich mag keine neugierigen Frauen", war seine ermutigende Einleitung. „Ich auch nicht", erwiderte sie. „Ich bin interessiert, nicht neugierig. Das ist etwas Anderes. Darf ich Sie auf ein Pint einladen?"

„Meinetwegen, aber die Antwort bleibt gleich. Ich rede nicht."

„In Ordnung." Georgia holte das Pint und stellte es ihm hin. „Ich verstehe Sie", sagte sie und setzte sich neben ihn. „Sie halten Ihren Onkel für schuldig, deshalb wollen Sie nicht darüber reden." Er verschluckte sich vor Verblüffung. „Ich will einfach nicht reden! Kapiert?"

„Nehmen wir an, er war unschuldig. Ich sage nicht, dass er wirklich unschuldig war, weil ich es nicht weiß. Aber ich will mehr über den Fall wissen."

„Hören Sie, Miss, ich gehe nicht in den Pub, um mich mit einer verdammten Frau zu streiten – dafür habe ich eine zu Hause!" Sie lachte und seine Miene hellte sich auf. „Nichts für ungut."

„Kein Problem."

„Hören Sie, ich erzähle es Ihnen", bot er großzügig an. „Ich weiß nicht, ob Onkel Davy schuldig oder unschuldig war, aber man könnte es dem armen Teufel nicht vorwerfen, wenn er es getan hätte. Er war zwanzig, ein gutaussehender Bursche, den Bildern nach zu urteilen, und die Dame des Hauses hat sich an ihn herangemacht. Ada Proctor war mannstoll. Jeder war ihr recht. Verheiratet, jung, alt – einfach jeder. Meine Großmutter sagte, sie war nicht ganz richtig im Kopf. Hat ihren Verlobten im Großen Krieg verloren und war danach hinter allem her, was Hosen anhatte.“

„Gibt es noch Leute im Dorf, die alt genug sind, um sich an Davy oder die Proctors zu erinnern? Ich möchte mit möglichst vielen reden.“

„Der alte Doktor ist kurz nach Miss Ada gestorben, und sie war sein einziges Kind. Aus dieser Familie lebt niemand mehr. Und Davy – ich denke, mein Cousin Ned und ich sind die Einzigen, die etwas über ihn wissen. Von unseren Vätern also. Ned war erst zwei, als Davy aufgeknüpft wurde, aber Neds Familie hat damals nicht hier gewohnt. Ich wurde in dem Jahr geboren – 1930.“

„Und es gibt keine Elgins mehr?“ Er nippte an seinem Pint. „Nicht, dass ich wüsste. Es gibt Leute, die sich vielleicht erinnern, aber nichts wissen, wenn Sie verstehen, was ich meine.“

Als sie abends in ihr Zimmer kam, wäre sie fast sofort ins Bett gesunken, aber sie raffte sich auf, zu notieren, was sie an diesem Tag erreicht hatte. Sie hatte gut angefangen, sagte sie sich, und überflog ihre gekritzelten Ergebnisse, auch wenn sie den leisen Verdacht hatte, dass ihr etwas entgangen war. Morgen würde sie ihre Notizen für Peter auf dem Laptop abtippen, nahm sie sich vor, und dann würden Fragen aufkommen. Alles führte zu Ada Proctor. War sie der Typ Frau A oder Frau B, die brave zurückhaltende Tochter oder die sexbesessene Rebellin? Oder beides? Jetzt kam ihr ein Gedanke. Man konnte Berts Geschichte zur Kenntnis nehmen, aber vielleicht verzerrten Hörensagen und Tratsch die Wahrheit. Außerdem war er ein Todd, und seine Familie hatte vielleicht ein wenig schmeichelhaftes Bild von Ada überliefert. Georgia war sich unbehaglich bewusst, dass sie sich normalerweise nicht so früh auf eine Person oder einen Aspekt eines Falles konzentrierte wie hier in Wickenham. Ada war anders, sagte sie sich, oder wollte sie, Georgia, es so sehen? Ada war in den Dreißigern gewesen, alleinstehend, und hatte bei ihrem Vater gelebt und für ihn gearbeitet. Ada hatte ihren Verlobten im Krieg verloren. Georgia fragte sich, ob sie Gemeinsamkeiten sah? War Ada einen Schlingerkurs gefahren? Hatte sie es weder geschafft, die Vergangenheit hinter sich zu lassen, noch nach vorn zu schauen, weil die Schatten ständig da gewesen waren? Georgia schauderte. Sie hatte ihre eigenen Schatten und Zac war nur einer davon. Seinen Schatten musste man sich stellen. Hatte Ada das getan, oder hatte sie sich hinter ihrer Rolle als Arzttochter und -helferin verschanzt? Oder hatte sie aufbegehrt, indem sie sich Liebhaber suchte? *Bleib auf dem Teppich, Georgia*, wies sie sich selbst zurecht. *Du phantasierst, mein Mädchen.* Ada war wahrscheinlich genauso gewesen, wie sie in den Gerichtsakten wirkte: eine pflichtbewusste Tochter, die andere Wege als die Ehe gesucht hatte, um ihrem Leben einen Sinn zu geben. Für sie selbst waren die Schatten zum Glück nur flüchtig; Gäste, die nicht lange blieben.

Am nächsten Morgen stärkte sich Georgia für die schwere Arbeit der Forscherin mit einem ausgiebigen englischen Frühstück und überdachte mit klarem Kopf, welche Möglichkeiten sie hatte. Sie nahm sich vor, sich die Postkartenausstellung noch einmal anzusehen, und für gutes Wetter bei Jim zu sorgen. Sie wusste, dass seine Unterstützung nicht selbstverständlich war, und daher rührte auch ihr leiser Zweifel. Sie spürte, dass er immer noch nicht sicher war, was er von ihr halten sollte. Warum war er so schnell bereit gewesen, sie zu unterstützen? Was auch immer der Grund war, er half ihr nicht aus Nächstenliebe, sie musste sich seine Mitwirkung verdienen. Aber vorher wollte sie die Stelle finden, an der Ada gestorben war. Das Feld namens Crown Lea lag am Ende eines Seitenwegs; ein zugewachsener Pfad, der von der Hauptstraße abzweigte. Sie erinnerte sich, dass sie ihn in der Nähe der ehemaligen Teestube gesehen hatte. Sie nahm die Landkarte mit und fand den Weg, den Ada genommen haben musste – *im Dunkeln*! Es war eine Sache, am helllichten Tag hier entlang zu gehen, aber mitten in der Nacht war noch einmal etwas ganz anderes. Selbst mit einer Taschenlampe, wäre es nicht angenehm gewesen. Bei Tageslicht sah das Feld, das kurz nach der Ernte von Stoppeln übersät war, ganz harmlos aus. Nichts verriet die Stelle, an der Ada gestorben war, nur der Wind war da, der die Gegenwart wegfegte und die Vergangenheit auferstehen ließ. Schließlich gab Georgia den Versuch auf. Wenn Ada Fingerabdrücke hinterlassen hatte, dann nicht hier. Sie musste mehr erfahren, viel mehr, bevor dieses Feld ihr etwas sagen würde. Frustriert ging sie wieder in die Dorfhalle und zu Jim Hardbent, den sie zumindest ein bisschen kannte. Er sprach gerade mit einer Gruppe von Besuchern der Ausstellung, aber zuletzt machte sie ihn auf sich aufmerksam. Sie freute sich, als er sie noch einmal durch die Ausstellung führte und eine vage Andeutung über Dokumente machte, die er vielleicht, vielleicht auch nicht, hatte. Trotzdem war hier etwas, das sie nicht begriff. „In einer Kalkhöhle wurde ein Skelett gefunden", sagte er. „Haben Sie davon gehört?" Es hätte beiläufig klingen können, aber es war eindeutig ein Ansporn. „Ja." Schuldbewusst erinnerte sich Georgia an Peters Überzeugung, dass das Skelett am wichtigsten war. Und sie ließ sich von Ada Scheuklappen anlegen! „Wissen Sie irgendetwas über Vermisstenfälle in Wickenham?" Das klang sogar für sie nach einer sehr allgemeinen Frage und Jim starrte sie an, als habe sie den Verstand verloren. „Das kommt darauf an – welches Jahr und wann? Hier wurde Hopfen angebaut, Georgia. Kennen Sie Hopfen?"

„Ja, wie dumm von mir", sagte sie fröhlich und gestand sich insgeheim ein, dass sie eine Idiotin war. Jedes Jahr im September mussten Hunderte von Erntehelfern in Dörfer wie Wickenham eingefallen sein. Die Saisonarbeiter, die von Dorf zu Dorf zogen, kamen gemeinsam mit den Erntehelfern aus London, die es als ihren Jahresurlaub betrachteten, und den Pflückern aus den Nachbarorten. Außerdem würden meilenweit alle Vagabunden die Chance gesehen haben, etwas Geld zu verdienen. Wenn einer von denen in eine Kalkhöhle stürzte, wer erfuhr schon davon – oder wen kümmerte es? „Vielleicht", schlug sie vor, „war dieses Skelett auch ein Mordopfer?" Jim schmunzelte. „Sie wittern ja überall Mord und Totschlag! Wir sind ein ganz normales Dorf. Viele Gerüchte und Tratsch, wenig Tatsachen. Kommen Sie, sehen Sie sich das hier an." Er führte sie zu den Postkarten mit Motiven der Kirche. „Das ist das alte Pfarrhaus." Er wies auf eine Karte, die sie gestern nicht beachtet hatte; sie zeigte ein mit Efeu überwuchertes, viktorianisches Haus mit Giebel, das ganz alltäglich aussah. „Es heißt", verkündete Jim zufrieden, „in diesem Haus seien schreckliche Dinge geschehen."

„Wirklich?" Georgia grinste, als Jim über ihren Eifer lachte. „Der alte Pfarrer ist an einer Vergiftung gestorben. Einige meinen, es sei ein Unfall gewesen, aber die meisten glaubten an Mord."

„Etwa zur gleichen Zeit wie Ada Proctor?" Es war ein Schuss ins Blaue und ging daneben. „Nein. Das war im Zweiten Weltkrieg." Ihre Hoffnung bekam einen Dämpfer. Trotzdem war es interessant. Sie rief sich ins Gedächtnis, dass sie später spaßeshalber falschen Fährten nachgehen konnte, dass aber Ada Proctor Vorrang hatte. „Ich bin Ihnen dankbar für Ihre Hilfe, Jim. Wirklich. Vor allem, weil es keine Proctors und Elgins mehr im Dorf gibt."

„Das hat Ihnen der alte Toddie erzählt, was?" Jim lachte schallend. „Er hat nicht ganz unrecht – die Proctors sind tot, und Vi und Emmi Elgin haben beide geheiratet und hießen danach ebenfalls nicht mehr Elgin. Sie sind auch tot, aber es leben immer noch Verwandte hier."

„Warum hat Bert mir das nicht *erzählt*?", regte sich Georgia auf. Dabei hätte sie sich mittlerweile mit Dorfsitten auskennen sollen. Immerhin hatte sie Jim ein wenig aus der Reserve gelockt. „Das war Absicht. Sie wissen nicht viel über Wickenham! Die Elgins und die Todds haben nie miteinander gesprochen – und tun es noch immer nicht. Die alte Fehde dauert an. Es hatte schon im neunzehnten Jahrhundert angefangen, und mit dem Mord ging alles von vorn los, habe ich gehört.

Die Todds haben nur deshalb nicht das Dorf verlassen, weil sie den Elgins den Triumph nicht gönnten. In letzter Zeit herrschte Ruhe, aber es kann jeden Tag wieder aufflammen. Mein Dad hat immer gesagt, die Fehde sei vielleicht der Grund dafür gewesen, dass Mary Elgins Vater Marys Alibi für Davy nicht bestätigen wollte. Dad sagte, es sei ganz normal, dass Mary gelogen habe, als es um Davy ging, aber warum hätte sie das mit ihrem Vater erzählen sollen, wenn es nicht stimmte?" Er sah sie aufmerksam an, als sei er – trotz der zur Schau gestellten Gleichgültigkeit – persönlich betroffen. Oder lag ihm eher Wickenham am Herzen und nicht Ada? „Sie haben Recht, Jim." Es war ein dünner Strohhalm, an den man sich klammern konnte. „Wo finde ich die Familie Elgin?"

„Nun, Mary Beaumont lebt in einem Altenheim in den Downs."

„Und sie war wer?"

„Mary Elgin natürlich." Jim freute sich sichtlich, sie zu verblüffen. „Davy Todds Freundin."

„Die lebt noch?", sagte sie matt. „Jawohl. Sie war ja erst siebzehn, als der Mord geschah. Später wohnte sie in einem Cottage in der Nähe des Parks und servierte Tee mit Sahne, als der alte Beaumont das Zeitliche gesegnet hatte." *Oh, mürrische alte Dame, die nur ihre Rose liebt.* Georgia schauderte vor Aufregung. Jetzt wusste sie, warum ihr Vater in Wickenham unerledigte Angelegenheiten gewittert hatte. Oder war es ein Schauder der Angst? Peter warnte sie immer davor, dass die Fingerabdrücke auf der Zeit lebendig waren, und dass Finger ebenso gut würgen konnten, wie sie zu streicheln vermochten. *Pass auf dich auf, Georgia, pass auf dich auf.*

3. *Kapitel*

Als Georgia die Straße entlangfuhr, sah sie Lukes Auto vor dem Haus ihres Vaters und parkte dahinter. Haden Shaw, das hoch in den Downs lag, hatte keine Hauptstraße, von daher fand man leicht einen Parkplatz. Wie lange würde das so bleiben? Sie machte sich keine Gedanken darüber. Es war ein verschlafenes Nest – oder wirkte auf Fremde so – und die Fassade der Backsteinhäuser im georgianischen Stil, die die Straße säumten, gab ihr ein Gefühl von Wärme und Geborgenheit, für das sie jedes Mal dankbar war, wenn sie in diesen Hafen einlief. Meistens jedenfalls. Heute dagegen wusste sie nicht, ob sie sich freuen oder ärgern sollte, dass Peter einen Frühstart hinlegte und seinen Verleger kommen ließ, wenn sie noch nicht einmal Bericht erstattet hatte. Luke Frost war – ungewöhnlich für heutige Verhältnisse – Besitzer des Verlags in South Mailing, einem Dorf nahe Maidstone. Luke spielte aber auch noch eine andere Rolle in ihrem Leben. Er wollte sie heiraten, und häufig hielt sie das für eine gute Idee. Aber irgendetwas hemmte sie; ein Etwas, das gleichbedeutend war mit Zac; ein Etwas, das seinen Namen trug. Sie liebte ihn nicht mehr, aber das vertrieb seinen Schatten noch lange nicht. Vor allem nicht, wenn er manchmal Wirklichkeit wurde – und dann war alles wieder da: sein Lachen, seine unschuldige Miene, sein Charme, seine echte Warmherzigkeit, seine Gabe, Menschen zu manipulieren, und – *oh, Himmel! Vergiss ihn, Georgia!* Sie liebte Luke, sie liebte ihre Arbeit. Sie stieg erhobenen Hauptes aus dem Wagen. In aller Eile lud sie ihre Reisetasche in Haus Nr. 4, ihrem eigenen Zuhause, ab und hastete zu Nr. 2, um größeren Schaden zu verhindern. Man durfte sich nicht zu früh auf ein Projekt festlegen, das sich vielleicht gar nicht lohnte. Als sie eintrat, kam ihr Luke entgegen, und seine Miene sagte ihr, dass er nicht wegen der Bücher hier war. Wieder musste passiert sein, was sie ständig fürchtete. „Wo ist er?", fragte sie scharf. „Margaret hat ihn ins Bett gebracht, aber es geht ihm nicht gut." Genau in diesem Augenblick hörte sie Peter schreien – es kam aus seinem Schlafzimmer im Erdgeschoss. „Georgia!" Sie eilte zu ihm. Die Lautstärke, in der er protestierte, machte ihr etwas Mut. Ihr Vater saß aufrecht im Bett und starrte sie wütend an, aber er sah alt und gebrechlich aus, nicht wie der Löwe, mit dem sie arbeitete. „Was ist los, Dad?", fragte sie vorsichtig und setzte sich neben ihn. „Das Übliche?"

„Ja."

Also hatte nicht die Schießerei diesen Anfall ausgelöst, sondern Rick – ihr Bruder, drei Jahre jünger als sie und der zweite Schatten in ihrem Leben. Rick war vor zehn Jahren in Frankreich auf einem Wanderurlaub verschwunden, und seitdem wurde Peter immer wieder von schrecklichen Alpträumen heimgesucht. Es hatte schon angefangen, bevor er ein Jahr später bei einer missglückten Drogen-Razzia mit Zollbeamten angeschossen worden und seither gelähmt war. Es begann in der Nacht, aber die Auswirkungen machten sich meistens den ganzen Tag über bemerkbar. Peter zitterte, war bleich und schwitzte, ein Mann in den Klauen von Nervenfieber. Man hatte nie eine Spur von Rick gefunden. Er war einfach verschwunden – allein weggegangen und nicht zurückgekommen. „Ich schicke euch eine Postkarte", hatte er gesagt, aber die Karte kam nie und er auch nicht. „Die verdammte Kalkhöhle ist schuld", murmelte Peter. „Wenn nun Rick –"

„Nein, Dad", sagte Georgia energisch. „Wir waren doch da!" Sie waren dort gewesen und ihre Mutter auch. Die Alpträume und die Schießerei ein Jahr später hatten dazu geführt, dass ihre Mutter gegangen war – *ihre Art, damit fertig zu werden*, gab Georgia zu, wenn sie großzügig war. Sie und ihr Vater hatten sich gemeinsam auf den Weg gemacht und versuchten, als *Marsh & Daughter* die unerledigten Angelegenheiten anderer abzuschließen, weil sie es für sich selbst nicht konnten. Vorwärts, nicht zurück – aber der Abgrund blieb und lauerte auf einen schwachen Moment. Für Georgia kam es immer unerwartet. Das bloße Wort „vermisst" konnte es auslösen. Alles. Sie fing sich schnell wieder – bis zum nächsten Mal. Für ihren Vater war es schlimmer, weil die Panikattacken nachts kamen. Sie waren seltener geworden, aber wenn sie kamen, dann waren sie furchterregend, sowohl für ihn als auch für sie. „Ich habe ihn in dieser Höhle gesehen – er versuchte, nach oben zu klettern. Eine Hand, ein Gesicht –" „Nein, Dad", unterbrach sie ihn energisch. „Aber wir werden herausfinden, welche Antwort die Kalkhöhle liefert." Peter brachte ein Achselzucken zustande, als habe er nie Zweifel gehabt. Luke in der Tür zu sehen, half ihm. „Du bist wegen des Vertrags hier, nicht wahr?", rief er. „Nein. Deinetwegen", erwiderte

Luke gelassen. „Wir Verleger sind ein herzloses Gesindel. Das weißt du doch. Wir sind Sklaventreiber und scheffeln Geld, während ihr Arbeitsbienen uns Pyramiden baut." Georgia war dankbar, dass Luke da war. Seine Anwesenheit war ihr ein Trost. Er war hier gewesen und sie nicht, auch wenn es nicht ihre Schuld gewesen war. „Diese verflixte Frau erlaubt mir nicht einmal einen kräftigen Schluck", beklagte sich Peter. „Und so etwas nennt sich Pflegekraft! Kontrollfreak wäre passender."

„Natürlich darfst du etwas trinken, Dad", antwortete Georgia. Sie sah, dass die Normalität zurückkehrte, wenn auch in kleinen Schritten. „Kakao?" Ein Schnauben stimmte sie zuversichtlich. „Whisky!"

„Ein Glas Wein", kam sie ihm entgegen. „Abgemacht. Verdammt, Tochter."

„Ich hole es", erbot sich Luke. „Für dich auch eins, Georgia?"

„Für mich bitte einen Tee."

„Erzähl mir, was passiert ist", sagte Peter sofort, als Luke taktvoll in der Küche verschwunden war. Luke war immer taktvoll. Und noch dazu anspruchslos. Georgia war sich unbehaglich darüber im Klaren, dass sie ihn zu fünfzig Prozent der Zeit als Selbstverständlichkeit betrachtete; zu weiteren fünfundvierzig Prozent genoss sie jeden Augenblick, den sie mit ihm verbrachte; zu vier Prozent war sie hin und her gerissen zwischen der Verwirrung darüber, dass jemand so gut zu ihr sein konnte, und dem heißen Wunsch, ihn sofort vor den Traualtar zu schleifen ... Und das letzte Prozent hieß Zac. „Ich fahre morgen zurück, Dad. Ich wollte nur Bericht erstatten."

„Gut. Ich bin froh, dass du noch weißt, wer der Chef ist." Sie ging nicht darauf ein. „Mary Elgin lebt noch."

„Ha!" Er lehnte sich zufrieden in seine Kissen zurück. „Das könnte die unerledigte Angelegenheit sein!"

„Das steht noch nicht fest, aber ich habe das Gefühl, dass du Recht hast. Es sind auf jeden Fall Fragen offen; zum Beispiel, warum ihr Vater ihre Aussage, Davy sei zum Zeitpunkt des Verbrechens bei ihr gewesen, nicht bestätigen wollte. War er der ehrbare Bürger, der die Wahrheit sagt, oder hat er seine Tochter absichtlich verraten, weil zwischen den beiden Familien eine Fehde herrschte?"

„Wie jetzt, eine Fehde? Gute Arbeit!" Peter war selig. „Interessanterweise sind sich die Leute nicht einig, wie Ada als Person war, aber in einem Punkt stimmen anscheinend alle überein – eine sexbesessene alte Jungfer, die Davy Todd in die Felder gelockt hat. Als er die Beherrschung verlor, geriet sie in Panik, und er erwürgte sie, um sie zum Schweigen zu bringen."

„Beweise?"

„Keine, bis auf das, was wir aus den Zeitungsberichten wissen. Morgen besuche ich Mary Elgin – unangemeldet. Hoffentlich hat niemand sie vorgewarnt und ihr erzählt, dass ich schon Fragen gestellt habe. Dann hat sie keine Zeit, sich eine gute Geschichte zurechtzulegen, falls sie das nötig haben sollte. Sie ist über neunzig, also muss ich vorsichtig mit ihr umgehen."

„Darin bist du doch gut. Was ist dein bisheriger Eindruck?" In diesem Augenblick kam Luke mit Tee und Wein zurück. „Etwas Interessantes im Fall Ada Proctor?", fragte er beiläufig. „Könnte sein." Also hatte Peter keine Zeit damit verschwendet, Luke vorzubereiten.

Großartig. Georgia war nicht begeistert. Luke, der Verleger, war ein Bluthund, und hatte nur wenig Ähnlichkeit mit Luke, dem Liebenden. Jetzt stand sie unter dem Druck, Ergebnisse zu liefern, und musste sich in Acht nehmen, keine Gespenster zu sehen. „Weil es unwahrscheinlich ist, dass die Tochter des Arztes abends um zehn hinausschleicht, um sich auf dem Feld mit dem Gärtner zu treffen?“, forschte Luke. „Nein. Wegen der Teestube. Dad“, Georgia wandte sich an Peter, „weißt du noch, dass wir erst im Salon waren, in dem so viele Tische standen, und danach in den Garten mit den vielen Blumen und der komischen Bank gegangen sind? Und der Kuchen war altbacken.“ Er runzelte die Stirn und konzentrierte sich. „An den Kuchen erinnere ich mich nicht, aber an die alte Frau. Sie war ja ganz vernarrt in dich.“

„Was?“ Das verblüffte sie, denn sie erinnerte sich nur an die mürrische Art der alten Dame. „Vielleicht nicht direkt vernarrt, aber sie hat dich die ganze Zeit angestarrt, und ich habe mich gefragt, warum. Merkwürdig, was für Sachen einem wieder einfallen.“

„Nun, die alte Frau war Mary Elgin oder vielmehr Mary Beaumont. Das muss deinen Riecher in Wickenham geweckt haben.“ Peter seufzte zufrieden. Sein Gesicht bekam schon wieder etwas Farbe. „Ich wusste, dass ich richtig liege. *Scarborough Fair,* Skelette, Mary Elgin. Erinnerst du dich, Georgia?“ Sie erinnerte sich. Halb vergessene Vorfälle, abgerissene Klänge von Musik in der Luft, Gesichter ohne Namen. So fing es immer an – mit Eindrücken. Dann musste das Puzzle zusammengesetzt werden, damit es Gnade vor Lukes Adleraugen fand. *Scarborough Fair* von Simon & Garfunkel war Ricks Lieblingslied gewesen, als er klein gewesen war. Eine seltsame Wahl, wenn *Nellie the Elephant* die Alternative war. Jetzt spielten sie das Lied nie mehr, und wenn seine unvergesslichen Töne aus dem Radio strömten, wurde es ausgeschaltet. Sie hörten es im Kopf, deshalb brauchten sie keine Erinnerungen. Peter schrieb eine Notiz in ihrer gemeinsamen privaten Stenografie-Schrift, damit sie die ersten trügerischen Fingerabdrücke nicht vergaß. Morgen würde sie wieder nach Wickenham fahren, um mehr über Mary Elgins verlorene Liebe Davy Todd zu erfahren. „Was ist mit der Kalkhöhle?", rief Peter ihnen fragend nach, als sie und Luke aufbrechen wollten. Er hatte widerwillig zugestimmt, dass er später etwas zu Abend essen würde. Margaret brachte immer etwas mit, das er sich in der Mikrowelle aufwärmen konnte, und das war ihm wesentlich lieber, als von seiner Tochter abhängig zu sein. Als sie bei der Gründung von *Marsh & Daughter* ihre Richtlinien vereinbart hatten, hatte er gefragt, wie er sie während der Arbeit anbrüllen solle, wenn er außerhalb der Arbeit auf Leben und Tod von ihr abhängig war? Die Schwäche dieses Arguments war, dass er auch Margaret bedenkenlos anbrüllte, aber das, ließ er Georgia wissen, war eine Sache zwischen ihm und seiner Betreuerin. „Nichts. Ein bisschen Neugier im Dorf, das ist alles. Es scheint keine Spekulationen zu geben, wessen Skelett es ist. Keiner sagt: ,*Ah, meine stolze Schönheit, ich habe ja gesagt, dass die Leiche des Squire eines Tages auftauchen würde.*' Die meisten Leute meinen, es handele sich nur jemanden, der zur Hopfenernte in Wickenham war."

„Du hast rein gar nichts deswegen unternommen, stimmt's?", warf Peter ihr vor. „Du warst so mit deiner teuren Ada beschäftigt!"

„Stimmt", sagte sie abweisend. „Die Kalkhöhle, Mädchen. *Bitte*", fügte er verspätet hinzu. „Ist dir schon mal der Gedanke gekommen, dass vielleicht eine Verbindung zwischen den beiden Fällen besteht?"

„Nein", fuhr sie ihn an. „Weil es dafür nicht den Hauch eines Hinweises gibt. Vielleicht lag das Skelett schon hundert Jahre dort!"

„O doch, es gibt einen Hinweis. Gestern Abend hat Mike mich angerufen. Er hält viel davon, aufgeschlossen zu bleiben", fügte Peter unschuldig hinzu. „Die Baumwurzeln, die darüber wachsen, und die Bodenanalyse sprechen dafür, dass die Leiche schon darin lag, bevor die Höhle eingestürzt ist. Man weiß nicht, wann das war, aber sie konnten das Skelett auf einen Zeitraum von etwa fünfzehn Jahren eingrenzen, weil ein oder zwei Gegenstände neben ihm lagen." Er legte eine Kunstpause ein. „1919 bis 1934. Natürlich mit den üblichen Einschränkungen, dass man in solchen Fällen nie hundertprozentig sicher sein kann, vor allem, weil es theoretisch möglich ist, dass die Leiche bewusst dort abgelegt wurde, gemeinsam mit Gegenständen, die auf eine falsche Fährte führen, nachdem die Höhle eingestürzt ist. Wie auch immer, es ist eine gute Hypothese für den Anfang, findest du nicht?"

„Hypothetisch hat er also Ada ermordet, um sich dann vor lauter Reue in die Kalkhöhle zu stürzen", fuhr Georgia hoch. „Hast du keine bessere Theorie?" Peter sah sie wütend an. „Es interessiert dich vielleicht, dass ich im Internet recherchiert habe, nachdem du gestern Abend gegangen bist."

„So bist du also darauf gekommen." Sie hätte es sich denken können. „Du hast Höhlenforschung im Netz betrieben."

„Jemand musste es tun."

„Okay. Was hast du herausgefunden?"

„Laut der Homepage eines Enthusiasten – er heißt Jonas Ticklememore –"

„Erstens glaube ich das nicht –"

„– war der Zugang in Wickenham etwas über neunzig Zentimeter breit, und bis zu der ursprünglichen Höhle ging es etwa viereinhalb Meter in die Tiefe. Und auf dem ganzen Weg fanden sich Fußspuren. Wenn es also ein Unfall war, hatte unser Freund das Pech, dass er ungebremst in die Tiefe gestürzt ist. Und für Selbstmord scheint es eine recht unsichere Methode zu sein. Außerdem", wieder hielt er inne, um für Spannung zu sorgen, „war die Höhle 1925 noch intakt."

„Und was sagt uns das?"

„Angenommen, unser spätester Zeitpunkt stimmt ungefähr, so sind es nicht mehr fünfzehn Jahre, sondern nur noch neun." Peter strahlte, und sein Gesicht bekam langsam wieder Farbe. „Ich schließe meine Beweisführung ab. Das Skelett ist die Spur, der wir folgen müssen, weil es wahrscheinlich mit dem Mord an Ada Proctor zu tun hat. Ich rufe Mike nochmal an."

„Aber nicht mehr heute Abend", sagte Georgia milde. „Ruh dich aus. Seichtes Fernsehprogramm, Abendessen und traumloser Schlaf sind heute angesagt." Sie gab ihm einen Kuss und er seufzte. „Ich glaube, ich kann froh sein, dass ich dich habe."

„Du bist ein alter Brummbär", sagte sie liebevoll.

Luke legte den Arm um sie, als sie die Tür zum Schlafzimmer ihres Vaters schloss. Sie war erleichtert, dass Peters Kampfgeist wiedererwacht war. „Weiche Knie?", fragte er, als sie zu ihrem Haus gingen. „Ein bisschen. Es tut mir leid, dass ich nicht hier war. Wann …?" „Margaret hat mich angerufen, weil du weg warst, und sie nach Hause musste. Ich bin sofort gekommen. *Vor* dem Mittagessen", betonte Luke. „Komisch. Ich habe auch noch nichts gegessen. Pub oder Tiefkühltruhe?"

„Tiefkühltruhe."

„Ich lasse mich heute Abend nicht verführen, Luke. Ich muss morgen früh los."

„Niemand will dich verführen, meine holde Maid." Sie lachte. „Immer noch Tiefkühltruhe?"

„Natürlich." Er folgte ihr bereitwillig in die Küche von Hausnummer 4 und sah ihr über die Schulter, als sie selbstgemachte Bolognese-Sauce und frische (wenn auch tiefgefrorene) Spaghetti aus der Kühltruhe holte. Sie fügte ein paar junge Salatblätter aus dem Garten hinzu, und zusammen mit Käse und ein paar Weintrauben ergab es ein annehmbares Essen. „Du, Georgia", bemerkte Luke später, „bist eine bemerkenswerte Frau – nicht zu vergleichen."

„Danke, Sir. Nicht einmal mit einem Sommertag?"

„Nicht wie der Sommer, viel schöner. Für mich bist du der Frühling, der aufkeimende Funken Hoffnung." Georgia freute sich, obwohl es albern war. „Spricht da der Rotwein?", war alles, was ihr einfiel. „Nein, weil Du mich bald nach Hause schicken wirst", flüsterte er nur. „Aber da dir nicht nach Liebe ist, kommen wir zum Geschäftlichen. Was erwartest du von Wickenham?

Reicht es für ein Buch? Für mich klingt es reichlich dürftig."

„Dürftig? Du erinnerst dich an das Buch *Rillington Place Nr. 10* und den zu Unrecht hingerichteten Timothy Evans?"

„Du hast angebissen, nicht wahr?"

„Ja, aber ich habe den Köder noch nicht ganz geschluckt. Wenn es zu nichts führt, ist es auch nicht schlimm. Vielleicht reicht es nur für einen interessanten Artikel, aber nicht für mehr."

„Aber das denkst du doch nicht wirklich. Eine Geschichte über ein großes Unrecht, Rache für einen verlorenen Geliebten. Das ist ein gutes Thema, das definitiv für ein Buch reicht, aber eigentlich ist es nichts für dich. Denk an *Das Penstow-Dreieck* oder *Der Forest Gate Mord*. Das hier wirkt zu simpel." Georgia dachte darüber nach. Bei *Das Penstow-Dreieck* hatte es sie in ein kleines Dorf verschlagen, das versteckt in den Mooren von Cornwall lag. Durch ein Familiengeheimnis, ausgegraben von hartnäckigen Ahnenforschern, war es zu einem Mord gekommen. Sie erinnerte sich an das Gefühl von Scham und Schande, das die Familie nicht mehr losgelassen hatte – wegen der Geburt eines unehelichen Kindes, was heute nur noch eine Kleinigkeit war. Und es hatte immer noch geschwelt. Das Verbrechen war einer einfachen Saat entsprungen und oh, zu welchen Verwicklungen es im Laufe der Jahre geführt hatte! „Weißt du, was deine Schwäche ist, Luke?"

„Dass ich keine habe?"

„Dass du so oft Recht hast." Das war eine magere Anerkennung dafür, dass er ihre Ablehnung so gelassen akzeptiert hatte, aber mehr hatte sie nicht zu bieten.

„Ich denke, dass die Wickenham-Geschichte vielleicht
viel komplizierter ist, als sie scheint.“ Sie grinste ihn an.
„Meine übliche Verrücktheit, nehme ich an.“

„Gar keine Verrücktheit. Nur georgianische Begeisterung.“ Sie küsste ihn flüchtig. „Du bist sehr verständnisvoll.“

„Mach das nochmal, dann heirate ich dich. Was hältst
du davon?“ Wieder fester Boden unter den Füßen. „Eines Tages. Eines Tages.“ Und vielleicht würde sie ihn eines Tages wirklich heiraten, Schatten hin oder her.
Puh. „Georgia, du passt auf, nicht wahr?“

„Worauf? Auf Mary Elgins Gefühle?“

„Nein. Darauf, dass du eventuell etwas aufwühlst.“

„Schmutz. Das ist alles“, versicherte sie ihm.

***

Marsh & Daughter hatten in den sieben Jahren ihrer
Tätigkeit reichlich Schmutz aufgewühlt. Luke hatte un-
beabsichtigt alles ins Rollen gebracht. Sie hatte als Teil-
zeitkraft in einer Buchhandlung gearbeitet, die neue
und gebrauchte Bücher verkaufte, wobei Erstere meistens von der Geschichte der Region handelten. Eines
Tages war Luke mit seiner Liste hereingekommen, als
sie gerade in eine Diskussion mit dem Ladenbesitzer
vertieft gewesen war. Es ging um einen Stapel Bücher,
den sie einem alten Sammler in Sussex abgekauft hatte.
Eins davon stammte aus der Mitte des neunzehnten
Jahrhunderts und handelte von dem Fall *Savage*, dem
Mord an einer Frau mittleren Alters im Weald of Kent.
Luke hatte sich sofort draufgestürzt. Damit, hatte er gesagt, wolle er sich näher befassen – mit der

menschlichen Seite der Geschichte, ihren Leiden und Freuden, nicht nur den Büchern über Städte und Dörfer, die er momentan veröffentlichte. Als sie an jenem Abend nach Hause kam – also zu ihrem Vater, denn nach ihrer Scheidung und dem Abmarsch ihrer Mutter hatte sie für einige Zeit bei ihm gewohnt –, war es ihm schlechter gegangen als sonst. Stumpfer Blick, abgrundtiefe Verzweiflung. Keine Arbeit, kein Sohn, keine Frau. Aber eine Tochter hatte er! Entschlossen, ihn wenigstens etwas aufzurütteln, hatte Georgia ihm von dem *Savage*-Fall erzählt. Er unterbrach sie ungeduldig, denn natürlich wusste er schon alles darüber. Der Fall sei nie geklärt worden, hatte sie betont – und gehofft, so viel Interesse zu wecken, dass er anfangen würde, zu spekulieren. Er hatte nur gemurmelt: „Es sollte geklärt sein."

„Ein Fall für dich", hatte sie gesagt. „Mike Gilroy hat immer gesagt, dass manche Fälle bereits mit deinen Fingerabdrücken übersät gewesen seien, bevor du überhaupt am Tatort warst!" Er warf ihr einen raschen Blick zu. „Und ein Fall für dich", hatte er gesagt. „Vergiss nicht den Strand, an dem deine Mutter und ich einmal mit dir waren, als du ungefähr acht Jahre alt warst. Du hast angefangen, zu weinen, und gesagt, es gefiele dir nicht. Es war der Strand, an dem Maisie Wilson ermordet aufgefunden wurde, aber natürlich habe ich dir das nie erzählt."

„Fingerabdrücke auf der Zeit", hatte Georgia gesagt, und plötzlich waren sie mitten in einer Diskussion gewesen, die die halbe Nacht gedauert hatte. Sie hatte ihren Ursprung in Luke Frosts Wunsch, eine neue Reihe zu veröffentlichen, und führte zu *Marsh & Daughter.*

Die Firma war gegründet, sie war in das Haus nebenan gezogen, damit Peter Platz für ein Büro hatte (und weil sie ahnte, dass sie Raum für sich brauchte). Mittlerweile hatten sie fünf solcher Fachbücher veröffentlicht, jedes über einen anderen Fall. Das letzte – über Kriminalfälle aus London – war insofern anders, als es von mehreren Fällen handelte. Vor vier Jahren, als das dritte Buch erschienen war, waren sie und Luke zu ihrer beider Überraschung ein Paar geworden. Sie hatte sich daran gewöhnt, Luke als angenehme Selbstverständlichkeit in ihrem Berufsleben zu betrachten und war völlig überwältigt gewesen, als er die professionelle Maske abgenommen hatte und sich in einen leidenschaftlichen, nicht ganz berechenbaren Liebhaber verwandelt hatte. Trug sie selbst auch eine solche Maske? Vielleicht, auch wenn es ihr nicht bewusst war.

***

Georgia dachte an diese beruflichen Masken und den Schmutz, den man aufwühlte, während man sie trug, als sie am nächsten Tag nach Wickenham fuhr. Es regnete, und der Gedanke an Schmutz und Schlamm lag nahe. Luke gegenüber tat sie immer so, als bestünde keinerlei Gefahr, denn die Theorie der lebenden Fingerabdrücke teilten nur sie und ihr Vater miteinander. In ihren Büchern verloren sie kein Wort darüber. Bei den Fällen, die *Marsh & Daughter* bisher bearbeitet hatten, war noch nie jemand in Gefahr geraten, aber das hieß nicht, dass es nicht passieren konnte. In Wickenham gab es noch keine Anzeichen für heftige Gemütsregungen, lediglich einen Hauch von Interesse, aber vielleicht stand die Feuerprobe jetzt bevor – nicht zuletzt, weil sie wusste, dass die Suche nach der Wahrheit über Ada Proctor sie schon jetzt persönlich interessierte, und das nicht nur beruflich. Sie war später dran als beabsichtigt, weil sie sich vor ihrem Aufbruch vergewissert hatte, dass es ihrem Vater gutging. „Die Zweierflotte“ nannte ihr Vater ihre Autos, weil sie, ebenso wie er, einen modernen Alfa Romeo 147 fuhr – nicht, um einen Typ von Dienstwagen einzuführen, sondern weil ihr das Auto gefiel. Ihr Vater hatte einen Zweitürer mit Fließheck, der für Rollstuhlfahrer umgebaut worden war. Vor der Schießerei hatte Peter zwei klassische Wagen gehabt. Die hatte er jetzt natürlich nicht mehr, aber sein Interesse war geblieben, und im ganzen Haus lagen Autozeitschriften herum. „Zeig mir das Auto, und ich sage dir, wer der Mann ist“, erklärte er manchmal großspurig.

Ihre Aufregung wurde größer, als sie das Altenheim betrat, in dem Mary Beaumont lebte. *Four Winds* (was für ein ermutigender Name für die Gebrechlichen) thronte auf einem Hügel der North Downs mit Blick auf das Dorf. Es war ein schönes Fleckchen Erde, aber einsam (und sicher windig und regnerisch). Als Hotel wäre es ideal gewesen, aber für alte Leute, die abseits der Gemeinschaft lebten, wohl kaum. Das Haus war eine viktorianische Monstrosität und nur die riesigen Rhododendron-Büsche und Glyzinien, die die Mauern emporkletterten, machten seinen Anblick erträglich. Das Personal war entgegenkommend – ein gutes Zeichen –, aber in der Eingangshalle war es dunkel. „Mary ist in ihrem Zimmer“, sagte man ihr. Kein respektvolles

‚Mrs. Beaumont‘. „Wo ist es?“, fragte Georgia. Zu ihrer Überraschung führte das Mädchen sie dorthin, statt einfach mit dem Finger zu zeigen. Noch ein gutes Zeichen. „Ist sie …“ Georgia brach ab, weil sie nicht wusste, ob sie eine rüstige Seniorin oder ein Opfer von Alzheimer vorfinden würde. Diese Frage kam offenbar häufig, denn das Mädchen sagte: „Sie hat einen guten Tag. Heute Morgen war sie ganz munter.“ Die Tür wurde einfach aufgestoßen. „Da sind wir, Mary. Besuch für Sie.“ Im ersten Augenblick sah Georgia niemanden. Dann regte es sich langsam in einem Haufen knallbunter Tücher in einem großen Lehnstuhl am Fenster, und Mary Elgin schaute daraus hervor. „Sie sind also gekommen“, giftete sie, bevor Georgia ihre einstudierte Einleitung vortragen konnte. „Ich muss sagen, Sie haben sich Zeit gelassen.“ *Oh, mürrische alte Dame …*, dachte Georgia erleichtert. *Kein Alzheimer.* Zwei wache blaue Augen starrten aus dem faltigen, eingefallenen Gesicht heraus. Das dünne Haar, das aus dem Kokon der Tücher zum Vorschein kam, war mit einer diamantenbesetzten, blauen Spange geschmückt, und die Bluse war feuerrot. Sie versteckte sich nicht vor der Welt. „Ich musste gestern Abend nach Hause zu meinem Vater“, erklärte Georgia „Gestern Abend? Es ist Jahre her, dass ich Sie gesehen habe. Ich bin noch nicht völlig verkalkt, junge Frau.“ *O Gott*, dachte Georgia. Ihr sank das Herz. *Und das sollte ein guter Tag sein?!* „Ich bin seit neun Jahren hier und es war definitiv davor“, fuhr Mary Elgin fort. „Was war davor?“ „Dass Sie da waren. Ich wusste, dass Sie zurückkommen würden. Ich wusste es.“

„Wo bin ich gewesen?" fragte Georgia vorsichtig. Sie meinte sicher nicht – „In meiner Teestube natürlich. Wo sonst?! Im Buckingham–Palast?!"

„Aber Sie können sich doch sicher nicht an mich erinnern. Ich war nur –"

„Ah, jetzt habe ich Sie beeindruckt, nicht wahr?" Mary klang zufrieden. „Ich wusste, dass Sie diejenige waren. Ich wusste, dass Sie wiederkommen würden. Sie und dieser Mann …"

„Mein Vater."

„Ja. Ich wusste es." Georgia wollte es nicht glauben. Jim Hardbent musste ihren Besuch angekündigt haben und Mary Elgin brachte die Dinge durcheinander. „Hat Jim Sie gestern Abend angerufen?"

„Niemand hat mich angerufen. Mich ruft keiner an." Mary sah sie durchdringend an. „Ich habe das Zweite Gesicht, junge Frau. Natürlich wusste ich, dass Sie diejenige sind."

„Das Zweite Gesicht?" Georgia zögerte. „Sie meinen, Sie können in die Zukunft sehen?"

„Nicht so gut wie meine Mutter, aber ich habe Sie deutlich gesehen. Mum war eine echte Roma. Hätte nie in Wickenham bleiben sollen, aber so ist das eben mit der Liebe. Damit kenne ich mich aus. Sie gehörte in die Wälder, auf die Straßen, zum fahrenden Volk."

„Davy Todd", sagte Georgia abrupt. „Deshalb wussten Sie, dass ich kommen würde."

„Da sehen Sie es. Sie wissen Bescheid. Warum haben Sie so lange gebraucht?", fragte sie verdrossen. „Ich habe gerade erst …" Georgia wollte sagen „*von Ihnen erfahren*", aber das war nicht der richtige Ausdruck. „Es gerade erst verstanden", sagte sie. „Und was haben Sie verstanden, meine Liebe?"

„Dass Sie", sie war zwischen Gefühl und Ehrlichkeit hin und her gerissen, „glauben, Davy sei unschuldig gewesen."

„Glauben, meine Dame? Ich *weiß*, dass er unschuldig war. Davy war in jener Nacht mit mir zusammen."

„Ihr Vater hat es abgestritten."

„Ich sage nichts gegen meinen Dad ..."

„Dann ..." Wo sollte das hinführen? Georgia wurde nicht klug daraus. „Meine Dame", unterbrach Mary, „ich sage etwas gegen die Welt."

„Und was ist das, Mrs. Beaumont?", fragte Georgia sanft. „Dass sie meinen Davy gehängt haben. Da Sie sich nun endlich die Mühe gemacht haben, zu erscheinen, sperren Sie die Lauscher auf und hören Sie zu. Es war Allerheiligen und abends sollte ein Ball stattfinden. Ein Donnerstag. Mum und Dad wollten hingehen, also habe ich auf die Kleinen aufgepasst. Davy kam zu mir, aber natürlich wussten meine Eltern das nicht. Davy war ein guter Junge. Liebte seine Arbeit, liebte die Natur. Er hatte einen grünen Daumen. Er konnte eine Grasmücke aus Dartford erkennen, wenn er sie sah, und die seltensten Orchideen und alle Pflanzen auf Gottes weiter Erde. Mum und ich haben uns auch für Pflanzen interessiert und wir kamen gut miteinander aus – sie kannte alle Heilkräuter. Mum hatte nicht allzu viel gegen Davy einzuwenden. Dad hätte ihn auch gemocht, wenn er kein Todd gewesen wäre. Die Todds und die Elgins kamen nicht miteinander aus, verstehen Sie?"

„Was war der Grund dafür?"

„Das lag schon ewig zurück. Alles nur, weil irgendwann ein Todd mit der Frau eines Elgins durchgebrannt ist. Oder ein Elgin mit der Frau eines Todds. Spielt sowieso keine Rolle. Deshalb haben Davy und ich jede Gelegenheit genutzt, miteinander allein zu sein. Gegen zehn Uhr wollte Davy gehen und als er aufstand, schaute er aus dem Fenster. *Das sieht aus wie Miss Ada*, sagte er, *sie geht die Straße nach Crown Lea hinauf. Seltsam!* ‚Warum?‘, frage ich. *Weil wir da morgen Abend hingehen.* ‚Wir?‘, sage ich empört. Davy gehörte mir! *Sie und ich.* Davy sah mein Gesicht – es muss ein schöner Anblick gewesen sein! *Du kannst auch mitkommen, wenn du willst. Miss Ada hat sicher nichts dagegen. Sie will die Nachtigallen hören und ich habe gesagt, dass ich ihr auch die Dachse zeige.*“

„Ich erinnere mich nicht, dass in den Zeitungsberichten etwas über den Grund für die Verabredung stand“, sagte Georgia. Das war ein ganz neuer Ansatz. *Dachse und Nachtigallen?* Das klang unwahrscheinlich, aber auch nicht unwahrscheinlicher als eine Liebesnacht. „Es stand auch nichts darin. Davys Anwalt sagte, es spiele keine Rolle, was sie am nächsten Abend machen wollten. Nur diese Nacht war wichtig, also sollte er nicht darüber reden – je mehr er von einem geplanten Treffen erzählt hätte, desto mehr hätte es danach geklungen, als sei etwas zwischen ihnen gewesen.“ Mary hatte Recht. Davys Geständnis, dass er am Freitagabend mit Ada verabredet gewesen war, hatte nicht gut geklungen. Er hätte sich danach richten sollen, was seine Anwälte gesagt hatten – oder nicht? Georgia schüttelte sich ungeduldig. Das sprach doch sicher für Davy? Er hatte die Wahrheit gesagt. Wenn er schuldig gewesen wäre, hätte er sich wörtlich an die Anweisungen seiner Anwälte gehalten. „Und was ist dann passiert?" Georgia hielt den Atem an. Ihr war klar, dass es ein Indiz – nur ein Indiz – für Davys Unschuld war. „Ich sagte ihm, dass es mir egal sei, und das war es auch. Miss Ada war in meinen Augen eine alte Frau. Also sagte ich, er könne sich ruhig mit ihr treffen. Ich wusste ja, dass sein Herz mir gehörte. Wir waren in unser Gespräch vertieft und merkten nicht gleich, dass Dad früh von dem Ball nach Hause kam. Als wir ihn dann doch hörten, stürzte Davy zur Hintertür hinaus, aber Dad sah ihn und rannte ihm nach. Ich ging auch hinaus, und wir hatten alle einen Riesenkrach. Er sagte, Davy habe nichts Gutes mit mir im Sinn – aber da lag er falsch", fügte Mary zufrieden hinzu. „Es war sogar sehr gut, sage ich Ihnen. Ich sagte, ich würde ihn heiraten, und Dad sagte, er würde mich lieber tot sehen. Davy sagte, er solle mir kein Haar krümmen, und er würde mich heiraten. Und dann artete es in eine Schlägerei aus. Es war halb zwölf, als er Davy gehen ließ. Danach bekam ich eine Tracht Prügel, weil ich mich mit einem Todd eingelassen und Schande über die Familie gebracht hatte."

„Warum ist all das nicht beim Prozess zur Sprache gekommen? Sie haben nur gesagt, dass Ihr Vater Sie beide zusammen gesehen habe."

„Mein Dad leugnete es und sagte mir, ich sei des Todes, wenn ich vor Gericht aussagen würde, dass Davy in seinem Haus gewesen sei. Also sagte ich, ich hätte mich draußen mit ihm getroffen. Ich war noch ein Kind."

„Aber warum –"

„Warum ich nicht meinem Dad die Schuld gebe? Sie sind noch jung, Fräulein. Und das war ich auch. Mum hat es mir erklärt. Dad war ein Elgin und fand wirklich, dass ich die Familie entehrt hatte, weil ich mich von einem Todd umwerben ließ. Es ging um die Familienehre, das lässt sich nicht leugnen. Ich hasste meinen Dad, Ehre hin oder her. Im Jahr darauf ist Mum zu ihrem eigenen Volk zurückgekehrt. Ich habe sie nie wiedergesehen, nur einmal, als sie durch Wickenham kamen. Dad hat sich umgebracht, nachdem sie gegangen war." Georgia schauderte. „Aber Sie wollten immer noch nichts gegen Ihren Vater sagen."

„Nichts konnte Davy zurückbringen und ich war eine Elgin. Ich war der Familie etwas schuldig und für Davy war es sowieso zu spät."

„Und jetzt?"

„Ich bin zweiundneunzig, und Sie sind zurückgekommen. Deshalb weiß ich, dass es Zeit ist, zu reden. Ich werde bald wieder bei Davy sein und kann ihm in die Augen sehen." Georgia war zwischen Gefühl und gesundem Menschenverstand hin und her gerissen. Sie stand unter Druck, und vielleicht wusste Mary Elgin mit ihren stahlblauen Augen das nur zu gut. „Also, was ist danach an dem Abend passiert?", fragte sie ruhig.

„Am nächsten Morgen hörten wir, dass Miss Ada ermordet worden sei, und die Polizei Davy verhaftet hatte, weil er auf dem Nachhauseweg gesehen worden war – zerzaust und mit blutverschmiertem Gesicht. Das kam natürlich von der Schlägerei mit Dad. Ich sagte, Davy sei mit mir draußen gewesen, aber keiner glaubte mir. Alle im Dorf, außer Mum und Dad, wussten, dass wir ein Paar waren, also würde ich ihn natürlich in

Schutz nehmen. Dad stritt einfach ab, dass an dem Abend jemand bei mir gewesen sei, und man glaubte ihm, weil man es wollte. Dr. Proctor war beliebt und Ada war seine Tochter; sie wollten Davys Skalp."

„Ich interessiere mich für diese Verabredung mit Ada in der nächsten Nacht. Haben Sie geglaubt, was Davy über die Nachtigallen gesagt hat? Oder interessierte sich Miss Proctor für junge Männer?"

„Davon weiß ich nichts." Sie kniff sittsam die Lippen zusammen. „Ada hatte einen Verlobten, der im Ersten Weltkrieg gefallen war", sagte Georgia als Stichwort. „Das stimmt. Mr. Guy, der Sohn von Major Randolph aus dem großen Haus."

„Wickenham Manor?" „Nein. Ein anderes, ich weiß den Namen nicht mehr. Irgendwas mit Hazel. Mr. Guy war ein Taugenichts. Sie waren verlobt, aber er hat sich mit anderen Frauen herumgetrieben; einmal wäre er fast mit einer reichen Erbin durchgebrannt, heißt es, aber es kam etwas dazwischen, bevor er ihr einen Ring an den Finger stecken konnte. Danach kam er wieder zu Miss Ada zurück gekrochen – wie immer. Nur nicht nach dem Krieg. Aus dem kam er gar nicht mehr zurück. Vermisst, wahrscheinlich gefallen. Es brach den Randolphs das Herz. Sie verkauften das Haus und zogen weg."

„Hat Ada Proctor deshalb nie geheiratet? Hat sie vielleicht gewartet, dass er doch noch zurückkommen würde?"

„Das haben die Leute gesagt." Georgia zögerte, dann beschloss sie, ihre Frage zu stellen: „Wenn Davy Ada nicht umgebracht hat, was glauben Sie, wer es dann getan hat?"

„Wahrscheinlich einer von den Erntehelfern, die noch hier herumhingen, nachdem die Saison zu Ende war, weil sie hofften, noch mehr Arbeit zu finden. Woher soll ich es wissen? Außerdem ist das Ihre Aufgabe. Es kann jeder gewesen sein."

Das stimmte, dachte Georgia düster, als sie *Four Winds* verließ und wegfuhr. Es konnte jeder gewesen sein, der eine Frau nachts allein auf dem Feld gesehen und die Gelegenheit ergriffen hatte, ohne zu ahnen, wie stark Ada war. Aber damit schloss sich der Kreis. Entweder hatte Ada einen guten Grund gehabt, allein dort hinzugehen, oder sie hatte ihren Angreifer gekannt. Hatte sie sich im Datum für die Verabredung mit Davy geirrt? Nein, das schied definitiv aus. Sie hätte sich nicht auf dem Feld mit ihm verabredet, sie hätte wahrscheinlich das Ende des Weges, der zu dem Feld führte, als Treffpunkt gewählt. Himmel, es war dunkel gewesen. Selbst in einer mondhellen Nacht hätte wohl kaum jemand in den Feldern darauf gelauert, dass zufällig eine Frau allein vorbeikam. Es war wahrscheinlicher, dass ihr jemand von der Straße aus gefolgt war – wie Davy. „Oh, verdammt", fluchte sie leise. Alles deutete auf ihn hin – bis auf Mary Elgin. Auf der M20 war viel Verkehr für die Mittagszeit, und sie überlegte, ob sie nach South Mailing abbiegen sollte, um Luke zu einem schnellen Sandwich zu überreden. Sie entschied sich dagegen. Sie würde ihn sowieso heute Abend sehen und freute sich darauf. Er hatte sie und Peter zum Essen eingeladen und heute Abend – wer weiß? Sie malte sich genüsslich aus, was die Nacht bringen würde, bis sie wieder Marys Gesicht vor sich sah. Mürrisch, hoffnungsvoll, müde, alles auf einmal. Davy Todd war ihre einzig wahre Liebe gewesen, dachte Georgia. Wie auch immer Bill Beaumont gewesen war, es musste schwer gewesen sein, es mit einem Davy Todd aufzunehmen, der in ihrer Erinnerung als tragisch verlorener Romeo weiterlebte. Liebende unter einem Unglücksstern, aber in diesem Fall war der feindselige Vater gestorben und Julia eine griesgrämige alte Frau geworden. Lieber Himmel, wenn sie Luke verlieren sollte, würde sie dann auch so werden? War es egoistisch von ihr, zu glauben, dass die Liebe einfach warten würde, bis sie zu einer Entscheidung kam? Sei realistisch, befahl sie sich streng. Beziehungen gehorchen nicht den Gesetzen der Logik. Sie entwickeln sich – es sei denn, das Schicksal macht einem einen Strich durch die Rechnung, so wie bei Davy Todd. Ihr war klar, dass sie jetzt ebenso an Davy wie an sein mögliches Opfer dachte. Jetzt, da sie an der Oberfläche von Wickenhams Vergangenheit gekratzt hatte, war sie allmählich genauso sicher wie Peter, dass etwas oder jemand seinen Frieden gestört hatte. Hatte Davy seine Fingerabdrücke auf der Geschichte des Dorfes hinterlassen oder Ada? Oder beide? Oder, wie sie sich schuldbewusst wieder einmal erinnerte, das Skelett?

4. *Kapitel*

Sie fand Peter im Garten vor. Er genoss die goldene Septembersonne und war in Gedanken versunken. Nach einer Überdosis Internet saß er meistens am Fenster, durch das man Blick auf die einzige nennenswerte Straße von Haden Shaw hatte. Bei gutem Wetter sauste er die Rampe hinunter in den Garten. Er hörte sich ihren Bericht über den Besuch bei Mary Elgin ungewohnt geduldig an, und sie schloss daraus, dass er vielleicht einen ergebnisreichen Tag im Internet gehabt hatte, aber erst zufrieden sein würde, wenn er auch Mary Elgin „einordnen" konnte. „Dachse!", schnaubte er angewidert, als sie fertig war. „Hast du herausgefunden, wer Ada Proctor war, Georgia? Eine Naturfreundin mit einem Reigen Liebhaber oder eine vertrocknete alte Jungfer, die ihrem verlorenen Geliebten nachtrauerte?"

„Das klingt richtig chauvinistisch", sagte Georgia. „Solche Ideen sind schon lange aus der Mode! Vielleicht hat sie um ihren verlorenen Geliebten getrauert, aber trotzdem ein glückliches, erfülltes Leben geführt. Jedenfalls habe ich nur mit einer Person gesprochen, die sie wirklich kannte. Gib mir eine Chance."

„Also hat Mary Elgin das Zweite Gesicht", fuhr Peter fort, als habe sie nie etwas gesagt. „Ein Jammer, dass sie damit nicht sehen kann, wer ihrem Davy den Mord in die Schuhe geschoben hat."

„Wenn es überhaupt jemand getan hat", erinnerte Georgia ihn. „Ihre Geschichte klang glaubwürdig, aber sie hatte ja auch lange Zeit, sie sich zu überlegen."

„Was sagt dein Instinkt?"

„Dass es sich lohnt, sich die Sache genauer anzusehen."

„Die Fingerabdrücke sind da? Gut." Peter lehnte sich zurück, faltete die Hände gemütlich auf dem Bauch und verkündete: „Sie werden natürlich verschwinden." Sie wusste es. Je tiefer sie gruben, desto größer wurde das Risiko, dass die ursprünglichen Fingerabdrücke von denen der Gegenwart verwischt und überlagert wurden. Alltägliche Ereignisse würden die ungreifbaren Fäden verheddern, die sie zu einem ordentlichen Knäuel aufrollen wollten. Deshalb war es so wichtig, die ersten Eindrücke festzuhalten, so wie diese an einem Tatort sorgfältig dokumentiert werden mussten. „Eine Tasse Tee lohnt sich auf jeden Fall", schloss Peter hoffnungsvoll. Georgia kam dem Wunsch nach. Sie brachte das Tablett in den Garten und sah ihren Vater liebevoll an. Er hatte sich zurückgelehnt, die Augen geschlossen und wandte das Gesicht der untergehenden Sonne zu. Aber nicht lange. „Also hat es dir die alte Geschichte von Romeo und Julia angetan, stimmt's?" Er riss die Augen wieder auf und blickte misstrauisch. „Unsinn!", antwortete Georgia schuldbewusst, denn ihr war klar, dass ein Körnchen Wahrheit in seinem Vorwurf steckte. „Es gab keine wirklichen Beweise gegen Davy, nur Indizien."

„Er hatte Blut im Gesicht."

„Sie wurde erwürgt", sagte Georgia. „Wo sollte das Blut herkommen? Sie muss eine Taschenlampe dabeigehabt haben. Sie sieht kräftig aus, also warum hat sie ihm nicht einfach eine Ohrfeige gegeben, wenn er aufdringlich geworden ist? Oder soll das der Grund für das Blut gewesen sein?"

„Die Anklage behauptete, Ada habe ihm in Notwehr das Gesicht zerkratzt."

„Wie bitte?" Georgia reagierte sofort. „Es war 1929. Es war Ende Oktober und sie befand sich mitten in den Feldern. Keine Dame wäre ohne Handschuhe hinausgegangen, erst recht nicht zu dieser Jahreszeit! Glaubst du, dass sie Zeit hatte, sie auszuziehen, bevor sie ihm das Gesicht zerkratzte?"

„Handschuhe", knurrte Peter. „Da ist was dran", räumte er widerwillig ein. „Du solltest dir die Liste der Beweisstücke ansehen. In der *Times* steht nichts davon und auch nichts von einer Taschenlampe, wenn ich mich jedoch richtig erinnere, werden ihre Handtasche und ihre Schuhe erwähnt. Pumps. Kaum die Ausrüstung für eine Dachsjagd, oder?"

„Die Leute hatten damals nur alte und neue Sachen, nicht massenhaft Freizeitkleidung."

„Aber haben Pumps nicht hohe Absätze?"

„Ja", gab Georgia zu, „und wenn sie einen Liebhaber treffen wollte, hätte sie die vielleicht getragen, sogar auf einem Feldweg. Aber", schloss sie triumphierend, „Geliebter hin oder her, sie hätte sie nicht für Davy angezogen. Er muss es gewohnt gewesen sein, sie in Gartenstiefeln zu sehen. Sie hätte sich vielleicht zurechtgemacht, aber nicht so sehr."

„Akzeptiert. Zu Davys Unglück hatte er am gleichen Tag den letzten Lavendel geschnitten, und sein Jackett war mit getrocknetem Blumensamen übersät. Es war auch etwas davon auf Adas Mantel. Das konnte die Verteidigung nicht erklären, weil ihr Vater ausgesagt hatte, sie habe ihren besten Mantel getragen, nicht den für die Gartenarbeit. Als man Davy damit konfrontierte, erinnerte er sich auf einmal daran, dass er ihr tatsächlich begegnet war, als sie aus London zurückkam. Sie habe ihn gebeten, am nächsten Tag den Rasen zu walzen. Schwach.“

„So schwach, dass es wahr sein könnte“, sagte Georgia. „Aber der beste Mantel klingt nicht nach einer Knutscherei mit Davy, ebenso wenig wie die Stöckelschuhe.“

„Wenn wir uns dahingehend einigen, dass wir ein bisschen über Davy Todd erfahren haben“, klagte Peter, „wo ist dann Ada? Abwesend!“

„Das ist das Opfer meistens.“

„Nein, ist es nicht. Es lauert für gewöhnlich irgendwo, sei es in Briefen, Tagebüchern oder auch nur in den Erinnerungen der Leute, die das Opfer kannten.“

„Sie fängt an, zu flüstern.“ Georgia konzentrierte sich. „Wir waren uns einig, dass sie – auch wenn sie in London war – sicher andere Schuhe angezogen hätte, um über ein Feld zu gehen, es sei denn –“

„Sie wollte nicht nur eine Nacht im Heu mit Davy Todd, sondern jemanden treffen, in den sie wirklich verliebt war.“ Peter beendete ihren Satz genüsslich. Ein zufriedenes Lächeln lag auf seinem Gesicht. „Hör auf!“, stöhnte Georgia. Sie kannte seine Gedankengänge aus jahrelanger Erfahrung. „Du glaubst doch nicht –“

„Warum nicht?“, fragte Peter angriffslustig. „Du hast gesagt, dass Ada ihren Geliebten, diesen Randolph, im Großen Krieg verloren hat. Er war verschollen, wahrscheinlich gefallen. Es gibt keine Beweise für irgend einen anderen Geliebten, nur Hörensagen."

„Das heißt nicht, dass es keinen gab", gab Georgia zu bedenken. Es war Zeit, Peters Ansturm auf die Kalkhöhle zu bremsen. Sie würde eine Verbindung nur dann in Betracht ziehen, wenn etwas dafürsprach. „Aber es schließt auch nicht aus, dass dieser Guy Randolph zurückgekehrt ist."

„Du hoffst auf ein *Jack ist heimgekehrt!*, wie in einem alten Melodram. Wird Guy Randolph in den Berichten in der *Times* erwähnt?"

„Nein."

„Wo war er also? Genau, in der Kalkhöhle", sagte Peter vergnügt. Georgia lachte widerwillig. „Solltest du nicht abwarten, bis wir ein paar Tatsachen haben? Wir haben ein Skelett, von dem man nicht weiß, wer es war und wann genau es dorthin gelangt ist. Du könntest ebenso gut die Theorie vertreten, dass Guy Randolph Ada umgebracht hat und dann mit dem nächsten Zug wieder abgereist ist."

„Wir werden Hinweise finden, da bin ich sicher."

„Bestehst du nicht sonst immer darauf, dass man von den Hinweisen auf die Theorie kommen sollte, und nicht umgekehrt?"

„Ja, ich breche meine eigene Regel. Das tue ich oft", verkündete er mit Würde. „Schließlich sind Fingerabdrücke auf der Zeit schon an sich eine Art Theorie. Das musst du zugeben."

„Ich gebe nur zu", fuhr Georgia eigensinnig fort, „dass Guy Randolph eine Spur ist, der wir nachgehen sollten. Aber wenn es keine Hinweise gibt, sollten wir ihn als möglichen Mörder, der nach der Tat wieder untergetaucht ist, ausschließen. Ohne Beweis für das Gegenteil, ist die Kalkhöhle ein Irrweg.“

„Warum?“ Sie spielte ihren Trumpf aus. „Wenn das Skelett in deiner Kalkhöhle der verschollene Guy ist und er Ada ermordet hat – wer hat dann *ihn* umgebracht?“ Er setzte noch einen drauf. „Na und? Dann suchen wir eben nach zwei Mördern!“ Manchmal ging Peter zu weit. Es war höchste Zeit, ihn wieder auf den Boden der Tatsachen zurück zu holen. Sogar für die Untersuchung von Theorien – oder neuen Fährten, wie er sie bevorzugt nannte – brauchte man einen Plan. Das war *ihre* Aufgabe. „Hör mal“, sagte sie so geduldig sie konnte, „wenn Davy unschuldig war, haben wir drei Möglichkeiten. Nummer Eins: Ada hat sich im Tag geirrt, ist über die Felder gegangen, um Davy zu treffen, begegnete aber stattdessen einem Zufallstäter, gegen den sie sich zunächst zur Wehr setzte. Dann erwürgte dieser Fremde sie, um sie zum Schweigen zu bringen und ergriff die Flucht – oder, wenn es unbedingt sein muss, stürzte versehentlich in die Kalkhöhle. Nummer Zwei: Du hast recht, und Guy Randolph ist irgendwie in diese Sache verwickelt. Nummer Drei: Jemand anders hat sie aus einem Grund, den wir noch nicht kennen, umgebracht.“

„Ich nehme Nummer Zwei, Randolph und die Kalkhöhle“, sagte Peter prompt. „Du kannst dir eine andere aussuchen. Auf geht’s, Tochter, folge mir.“ Er wirbelte mit seinem Rollstuhl herum, zurück zu seinen geliebten Bücherregalen, und suchte mit dem Finger nach der Reihe *Kelly’s Directories of Kent*. „Die unschätzbaren Kellys warten auf uns.“ Er streckte beide Hände aus und zog die schwere Ausgabe von 1901 heraus. „Da haben wir es. Gott sei Dank für die Klassenunterschiede damals! Nur die Reichen und Wichtigen im Dorf werden erwähnt. Hier sind sie. Das müssen wir uns ansehen. *Major Stewart Randolph, Hazelwood House, Wickenham.* Das muss es sein. In einem so kleinen Dorf kann es nicht zwei Majore namens Randolph gegeben haben." Georgia erinnerte sich, dass Jim Hardbent ihr eine Postkarte davon gezeigt hatte. Eine Backsteinvilla, vom Herrenhaus aus gesehen auf der anderen Seite des Dorfes. Laut Jim Hardbent hatten die Proctors dort gewohnt. Das passte. Das ,*Der Junge von nebenan*'-Syndrom. „Sehen wir uns die Ausgabe von 1938 an." Ihr fiel auf, dass er den ersten Band nicht zurückstellte. Meistens blieb es an Georgia oder Margaret hängen, am Ende des Tages herumliegende Bücher einzusammeln. Manchmal hatte sie den Verdacht, dass Peter an Heinzelmännchen glaubte, die nachts vorbeikamen und hinter ihm herräumten. „Nein", sagte Peter, nachdem er auch diesen Band geprüft hatte, „Hazelwood House wird genannt, aber die Besitzerin ist eine Mrs. Hubert Wilson. Versuchen wir es mit 1929." Eine Pause trat ein, während er sich an dem nächsten Buch zu schaffen machte. „Auch hier Mrs. Wilson. Also waren die Randolphs zum Zeitpunkt des Mordes nicht da, denn dieser Band behandelt das Jahr 1928."

„Sie sind weggezogen, nachdem Guy im Krieg verschollen war. Unglückliche Erinnerungen."

„Falls Guy Randolph von den Toten auferstanden wäre", sinnierte Peter, „wäre er nach Wickenham zurückgekehrt und hätte festgestellt, dass seine Familie nicht mehr da war. Entweder hätte er Nachforschungen angestellt und wäre ihnen gefolgt, oder ..." Ihre

Blicke trafen sich. „Du hast keine Chance“, sagte Georgia fest. „Oh, komm schon! Sogar Mike Gilroy braucht Hilfe mit diesem Skelett!“

„Nein, braucht er nicht, und außerdem ist dafür Darenth zuständig und nicht Stour. Der Fall ist zu alt für die Polizei, jetzt, da die Liste der Vermissten geprüft wurde. Er hat schon gesagt, dass wir keine Chance auf eine DNA-Untersuchung haben, weil es keine Hinweise auf einen möglichen Treffer gibt. Außerdem spricht nichts an dem Skelett dafür, dass der arme Kerl ermordet wurde.“ Peter kapitulierte. „Du hast gewonnen – vorläufig. Jedenfalls waren die Randolphs wohl recht angesehen. Ich versuche, im Internet einen Stammbaum der Familie zu finden. Wann fährst du wieder nach Wickenham?“

„Nicht jetzt sofort, aber morgen auf jeden Fall. Vielleicht bleibe ich ein oder zwei Tage. Okay?“

„Wunderbar. Und sorge dafür, dass du mit Adas Stimme zurückkommst.“

***

Luke war ein wunderbares Gegenmittel nach einer Überdosis Peter, dachte Georgia, als sie nach South Mailing fuhr, wo er wohnte. Sie fuhr ihm hinterher, den Blick auf die Rücklichter seines Wagens gerichtet. Auch er brannte für seine Arbeit, abgesehen von einem gelegentlich etwas kurzen Geduldsfaden, aber er war auch die ruhige Stimme der Vernunft, vor allem, als Peter heute Abend in der Guy-Randolph-Theorie geschwelgt hatte. Trotzdem war das Essen in Canterbury schön gewesen. Peter war ins Bett geschickt worden, und Luke hatte vorgeschlagen, dass sie die Nacht bei ihm verbrachte. Sie hatte die Gelegenheit beim Schopf ergriffen. Zum Teufel mit Waschen und Bügeln. Das konnte sie später nachholen. Luke war die Ruhe nach dem Sturm. Wie würde es ihr gefallen, wenn immer Ruhe herrschte, fragte sie sich. Würde sie sich nach dem Sturm sehnen? Das war ihre große Sorge, aber sie drängte den Gedanken beiseite.

Luke wohnte in einem geräumigen Haus aus der Zeit König Edwards VII. Im Erdgeschoss hatten die Büroräume von *Frost & Co.* ihren Platz. Es war kein kleiner Verlag, sondern ein Unternehmen, das es auch in diesen Zeiten harter Konkurrenz mit den ganz großen aufnehmen konnte. Es war auf drei Fachgebiete spezialisiert: Wahre Verbrechen, Militärgeschichte und Memoiren und die Reiseführer für Kent, die viel Geschichte enthielten. Georgia fand alle drei interessant. „Hier inhaliere ich den Duft von gesundem Menschenverstand", sagte sie dankbar, als er die Tür zum Büro aufschloss und ihr die neuesten Ausgaben zeigte. „Wunschdenken! Hier riecht es nur nach geleimten Einbänden – und danach, Haden Shaw entkommen zu sein!"

„Beides zusammen ergibt gesunden Menschenverstand!"

„Ist dieses neue Buch erfolgversprechend?", fragte Luke unumwunden. „Ich habe immer noch Zweifel, nachdem ich Peter heute Abend zugehört habe."

„Es ist noch zu früh, um es zu sagen."

„Zu früh für einen Vertrag, meinst du."

„Dafür ist es nie zu früh", sagte sie ironisch. Es versickerte viel Geld in Spuren, die ins Nichts führten, auch wenn sie die Morde von Wickenham noch nicht für eine davon hielt. Als ihr Vater sich über die fehlende Stimme von Ada beschwert hatte, wusste sie, was er meinte – dass es noch keinen Fall gab, über den man schreiben konnte, lediglich Bruchstücke und Vermutungen, die vielleicht irgendwo hinführen würden, aber Ada selbst, der Kern des Problems, war nicht greifbar. Das war nichts Neues. Bei den meisten ihrer Fälle kam ein Punkt, an dem aus den Mosaiksteinen ein Bild wurde. Untätig abzuwarten, so wie jetzt, war das Schlimmste für Peter und sie. Wenn dieser Wendepunkt nicht bald kam, würde ihnen nichts bleiben außer einem ungelösten, unerreichbaren Nichts, ganz so, wie es mit Rick war. Das war der Ansporn. Aber Luke schleppte keine solche Last mit sich herum. Auch er trug sein Bündel, nur eben ein anderes, wie es jeder hatte, aber es war kein unverdauliches Gebräu, das Brechreiz auslöste. Luke war fünf Jahre älter als sie, und sein Gepäck bestand aus einer Ehe in sehr jungen Jahren, die mit einem Riesenkrach geendet hatte. Seine Frau war im Auto davongerast, um sich mit ihrem Geliebten zu treffen, und auf dem Weg tödlich verunglückt. Georgia hatte den Verdacht, dass Luke sich die Schuld an ihrem Tod gab, obwohl sie die Trennung gewollt hatte. Seine Bürde hatte ihn zum Workaholic gemacht – nur die Fürsorge für Peter und, wie sie dachte, sie selbst lenkten ihn von seiner Arbeitswut ab. War das gut? Sie konnte sich nicht entscheiden, aber als sie nachts in seinen Armen lag, schien es überhaupt keine Rolle zu spielen.

***

„Nun erzähl mir, was dich an diesem Fall so fesselt“, sagte Luke am nächsten Morgen beim Frühstück. „Mary Elgin und das Zweite Gesicht“, antwortete Georgia prompt. Das hatte sie wirklich aufgewühlt und sie war froh, dass Luke erst im nüchternen Licht des Morgens davon anfing. „Das ist vielleicht ein Trick, mit dem sie es bei jedem versucht.“

„Das Risiko muss ich eingehen. Diese Atmosphäre der unerledigten Angelegenheiten geht von ihr aus, da bin ich sicher.“

„Es geht dir wirklich nahe. Du hast im Schlaf über Davy Todd gesprochen.“

„Habe ich das?“ Sie hatte natürlich keine Ahnung davon. Wenn man allein lebte, konnte man getrost im Schlaf Halleluja singen, ohne es je zu erfahren. Darauf angesprochen zu werden, und sei es aus liebevoller Besorgnis, war unbehaglich. Wovon redete sie wohl noch, wenn ihr Bewusstsein im Schlaf ausgeschaltet war? Einem Geliebten gab man nicht nur seinen Körper, sondern auch seine Seele. Wollte sie das? Der Gedanke war tröstlich und abschreckend zugleich, zu viel für heute. Morgen würde sie darüber nachdenken. Jawohl, morgen. Heute hatte sie zu tun.

Sie ging nicht zurück in den Pub, sondern nahm sich ein Zimmer in einem gemütlich aussehenden Bed & Breakfast namens *Country Stop*. Dann fiel ihr auf, dass es in der Nähe der Stelle sein musste, an der Hazelwood House gestanden hatte, fast gegenüber dem Haus der Proctors. Erst nachdem sie ihre Sachen ausgepackt hatte, fragte sie die Besitzerin nach ihrem Namen. Ihr Herz sank, als sie hörte, dass sie Todd hieß. Sie dachte, dass so etwas in einem Dorf leicht passieren konnte, aber trotzdem konnte es sich als Stolperstein erweisen. „Sind Sie mit Bert Todd verwandt?", fragte sie. „Ich bin seine Nichte – das heißt, er ist Ollys Onkel. Olly ist mein Mann. Er ist der Fleischer." Deshalb also gab es in diesem B&B Abendessen. Lucy Todd war um die fünfzig, und obwohl sie professionell auftrat, wirkte sie abgehetzt, als sei sie in Gedanken immer schon bei ihrer nächsten Aufgabe. So war es wohl auch. Georgia beneidete niemanden, der ein B&B betrieb. Sie fragte sich, ob es ein Fehler war, Partei für die Todds zu ergreifen, indem sie hier wohnte, aber sie konnte jetzt keinen Rückzieher mehr machen. Es würde auch niemand Anstoß daran nehmen, außer vielleicht diese unerreichbaren Elgins, wenn sie sie je zu sehen bekommen sollte. Außerdem war es offenbar das einzige B&B im Dorf. Die anderen befanden sich auf Bauernhöfen am Rand, und das war nicht, was sie suchte. Georgia machte eine Standardbemerkung, wie gut es sei, wenn heutzutage die Geschäfte gut liefen. „Aber nicht mehr lange", lautete die Antwort, düster und unerwartet. „Nicht, wenn die sich durchsetzen."

„Wer?"

„Die. Sie wollen uns einen Supermarkt vor die Nase setzen, auch wenn sie uns mit Wohnungsbau bestechen. Kümmert sie das? Nein. Sie wollen das Geld, das der Supermarkt abwerfen wird."

„Wer?" Georgia wusste nicht, wen sie meinte. „Die verdammten Bloomfields. Sie wollen das Herrenhaus und das Land verkaufen, nicht? Haben alles geheim gehalten. Als ob das schicke Hotel nicht genug Kohle bringen würde! Aber nein, sie wollen an einen Supermarkt verkaufen.“ Ihr ging ein Licht auf. „Ah, den Fußballplatz!“

„Und das Cricketfeld. Die liegen genau nebeneinander. Generationen haben auf diesen Plätzen gespielt. Und nun wollen sie sie verscherbeln, für die Förderung der Wirtschaft!“ Das letzte Wort spuckte sie förmlich aus vor Abscheu. „Haben die Sportvereine die Plätze nicht gepachtet?“

„Sie haben sich nie darum gekümmert. Warum auch? Die Bloomfields haben sie immer dort spielen lassen, es gab nie irgendwelchen Ärger. Nun, sie werden nicht so dreist sein, im Dorf wohnen zu bleiben. Sie werden von ihrem schmutzigen Geld leben.“

„Wurde der Ausbau genehmigt?“

„Schon vor Jahren als sie das Hotel ausgebaut und eine Gesellschaft daraus gemacht haben. Damals hatten wir einen verschlafenen Gemeinderat, der nicht begriff, dass es auch für die Sportplätze galt. Sie dachten wahrscheinlich, es ginge nur um eine Art Eisdiele. Jedenfalls stand das Land damals noch nicht zum Verkauf, die Bloomfields müssen irgendwen überredet haben. Die meisten Leute dachten, die Plätze gehörten sowieso der Gemeinde.“

„Was für ein Jammer. Dies scheint so ein harmonisches Dorf zu sein“, log Georgia frech. „Tatsächlich? Vielleicht, wenn man nicht hier wohnen muss. Fragen Sie meinen Mann.“ Georgia war sofort dabei. „Das würde ich wirklich gern. Ich interessiere mich für den Fall Davy Todd, und vielleicht kann er mir helfen.“ Wie erwartet hatte Lucy entweder nie von Davy gehört oder war aus Loyalität gegenüber den Todds sehr verschlossen. „Ich rede mit ihm“, sagte sie nur und klang nicht begeistert. Aber sie hielt ihr Versprechen, denn nach dem Abendessen kam Oliver aus dem privaten Allerheiligsten zum Vorschein. Er war groß und mager und entsprach ganz und gar nicht dem Klischee eines fröhlichen Metzgers. Den Fotos und Büchern ringsum nach zu urteilen, war er ein großer Cricket-Fan, ebenso wie zwei Jungen im Teenageralter, wahrscheinlich seine Söhne, die jetzt erwachsene Männer sein mussten, denn die Fotos waren alt. Oliver nickte ihr höflich zu, aber sie spürte sein Misstrauen. Es war Zeit, die Initiative zu ergreifen. „Ich habe vor ein oder zwei Tagen mit Ihrem Onkel Bert über den Fall Ada Proctor von 1929 gesprochen. Der arme Davy Todd wurde deswegen gehängt, aber ich bin überzeugt, dass mehr dahintersteckt“, sagte sie ernst. „So vieles passt nicht zusammen – es bestehen gute Aussichten, dass er unschuldig war.“ Georgia beschloss, dass es nicht schaden würde, wenn sie die kauzige Forscherin spielte, die sich in den Kopf gesetzt hatte, zu beweisen, dass Davy zu Unrecht verurteilt worden war. „Davon habe ich keine Ahnung“, sagte Oliver leichthin. „Onkel Bert weiß mehr darüber. Wir reden nicht oft miteinander. Es ist ja auch ewig her.“ Seine Stimme klang freundlich, aber sein Blick passte nicht dazu. Hier war nicht viel zu erwarten. „Ich bin keine Sensationsreporterin“, erwiderte sie ruhig. „Diesbezüglich müssen Sie sich keine Sorgen machen.“

„Das tue ich auch nicht, meine Liebe.“ Man hätte ebenso gut mit einer Wand reden können, und vielleicht wäre Georgia nicht weitergekommen, wenn Lucy sich nicht eingemischt hätte. „Wir könnten ihr unsere Fotos zeigen, Olly. Wir wollen doch schließlich nicht“, sie zögerte, „dass sie einen falschen Eindruck bekommt, weil wir nicht getan haben, was möglich ist." Hier stand etwas zwischen den Zeilen, aber was es auch war, Oliver gab widerstrebend nach. „Ich weiß nicht mehr, als Onkel Bert Ihnen sagen kann", wiederholte er. „Niemand hat darüber geredet, verstehen Sie? Ich habe es erst erfahren, als ich über zwanzig war und man meinte, ich sei alt genug. Aber ich denke, Sie können sich die Bilder ansehen." Lucy eilte sofort aus dem Zimmer und kam mit einem Album zurück. Georgia bekam das Gefühl, dass Lucy, ebenso wie sie, darauf brannte, bisher verbotenes Gelände zu erkunden, vor allem, weil sie so hastig blätterte, um ein Bild von Davy zu finden. Wahrscheinlich war es nicht das erste Mal, dass sie über diesem Album brütete. Das war also Davy Todd mit ungefähr zehn Jahren. Georgia sah sich den Schnappschuss eingehend an. Er saß auf einer Steinbrücke, zusammen mit mehreren anderen aus der Familie, der Bildunterschrift nach zu urteilen. Ein Schuljunge, der schelmisch in die Kamera lächelte. Solche Fotos waren immer beklemmend. Fröhliche, unschuldige Kinder, die nicht ahnten, was sie in der Zukunft erwartete. In vielen Fällen aus dem letzten Jahrhundert war es der Tod im Ersten oder Zweiten Weltkrieg gewesen, für Davy dagegen der am Galgen – für einen Mord, den er wahrscheinlich nicht begangen hatte. *Wahrscheinlich.* Georgia merkte, dass sie immer mehr an seine Unschuld glaubte. Sie schluckte, blickte auf und sah, dass Oliver Todds Miene immer noch wachsam war. Es lag an ihr, wie weit sie auf dieser Suche nach der Vergangenheit kam. Er vertraute ihr keine weiteren Informationen an, aber sie hatte den Verdacht, dass er es hätte tun können. Morgen jedoch würde sie tun, was Jim Hardbent vorgeschlagen hatte, und sich mit den Bloomfields treffen. Sie hatten widerwillig zugestimmt, sie zu empfangen, und sie setzte ihre ganze Hoffnung auf sie. *Getränke um 18 Uhr.* Es klang alles sehr formell, aber dieses Urteil war wahrscheinlich ungerecht, denn Trevor Bloomfield arbeitete sicher den ganzen Tag im Hotel Wickenham Manor.

***

Am nächsten Morgen ging Georgia zum Kaffeetrinken ins Hotel. Sie versuchte, sich vorzustellen, wie es als Zuhause für eine Familie gewesen sein mochte, und welche Rolle es in den 1920er Jahren im Dorf gespielt hatte. Sie kam zu dem Schluss, dass sie nicht gern hier gelebt hätte. Früher musste dieses Haus der Dreh- und Angelpunkt von Wickenham gewesen sein, und wenn das Land verkauft wurde, schloss sich der Kreis. Die Marmorsäulen in der Eingangshalle und der mattblaue Teppich wirkten sehr vornehm, aber nicht einladend, und sollte hier einmal eine private, anheimelnde Atmosphäre geherrscht haben, war das lange vorbei. Es war kein gutes Omen für ihren Besuch bei den Bloomfields am gleichen Abend ...

Trevor und Julia Bloomfield wohnten in einem großen modernen Haus im georgianischen Stil gegenüber der Einfahrt des Landsitzes. Georgia schätzte beide auf Ende fünfzig. Sie kam um Punkt sechs Uhr, und sie machten etwas Smalltalk. Dieses Haus mit dem gepflasterten, von Büschen abgeschirmten Vorhof, dem dunkelgrünen Teppichboden und den zur Schau gestellten Vasen und Antiquitäten wirkte wesentlich

84

gemütlicher als das Hotel. Trevor war nicht der langweilige Geschäftsmann, den Georgia erwartet hatte, sondern ein braungebrannter, grauhaariger Charmeur. Er sah aus, als würde er jeden Tag im Fitnessstudio des Hotels trainieren. Er und seine Frau Julia strahlten die Selbstsicherheit aus, die viel Geld mit sich brachte, aber Georgia wusste, dass ein solches Urteil unfair war, wenn man sich zum ersten Mal begegnete. Sein schmückendes Beiwerk, seine Frau, war eine elegante Blondine (sie hatte nachgeholfen) und hatte das Lächeln der Gastgeberin so lange einstudiert, dass es automatisch an seinem Platz blieb. Das Lächeln reichte jedoch nicht bis zu den Augen. Diese zeigten keinerlei Interesse an ihrer Besucherin, nur den resignierten Entschluss, ihre Rolle zu spielen. Georgia war ein Pflichttermin, den sie zwischen Sonnenuntergang und Abendessen untergebracht hatte. „Sie sind also Schriftstellerin, Georgia." Trevor Bloomfield reichte ihr das Glas Weißwein, um das sie gebeten hatte, und Julia schob ihr eine Schale mit japanischen Chips hin. Die mochte Georgia, und das stimmte sie gnädig. Abgesehen davon, war sie noch nicht sicher, was sie von ihnen halten sollte. „Ja, ich arbeite mit meinem Vater zusammen. Er ist für das Schreiben zuständig und ich für die Recherche."

„Ich habe eins Ihrer Bücher gelesen", sagte Trevor. Er klang ehrlich interessiert. „Das über den Fall in Forest Gate." Georgia murmelte irgendetwas Passendes und er fuhr fort: „Was können wir also im Fall Proctor für Sie tun?"

„Mich interessiert alles, was mit dem Herrenhaus zu tun hat – und mit dem damaligen Besitzer. Ich dachte, wenn mir jemand mit Berichten, Erinnerungen und so weiter helfen kann, dann Sie."

„Wir gelten nicht gerade als Wohltäter", sagte Trevor trocken. „Für all die Sportfans hier sind wir eher das Feindbild Nr. 1. Es kümmert niemanden, dass die Bloomfields ihre Anteile an dem Hotel und dem Land verkaufen; aber als es hieß, dass auf diesen beiden Plätzen ein Supermarkt gebaut werden sollte, war es etwas ganz anderes. Sie sind ihrem Squire nicht treu ergeben." Er lachte. „Du spendest den armen Hüttenbewohnern nicht genug Haferbrei, Julia."

„Die meisten haben mehr Geld als wir", sagte sie säuerlich. „Vor ein paar Wochen habe ich die Kinder aus dem Dorf zum Brombeerpflücken eingeladen. Und was meinen Sie, wie viele gekommen sind?"

„Niemand?" Georgia sagte, was Julia hören wollte, aber wenn sie ein Kind aus dem Dorf gewesen wäre, hätte sie sich auch lieber von dieser Hexe mit dem stählernen Blick und ihren Einladungen ferngehalten. „Fast richtig. Ein halbes Dutzend alter Leute aus den Seniorenheimen. Erwarten Sie bitte nicht, dass ich die gute Fee spiele." Georgia lachte pflichtschuldig. „Ich hoffe, sie haben Ihnen zum Dank eine Pastete gebacken."

„Die wissen nicht einmal, was das Wort *Dank* bedeutet. Außerdem, Trevor", fuhr Julia fort, „ein paar Leute sind sehr wohl für den Supermarkt. Es spielt sowieso keine Rolle, weil wir die Genehmigung schon haben, und der Verkauf bald über die Bühne gehen wird. Die Todd-Sippe ist natürlich dagegen, denn ihnen gehören eine ganze Menge Dorfläden, aber das heißt, dass die Elgins dafür sind. Vor allem, da einige von ihnen im

Baugewerbe tätig sind. Sie wittern ihre Chance auf gute Geschäfte."

„Die Elgins?" Georgia griff das Stichwort auf. „Bisher habe ich nur Mary Elgin getroffen." Man musste das Gespräch in Gang halten. Je mehr die Leute redeten, desto mehr gaben sie preis, ob sie wollten oder nicht. „Da sehen Sie es. Sie heißt Mary Beaumont, aber für die Leute ist sie immer noch eine Elgin."

„Für Sie auch?", fragte Georgia neugierig. „Sie nehmen sicher immer noch großen Anteil an allem, was im Dorf vorgeht."

„Wickenham Manor ist vielleicht kein echtes Herrenhaus mehr", antwortete Trevor, „aber das Hotel braucht Mitarbeiter aus dem Ort – und zack, haben wir ihre Animositäten am Hals. Aber sie wollen ja schließlich alle in Lohn und Brot stehen. Ich habe klipp und klar gesagt, dass das nur geht, wenn ich mich darauf verlassen kann, dass im Hotel keine Kämpfe ausgetragen werden."

„Die Feindschaft zwischen den Todds und den Elgins scheint im Fall Ada Proctor eine Rolle gespielt zu haben." Georgia brachte das Gespräch wieder auf das Thema, das für sie wichtig war. „Haben Sie vielleicht Informationen darüber? Hatte Ihre Familie damit zu tun?"

„Nicht, dass ich wüsste. Mein Großvater war damals Squire, also wird er nicht völlig außen vor gewesen sein. Aber dann brach ein neuer Krieg aus, und damit war der Fall im Dorf vergessen. Ich meine, mich an ein Familienfoto von Großvater zu erinnern, auf dem der alte Doktor neben seinem Austin steht. Ich denke, er wird auch Ada gekannt haben." Seine gleichgültige

Miene sagte Georgia, dass sie nicht weiterkommen würde. Sie hatte gehofft, das Archiv von Wickenham Manor durchforsten zu dürfen, aber wenn nicht, hatte sie nichts zu verlieren, und so beschloss sie, nicht um den heißen Brei herumzureden. „Ich habe das Gerücht gehört, dass Ada noch andere Liebhaber außer Davy hatte – wenn er überhaupt einer war. Sie war während des Krieges mit einem Guy Randolph verlobt, aber nach seinem Tod scheint es andere gegeben zu haben. Haben Sie – ich weiß, es ist lange her – vielleicht eine Ahnung, wer es war?"

„Randolph?", fragte Trevor scharf.

„Wissen Sie etwas über ihn?"

„Ein paar Randolphs waren mit meinen Großeltern befreundet, glaube ich. Ich weiß nur von ihnen, weil Major Stewart Randolph auf Bildern in unserem Familienalbum war. Dieser Guy war vielleicht ein Sohn von ihm. Noch etwas zu trinken?" Georgia sagte ja und wusste, was das Zeichen bedeutete – dass es danach Zeit war, zu gehen. Plötzlich herrschte eine frostige Stimmung, und das wunderte sie. „Ihr Großvater hat nie davon gesprochen, dass Guy Randolph nach dem Krieg zurückgekommen sein könnte, oder? Er war verschollen, wahrscheinlich gefallen."

„Ich weiß nicht."

„Was ist mit den Gerüchten über andere Liebhaber?" Verdammt, dachte sie, ich vermassele es gründlich. Trevor würdigte sie nicht einmal einer Antwort, aber zu ihrer Überraschung tat Julia es. Zum ersten Mal zeigte sie echtes Interesse. „Es waren nicht nur Gerüchte."

„*Liebling?*" Trevor konnte seine Ungeduld kaum verbergen. Julia kümmerte sich nicht um ihn. Georgia hatte offenbar einen Nerv getroffen. „Meine Mutter hat mir davon erzählt. Es gab irgendeine Verbindung zwischen den Dienern meiner Großmutter und denen des Herrenhauses. Das ist natürlich alles nur Hörensagen, und vielleicht erinnere ich mich auch nicht richtig."

„Hörensagen kann sehr interessant sein", ermunterte Georgia und klang dabei sehr nach einer eifrigen Forscherin. Julia warf Trevor einen triumphierenden Blick zu, der „*Na, siehst Du?*" sagte. „Es kann keinem mehr schaden, jetzt, da alle tot sind, und vielleicht bewirkt es etwas Gutes", sprach Georgia weiter. „Trevor", sagte Julia leichthin, „ich bin sicher, dein Vater hat erzählt, dass John Sadler ein Verhältnis mit Ada hatte. Das zumindest hat meine Mutter gesagt, soweit ich mich erinnere. Er war noch hier, als wir uns kennengelernt haben." Trevor zuckte wegwerfend die Achseln. „John Sadler war der Verwalter meines Vaters und kümmerte sich um die Ländereien. Außerdem war er verheiratet und hatte zwei kleine Kinder. Es ist sehr unwahrscheinlich, dass er ein Techtelmechtel mit der Tochter des Arztes hatte." Zu Georgias Erleichterung war Julia hartnäckig. „Ja, aber meine Mutter sagte, dass Ada eine gute Freundin von Rose Sadler gewesen sei. Vielleicht hat sie das als Deckmantel für die Beziehung mit John genutzt."

„Leben die Sadlers immer noch in der Nähe von Wickenham?" Georgia nahm keine Notiz von den Gewitterwolken auf Trevors Stirn. „Nicht, dass ich wüsste. Ich erinnere mich nicht an irgendwelche Sadlers auf unserer Liste ehemaliger Angestellter." Eine Liste ehemaliger Angestellter? Das klang gut. „Ich nehme an, dass keiner der Diener, die Sie erwähnt haben, noch lebt?", fragte Georgia hoffnungsvoll. Sie hatte sich an Julia gewandt, aber Trevor mischte sich wieder ein. Jetzt bestand kein Zweifel mehr an seiner Feindseligkeit. „Nein. Es hat nur eine im Haus gewohnt, und die ist vor Jahren gestorben."

„Ihre Tochter lebt noch", kam Julia Georgia zu Hilfe. „Sie leitet das Women's Institute hier. Alice White. Trevor, du weißt nicht mehr, was aus den Sadlers geworden ist, oder?" Sie trieb ihn in die Enge, und er kam nicht um eine Antwort herum, so sehr es ihm auch gegen den Strich ging. „Ich erinnere mich, dass John in den frühen Sechzigern noch hier war, aber ich habe keine Ahnung, ob er tot umgefallen oder weggezogen ist."

„In Ihrem Archiv gibt es wohl kein Material über sie?", fragte Georgia eifrig. „Wir haben keins", schmetterte Trevor den Vorstoß offensichtlich erleichtert ab. „Meine verstorbene Großmutter hat sich die Zeit damit vertrieben, Material zu sammeln, das für das Country Archive Office von Interesse sein konnte, und den Rest vernichtet. Bedauerlich, aber damals herrschte noch kein solcher Eifer, in der Vergangenheit zu wühlen." Er war die Höflichkeit selbst, als er sie zur Tür brachte, aber sie wusste, dass seine Bemerkung ein Seitenhieb gegen sie gewesen war. Sie fand es seltsam, dass er so ungern über etwas sprach, das so lange her war. Vielleicht gehörte er zu den Männern, die gern bestimmten, wo es langging und es übelnahmen, wenn man nur ein bisschen vom Weg abwich. Dann fiel ihr ein, dass Jim Hardbent ähnlich widerwillig gewesen war, offen über Wickenhams Vergangenheit zu reden. *Bis hierhin und nicht weiter.* Es war immer noch eine Schranke da, und die musste sie entweder durchbrechen oder vorsichtig öffnen. Die Botschaft, die bei ihr ankam, lautete, dass Wickenham sich selbst um seine Angelegenheiten kümmerte, und das galt vom Squire aus abwärts. Oder bei ihrer Meinung von Trevor Bloomfield: vom Squire aus aufwärts.

Jetzt blieb Georgia nur noch die Tochter des Dienstmädchens. Das wurde ihr klar, als sie sich auf den Rückweg zum Country Halt machte. Der Gedanke, gleich wieder Todd-Gebiet zu betreten, war ihr plötzlich unbehaglich, also entschied sie sich für einen weiteren Spaziergang zum Feld Crown Lea. Vielleicht bekam sie an der frischen Luft den Kopf frei. Vor zweihundert Jahren, dachte sie, als sie durch das Feld ging, hätte man ein Denkmal an dem Ort errichtet, an dem Ada gestorben war. Heutzutage würden verwelkende Blumen die Stelle kennzeichnen. Für Ada war nichts da. Keine Familie, keine Freunde, keine Berichte, die die Frau auferstehen ließen. Der Zaunübertritt war eingestürzt, sie sprang mit einem Satz über den Graben hinweg und dachte daran, dass sie – wie Ada – die falschen Schuhe für diese Art von Gelände anhatte. Außerdem hatte sie ihre Landkarte nicht dabei. Zu ihrer Linken erstreckte sich flaches Grasland, zu ihrer Rechten Wälder. Irgendwo dort musste die Kalkhöhle sein. Wenn sie die richtige Kleidung anhatte, würde sie es sich ansehen, damit sie Peter wenigstens die Gegend beschreiben konnte. Und dann sah sie einen Mann mit einem Hund, der aus dem Wald auf sie zukam. Ein ganz normaler Mann, der irgendeiner Routine nachging. Anscheinend. Aber wer wusste es schon genau? „Guten

Abend", sagte sie, als er näherkam. Er sah sie an, als fürchte er, dass sie sich auf ihn stürzen würde, und ging mit offensichtlicher Erleichterung weiter. Hatte Ada jemanden auf sich zukommen sehen und ihn trotz der Dunkelheit erkannt? Die Sonne versank jetzt schnell hinter dem Horizont, und bald brach die Jahreszeit an, in der Ada Proctor gestorben war. Hatte sie Angst empfunden oder freudige Aufregung? Nur fünfundsiebzig Jahre lagen zwischen ihnen. Wenn Ada jetzt neben ihr stünde, würde sie ihr sympathisch sein, oder nicht? Es war kein abwegiger Gedanke, dass man eine Hand ins Dunkel strecken und die Vergangenheit streifen konnte.

5. Kapitel

„Haben Sie die *Times* heute Morgen gelesen? Ups, Entschuldigung, ich habe noch nicht abgeräumt." Lucy Todd hechtete auf den Tisch zu, auf dem noch die Reste eines englischen Frühstücks standen. Der Anblick überzeugte Georgia endgültig davon, was sie bestellen sollte. „Grapefruit und Toast, bitte", sagte sie. „Und Tee."

„Ich habe auch richtigen Kaffee." Lucy war sichtlich überrascht, und Georgia wusste nicht, ob sie es schmeichelhaft oder lustig finden sollte, dass man sie für eine Kaffeetrinkerin gehalten hatte. Manchmal war sie eine, aber heute wollte sie Tee. Kaffee würde sie nervös machen, und das passte nicht; jetzt, da sie Eindrücke einfach nur sacken lassen wollte, statt sie gleich zu analysieren. „Vielleicht morgen", sagte Georgia zu dem davoneilenden Rücken. „Nein, ich habe noch keine Zeitung gelesen." Natürlich nicht, sie war ja gerade erst aufgestanden. „Unser Protest hat es auf die Titelseite geschafft!" Eine Grapefruit wurde aus der Küche gebracht und auf den Tisch gestellt. Also ein Missverständnis. Nicht die überregionale *Times*, sondern wahrscheinlich die *Gravesend Times*, in der es um Wickenham ging. Sie war für die Leute genauso wichtig, aber der Schwerpunkt lag auf regionalen Themen. Die Ausgabe der letzten Woche hatte darüber berichtet, dass sich in der Öffentlichkeit Widerstand gegen den

Verkauf der Sportplätze regte und es brodelte. Georgia hatte mitbekommen, dass der Gemeinderat die Genehmigung nicht zurückziehen wollte und dass dieser Protest in aller Eile organisiert worden war. Er war an das Umweltministerium gerichtet. Sie fragte sich, wie die Bloomfields diese Nachricht aufnehmen würden. Jetzt bestand nur noch wenig Hoffnung, dass der Verkauf geräuschlos über die Bühne gehen würde. Lucys schadenfroher Miene nach zu urteilen, braute sich Ärger zusammen. „Deshalb ist Mr. Scraggs hier", fuhr Lucy fort. „Wer?"

„Der Herr aus Zimmer 2. Er ist Künstler." Ihr Vorgänger am Frühstückstisch. „Tatsächlich?" Sie zeigte höfliches Interesse. „Künstler" war ein weites Feld. „Er sagt, er male Häuser." Georgia kam der Gedanke, dass Lucy vielleicht „Anstreicher" mit „Maler" verwechselt hatte. Aber dann sah sie jemanden, der nur besagter Künstler sein konnte. Er stand im Türrahmen, und es bestand kein Zweifel, jedenfalls nicht nach seinem Aussehen zu urteilen: Strähniges braunes Haar, ein kleiner, ebenso strähniger Ziegenbart und ein blasses, sorgenvolles Gesicht. „Guten Morgen", sagte sie freundlich und der Künstler wandte sich kurz ihr zu. „Morgen", brachte er heraus. „Was kann ich für Sie tun, Mr. Scraggs?", gurrte Lucy mit ihrer Berufsstimme. Sie sprachen über das Abendessen, und Georgia wandte sich wieder ihrer Grapefruit zu. Sie war hastig aufgeschnitten worden – natürlich –, schmeckte aber nicht schlecht. Ihr erster Besuch war erst zehn Tage her, aber Georgia fing schon an, sich bei den Todds und in Wickenham allgemein zu Hause zu fühlen, auch wenn ihr klar war, dass sie immer noch als Fremde betrachtet wurde. Es war jedoch gefährlich, zu sehr Mitglied der Wickenham-Familie zu werden, denn Ada Proctors Wickenham war eine gänzlich anderes gewesen als das heutige. Irgendwie musste sie die beiden Welten miteinander verbinden. Laut der Volkszählung von 1901, die sie im Internet gefunden hatten, hatte Major Stewart Randolphs Frau Ethelind geheißen (Wo kam dieser Name her?! Eine elterliche Vorliebe für angelsächsische Vorfahren, die Laune einer Schwangeren oder ein „Familienerbstück"?). Sie hatten zwei Kinder gehabt, Guy und Gwendolen. Guy war zum Zeitpunkt der Volkszählung zehn gewesen und Gwendolen sechs. Ein Dr. John Proctor hatte in The Firs gelebt, zusammen mit Dr. Edward Proctor, dessen Frau Winifred und der gemeinsamen Tochter Ada, damals neun Jahre alt. Der ehrwürdige Gerald Bloomfield hatte mit seiner Frau Mary, ihren Söhnen Jack und Matthew und einer Tochter, Anne, in Wickenham Manor gewohnt. Die einzige Person namens Sadler, die in der Liste auftauchte, gehörte jedoch eindeutig nicht zu der Familie, für die sich *Marsh & Daughter* interessierten. Sie war sechsundachtzig und hieß Queenie. Trotzdem schuf die Volkszählung zusammen mit *Kelly's* ein lebendiges Bild des Alltags, auch wenn man etwas Zeit brauchte, um das Puzzle zusammenzusetzen. Es hatte damals fünf Lebensmittelläden gegeben (was für Zeiten!), zwei Bäcker, einen Kurzwarenhändler, zwei Fleischer, einen Hufschmied, einen Schneider, drei Teestuben, drei Pubs, zwei Autowerkstätten, eine Molkerei, zwei Gemüsehändler, das Postamt und einen Eisenwarenhändler, der auch Kohle verkaufte. Die Fähre nach Maidstone und Gravesend fuhr zweimal wöchentlich, Busse und Züge verkehrten regelmäßig und donnerstags kam der Fischverkäufer. *Wann kann ich endlich zurückkehren?*, dachte Georgia bekümmert.

***

Mary Elgin war beeindruckt von Georgias Ortskenntnis. „Ich erinnere mich an den stinkenden alten Tom – an ihn und seinen muffigen Kabeljau", bemerkte sie bissig. „Mum hätte seinen Fisch nicht einmal der Katze gegeben! Aber Tom hatte genug eigene Stubentiger. Das weiß ich auch noch. Sie machen also Ihre Hausaufgaben, wie?"

„Genau. Zuerst braucht man ein Gesamtbild."

„Wozu braucht man Bilder? Was werden Sie wegen meines Davy unternehmen?" Mary wurde quengelig. „Ich kann nur etwas tun, wenn wir herausfinden, wie Ada wirklich gestorben ist, und wer sie umgebracht hat." Mary grunzte, aber Georgia nahm das als Ermutigung, oder jedenfalls nicht als Ablehnung. „Ich muss in Erfahrung bringen, ob Ada wirklich weitere Geliebte oder zumindest Verehrer hatte. Sie hatte vielleicht nichts für sie übrig, aber diese Leute könnten eine Rolle bei ihrem Tod gespielt haben. Sie haben gesagt, Sie wüssten nichts über die anderen Männer in ihrem Leben, aber der Name Sadler ist gefallen. Können Sie mir etwas über ihn sagen?"

„Natürlich. Warum haben Sie mich nicht gleich gefragt? Er war ein Taugenichts, das sage ich Ihnen. Machte gute Arbeit im Herrenhaus, hielt sich aber für den Nabel der Welt und erwartete das auch von allen anderen. Für mich war er ein alter Mann, also nahm ich keine Notiz von ihm. Er hatte eine nette Frau und Kinder. Aber er war ein Fremder, das waren sie alle."

„Aus welchem Land kam er?"

„Oh, er war Engländer. Aber nicht in Wickenham geboren und aufgewachsen. Kam mit seiner Familie hierher, als er die Stelle im Herrenhaus bekam."

„Wann war das?"

„Das kann ich nicht sagen. Ich weiß noch, wie er hier auftauchte, aber mehr nicht. Es muss nach dem Krieg gewesen sein, wahrscheinlich in den Zwanzigern. Damals herrschte ein reges Kommen und Gehen."

„Wissen Sie, was aus der Familie geworden ist? Sie wohnen nicht mehr in Wickenham."

„Nach dem Zweiten Weltkrieg war er noch hier, daran erinnere ich mich. Sie müssen kurz danach weggezogen sein."

„Und Sie haben keine Ahnung wohin?"

„Ich hatte nicht viel mit ihnen zu tun. Vielleicht sind sie zu einem ihrer Kinder gezogen. So ist es heutzutage nicht mehr. Niemand will einen haben, ob man Kinder hat oder nicht. Nicht einmal die Regierung will einen heute noch." Für Georgia waren ihre Worte ein Aufschrei gegen das Altwerden. Mary hatte Recht. Dieses Heim war gut, verglichen mit vielen anderen, die Georgia besucht hatte, und das Personal war freundlich und hilfsbereit. Aber *wollte* man sie? „Was ist mit Ihrer Familie?", fragte sie sanft. „Den Todds bin ich schon begegnet, aber bisher noch keinem Elgin."

„Da haben Sie nicht viel verpasst", antwortete Mary wie aus der Pistole geschossen.

„Haben Sie noch Kontakt zu Ihren Verwandten?"

„Kontakt? Die würden mich nicht mit der Kneifzange anfassen. Vi und Emmie haben mich verachtet, weil ich Davy geliebt und dadurch Schande über die Familie gebracht habe. Ich kann es ihnen wohl nicht vorwerfen. Das haben Mum und Dad ihnen erzählt, und sie waren jünger als ich, also haben sie es geglaubt."

„Was ist aus Ihnen allen geworden, nachdem Ihre Mutter die Familie verlassen hatte, und Ihr Vater gestorben war?"

„Die Älteren waren verheiratet und haben Vi und Em aufgenommen. Mich wollten sie nicht, vielen Dank auch. Ich bin zu Großmutter Higgins gekommen, Mums Mutter. Sie hatte das Zigeunerleben mehr oder weniger aufgegeben und wohnte in Meopham, also bin ich zu ihr gezogen und in Anstellung gegangen. Dann traf ich Bill Beaumont. Ich kannte ihn noch aus Wickenham, das gab den Ausschlag. Ich wollte es allen zeigen. Also habe ich ihn geheiratet und bin stolz wie ein Pfau nach Wickenham zurückgekommen. Für Großmutter war es ein Witz. Sie hatte diese Elgins nie gemocht. Als Bill und ich geheiratet haben, hatte sich der Tratsch schon sehr gelegt. Wir steckten in der Wirtschaftskrise, und die Leute hatten andere Sorgen. Über den armen Davy war Gras gewachsen. Aber ich habe es nie vergessen. Ich habe Adas Grab gepflegt, so lange ich konnte, weil Davy keins hatte. Ich glaube, das hätte ihm gefallen. Davy hat immer an alles gedacht. Nach dem Prozess sprachen die Todds nicht mehr mit mir, sie fanden, dass ich die Ursache für all das gewesen sei, aber ich weiß nicht, wie sie darauf kamen. Und die Elgins machten es genauso. Irgendwann glätteten sich die Wogen – nachdem der nächste Krieg zu Ende war.

Meine Schwestern waren hochnäsig, aber Bill war beliebt, also meinten sie wohl, wieder mit mir reden zu können. Und ihre Kinder mochten meinen Kuchen. Die jetzige Generation hält mich für eine alte Hexe – nicht gefährlich, nur senil. Verrückt, oder? Selbst wenn Davy schuldig gewesen wäre – was er nicht war – ich war doch erst siebzehn, als all das passierte. Damals gab einem das Leben nie eine zweite Chance. Heute ist es genau umgekehrt, scheint mir. Man bekommt so viele Chancen, wie man will, also ist es egal, was man tut. Warum gibt es keinen vernünftigen Mittelweg im Leben?"

„Sie hatten eine schwere Zeit", sagte Georgia mitfühlend. Sie wurde scharf gemustert. „Ich hatte Davy und Bill. Außerdem erlebt wohl jeder Mensch schwere Zeiten. Aber irgendwie macht man immer weiter." Zac, Rick, ihre Mutter – machte auch *sie* weiter?, fragte sich Georgia. Sie versuchte es. Peter und sie taten es beide. Deshalb waren sie so ein gutes Team. Sie hatten ein gemeinsames Ziel, das sie nicht durch ein Leben in der Vergangenheit aus den Augen verlieren durften. Das erinnerte sie an die Randolphs, aber als sie fragte, ob zu der Zeit von Adas Ermordung jemand verschwunden war, zog sie eine Niete. „Kannten Sie die Familie?", fragte sie. „Ich war noch ein Kind, als die Randolphs aus dem Dorf weggezogen sind. Sie gingen in den Westen und kamen nicht mehr zurück. Ich erinnere mich an die junge Dame, sie war wunderhübsch. Gwendolen. Was für ein Name!" Mary ließ ihn sich ein paar Mal auf der Zunge zergehen. „Sie war sieben oder acht Jahre älter als ich. Wenn ich groß bin, werde ich so wie sie, sagte ich zu meiner Mutter. Sei nicht albern, sagte

Mum. Dads Schwester Eileen arbeitete für die Randolphs; das heißt wohl, dass man sich kannte. Ich glaube, ich erinnere mich auch an den Major. Ich weiß noch, dass ich auf der Feier in der Dorfhalle, als der Erste Weltkrieg zu Ende war, krank wurde. Ich erinnere mich, dass die Männer aus dem Krieg zurückkehrten und dass von denen gesprochen wurde, die nicht wiederkamen. Konnte nicht viel damit anfangen. Und bevor Sie fragen, Tantchen Eileen ist schon lange tot. Wie die Randolphs. Wie alle."

„Aber Sie nicht", sagte Georgia ruhig. Mary richtete sich wieder auf. „Noch nicht. Erst, wenn Sie die Wahrheit über meinen Davy herausgefunden haben. Also, beeilen Sie sich. Gott klopft an meine Tür und hat das Warten langsam satt."

Auf dem Rückweg von *Four Winds* spürte Georgia, dass sie an Völlegefühl litt. Nicht körperlich – Gott sei Dank hatte sie auf das englische Frühstück verzichtet –, sondern geistig. Sie hielt an, um ein paar Minuten nachzudenken. Das war das Problem in dieser Phase eines Falles – die Neigung, sich auf sein *Futter* zu stürzen und es teils aus Eifer, teils aus Zeitdruck, hinunterzuschlingen. Sie wusste, was Peter meinte, wenn er sagte, dass man innehalten und darauf lauschen musste, was die Vergangenheit einem erzählte. Es war wie bei einer Ausgrabung, wenn man ein Skelett freigelegt hatte – die Archäologen mussten viel mehr bedenken als das Alter der Knochen, dann konnte man gesammelte Informationen präsentieren und Unwichtiges unter den Tisch fallen lassen. Aber das war schwierig, wenn Leute wie Mary Elgin einem ihr Herz ausschütteten. Die Flut an Gefühlen konnte den Damm der

Distanz brechen, die man mit solcher Mühe wahrte. Aber Gefühl, sinnierte Georgia, war ja gerade der Grund, weshalb sie sich überhaupt auf diesen Fall eingelassen hatte. Zum Glück hatte sie mit Luke ihren Fels in der Brandung. Wenn sie so weit kam wie Luke, war das Schlimmste überstanden. Plötzlich hatte sie heftiges Heimweh. Nur noch drei Besuche, dann konnte sie in den sicheren Hafen von Haden Shaw zurückkehren. Sicher? Sie stolperte über das Wort. Was war so verstörend – bedrohlich? – an Wickenham? Das Aufwühlen der Vergangenheit oder der Unfrieden der Gegenwart?! Keins von beidem, sagte sie sich ungeduldig. Nichts, was sich nicht mit einem flotten Spaziergang vertreiben ließe.

Wieder auf freiem Feld, wo der Herbstwind pfiff – und dieses Mal hatte sie ihre detaillierte Landkarte fest in der Hand –, war es leichter, sich Marys Wickenham der späten 1920er Jahre vorzustellen. Crown Lea war heute ein bestelltes Feld, aber damals war es eine Wiese gewesen. Letzte Woche hatte sie einen ergiebigen Tag im Public Record Office verbracht und den Obduktionsbericht gefunden. Der Rechtsmediziner hatte aus den Strohhalmen auf Adas Mantel geschlossen, dass sie auf dem Feld nebenan umgebracht worden war, näher am Wald, wo sie Dachse und Nachtigallen hatte sehen wollen. Wieder etwas, das im Prozess zur Sprache gekommen war – oder auch nicht. In den Zeitungsberichten stand jedenfalls nichts davon. Zu ihrer Enttäuschung ging aus dem Obduktionsbericht nicht hervor, ob Ada ein promiskuitives Flittchen oder *virgo intacta* gewesen war. Bei der Untersuchung hatte die Todesursache im Mittelpunkt gestanden. Ada konnte natürlich einen Hang zum Flirten gehabt haben und trotzdem noch Jungfrau gewesen sein, aber es war eine weitere Frage, die noch beantwortet werden musste. Auf der Haben-Seite stand, dass Ada Handschuhe getragen hatte. Eins zu null für Davy Todd (und *Marsh & Daughter*). „Ada", sagte Georgia leise, als sie den rauen Weg beschritt, „warum warst du im Dunkeln hier draußen, wenn nicht wegen der Dachse?" Mit der Karte in der Hand, ging sie weiter bis zum Wald und stieg über den Zauntritt. Selbst bei Tageslicht hatte sie einen Moment Bedenken, obwohl es ein öffentlicher Weg war. Ein großes Schild warnte sie davor, den Pfad zu verlassen. Das war Privatbesitz. *Wessen?*, fragte sie sich und sah auf der Karte nach. Es konnte, ebenso wie Crown Lea, zum Hof der Holes gehören oder zum Herrenhaus. Wickenham Manor lag fern im Osten, aber seine Ländereien waren weitläufig, deshalb wollte sie die Sache unter die Lupe nehmen. Es war offensichtlich, dass dieser Weg nur noch selten genutzt wurde. Wild wuchernde Brombeersträucher und Brennnesseln verdorrten langsam, aber ihre Stiele lagen auf dem Weg, der laut der Karte am Herrenhaus vorbei und zum Weiler Wickenham Forstal führte. Von einer Kalkhöhle war noch nichts zu sehen, obwohl sie auf der Karte verzeichnet war. Dann ging es über einen breiten Pfad und Georgia hatte keinen Zweifel mehr, dass sie hier richtig war. Zu ihrer Linken sah sie frische Reifenspuren. Gemäß der Karte war es kein öffentlicher Fußweg, aber sogar von hier aus konnte sie sehen, wo die Kalkhöhle sein musste. Sie ging weiter, bis sie davorstand. Die Öffnung der Höhle war ungefähr zehn Meter breit, mit Planken abgedeckt und mit Warnschildern versehen; außerdem gab es reichlich Anzeichen dafür, dass die Polizei vor kurzem hier gewesen war. *Okay, Peter, ich habe es versucht*, sagte Georgia sich – aber bisher wenig erreicht, wie es schien. Es sei denn, Ada war mit John Sadler verabredet gewesen. Oder, wie sie zugeben musste, mit dem Skelett in der Kalkhöhle.

Als sie zu Alice White kam, war ihr sehr nach einem späten Morgenkaffee. Alice wirkte wie der Mittelpunkt des Lebens in Wickenham, eine geschäftige Frau Ende fünfzig oder Anfang sechzig, mit wachem Blick und sehr mitteilsam. Beinahe *zu* mitteilsam. Die Worte kamen in einem nervösen Schwall, als hätten sie sich aufgestaut, und Georgia merkte, dass Alice dabei die Kaffeekanne im Auge behielt, nicht ihre Besucherin. Aber ihr vollgestellter Wohnzimmertisch war eine angenehme Abwechslung zu *Four Winds*. „Ja, meine Mutter war Dienstmädchen im Herrenhaus, bis sie in den 1930er Jahren heiratete, und ich glaube, sie ist im Krieg dorthin zurückgegangen. Sie war die Einzige, die mit der *Wölfin von* Wickenham arbeiten konnte."

„Mit *wem*?" Alice kicherte, als sie den Kaffee eingoss. „Alle haben sie so genannt, nicht nur Mum. Ich wundere mich, dass Sie noch nicht auf Mrs. Priscilla Bloomfield gestoßen sind. Natürlich nicht auf sie persönlich. Zum Glück weilt der Besen nicht mehr unter uns. Sie war die Frau von Matthew, dem ehemaligen Squire, und die Großmutter des jetzigen, Trevor Bloomfield. Matthew war zur Zeit des Proctor-Falles gerade Squire geworden – das interessiert Sie doch, nicht wahr?" Sie schaute plötzlich auf, begegnete Georgias Blick und wandte sich wieder der Kaffeekanne zu. „Er starb während des Krieges, und ihr Sohn übernahm das

Herrenhaus. Bis Bertram heiratete – und noch lange danach –, schwang seine Mutter das Zepter. Sie war eine bösartige alte Frau – ging erst in den 1980er Jahren von uns –, aber meine Mutter war eine gute Seele und kam mit jedem aus. Außerdem war es damals schwierig, Personal zu finden, so dass selbst die Wölfin nicht zu weit ging. Dann hätte sie ja selbst abwaschen müssen, und das kann ich mir bei der feinen Dame nicht vorstellen. Was wollen Sie über den Fall Proctor wissen?“ Georgia war nicht überrascht, dass Alice White genau wusste, wofür sie sich interessierte. Wahrscheinlich wusste es mittlerweile das ganze Dorf. Trotzdem war Alice sehr erpicht darauf gewesen, sie zu sehen. „Mich interessieren vor allem die Sadlers. Er arbeitete als Verwalter für die Bloomfields. Kannten Sie sie, oder wissen Sie, was aus ihnen geworden ist? Es besteht wenig Aussicht, dass sie etwas über den Mord an Ada Proctor wissen, aber anscheinend gibt es das Gerücht, dass Ada ein Verhältnis mit John Sadler hatte.“

„O ja, ich kannte Onkel John – so nannte ich ihn als Kind. Und das ging so, bis er und Tantchen Rose wegzogen. Sie war ein Schatz. Alle haben sie geliebt.“

„Sogar John Sadler?“

„Ich glaube, dass sie ein glückliches Paar waren, aber ich war noch ein Kind, also kann ich es nicht beschwören. Mum hat nie etwas Gegenteiliges gesagt, aber das hätte sie ohnehin nicht getan. Er ging in Rente, wahrscheinlich Ende der 1950er Jahre, und sie zogen zu oder in die Nähe ihrer Tochter. Sie wohnte irgendwo im West Country.“

„So wie die Randolphs", bemerkte Georgia. Noch mehr schwammige Angaben, die sie nicht weiterbrachten – es war deprimierend. „Die Randolphs?"

„Hat Ihre Mutter auch für sie gearbeitet?" Georgia hatte Interesse aus Alices Stimme herausgehört. „Nein, es hat mich nur an etwas erinnert. Sie wissen, manche Vorfälle aus der Kindheit bleiben einem im Gedächtnis, aber man kann sie nicht einordnen. Eines Tages, als ich fünf oder sechs war, kam dieser wunderbare Mann zu uns nach Hause. Er redete so merkwürdig, und Mum sagte später, er sei Franzose. Er trug Uniform und ich wusste schon als Kind, was das bedeutete – dass er im Krieg kämpfte. Er war sehr charmant und widmete mir viel Aufmerksamkeit – er ließ sich von mir das Dorf zeigen und vor allem Hazelwood House. Ich verliebte mich Hals über Kopf und fragte Mum hinterher nach ihm aus. Sie sagte, er heiße Randolph und sei auf der Suche nach einer Familie, die in Wickenham gelebt habe. Ich träumte wohl davon, dass er eines Tages zurückkommen und mir einen Heiratsantrag machen würde. Wahrscheinlich habe ich zu viele Hollywood-Filme gesehen."

„Aber er kam nie zurück?"

„Ich habe nie mehr etwas von ihm gesehen oder gehört. Aber der Name ist mir im Gedächtnis geblieben, vor allem, weil wenig später The Firs – es befand sich gegenüber von Hazelwood House – von einer Fliegerbombe getroffen wurde. Auch Hazelwood House wurde beschädigt. Es stand noch lange nach dem Krieg verlassen da, und ich malte mir aus, dass es darauf wartete, *unser* Haus zu werden, seines und meines.

Jedenfalls", fügte sie hastig hinzu, „Mum hatte keine Ahnung, wo die Randolphs waren."

„Und auch nicht, wo die Sadlers waren?", fragte Georgia ohne große Hoffnung. „O doch, habe ich das nicht gesagt? Mum blieb in Kontakt mit Rose. Die ist natürlich schon lange tot und ihre Tochter wahrscheinlich auch." Alice brach plötzlich ab und wurde rot. „Haben Sie vielleicht die Adresse, damit ich mich erkundigen kann?", fragte Georgia. „Ja, in dem alten Adressbuch meiner Mutter. Ich gebe sie Ihnen." Sie ging zu einem Schreibtisch und kritzelte sie auf ein Stück Papier. Dann stieß sie hervor: „Hören Sie, denken Sie bitte daran, niemandem zu erzählen, dass ich sie Ihnen gegeben habe? Ich hätte es gar nicht erwähnen sollen!"

„Natürlich." Georgia war überrascht, denn Alice wirkte nicht wie eine Frau, die sich übermäßig sehr sorgte. Alice sah erleichtert aus, dann fing sie wieder an, wie ein Wasserfall zu reden. „Es ist wegen meines Mannes. Er ist – nun ja – komisch, wenn es um die Vergangenheit geht. Darum habe ich ihm auch nicht erzählt, dass Sie kommen. Er hält nichts davon, den alten Fall aufzuwärmen. Er sagt, es sei alles schon schlimm genug, auch ohne dass man den Todds Munition liefert." Georgia griff den wichtigen Punkt auf – den Rest konnte sie in ihrer Freizeit entwirren. „Aber *Sie* interessieren sich für den Fall?"

„Ich habe das Ganze satt. Ich habe genug davon, Vorsitzende des Women's Institute zu sein, wenn ich dabei als Prügelknabe ausgenutzt werde. Es ist Zeit, dass die Sache geklärt wird, und wenn Sie es können –" Das Geräusch der Haustür, die aufging, gefolgt von Schritten, ließ sie verstummen. Sie wurde blass. „Sagen Sie ihm, dass Sie hier sind, weil Mary ausrichten lässt, dass sie Geld braucht." Was hatte das zu bedeuten? Georgia schluckte und war fast so nervös wie Alice, als die Tür aufging und ein großer, stämmiger Mann in den Sechzigern eintrat. „Hallo, George. Du bist aber früh dran!" Alice brachte ein strahlendes Lächeln zustande. George White dagegen strahlte nicht. Er erkannte Georgia offenbar sofort, obwohl sie sich nicht erinnern konnte, ihn schon einmal gesehen zu haben. „Sie sind diese Journalistin, die ihre Nase in alles hineinsteckt! Was hast du ihr erzählt, Alice?"

„Mary Beaumont wollte, dass ich ihr etwas ausrichte, Mr. White", log Georgia gehorsam. „Und was faselt Mary jetzt wieder?" Aber er ließ Georgia nicht zu Wort kommen, sondern fuhr sie an: „Erzählen Sie es mir nicht – und jetzt raus aus meinem Haus! Sie hat wieder von dem verdammten Davy geblökt. Richtig?" „Falsch", erwiderte Georgia. Sie dankte Alice und ging zur Tür. „Mrs. Beaumont *blökt* nicht."

***

Sie umklammerte das Stück Papier mit der Adresse wie einen Rettungsring, denn sie hatte das Gefühl, langsam zu ertrinken. Und sie schauderte beim Gedanken an den Ehekrach, der zweifellos zwischen Alice und ihrem Mann ausgebrochen war, sobald sie gegangen war. Gott sei Dank lebte sie allein! Sie konnte gehen, im Gegensatz zu Alice. Weshalb diese Aufregung? Sicher nicht wegen der Sadlers. Selbst wenn sie die Familie ausfindig machte, wusste eine Enkelin wohl kaum, ob ihr Großvater vor über siebzig Jahren ein Verhältnis mit Ada Proctor gehabt hatte, geschweige denn, ob er sie deshalb umgebracht hatte. „Und, wie kommen Sie voran?", fragte Jim Hardbent, als sie zu ihm nach Hause kam. Er wohnte mit seiner Frau Janet in der ehemaligen Schmiede des Dorfes. Das Haus war offenkundig größer und vornehmer geworden, seit der Betrieb eingestellt worden war. Die alte Schmiede selbst, in die er sie jetzt führte, hatte Jim der Dorfgeschichte gewidmet, aber der Kamin verströmte immer noch den muffigen Geruch von Qualm. Beim Anblick der schweren Balken und Backsteinmauern rechnete man jeden Moment damit, dass ein paar Pferde hereintrotten würden, um beschlagen zu werden. An dem kahlen Mauerwerk hingen alte Fotos, und eine Wand verschwand ganz hinter Regalen mit sorgfältig etikettierten Aktenordnern. Georgia verzog das Gesicht. „Nicht so gut." Sie entschied sich dafür, Jim von ihrem letzten Erlebnis zu erzählen. Es war Zeit, dass sie dieser Feindseligkeit auf den Grund ging. „Ich verstehe das nicht", sagte sie schließlich. „Warum ist dieser George White so empfindlich, wenn es um diesen Fall geht?"

„Sie wissen doch, wer er ist, oder?" Jim sah überrascht aus. „Sie haben sich in die Höhle des Löwen gewagt und der Löwe hat Sie gefressen. Ich wundere mich wirklich über Alice. Sie ist ein echtes Risiko eingegangen." Ihr kam ein schrecklicher Verdacht. „Er ist doch wohl kein Elgin?"

„Das Oberhaupt der Sippe, meine Liebe. George Elgin White ist der Sohn von Vi und damit Marys Neffe, und Tom, der Bauarbeiter, ist sein Bruder. Sie sind die Hauptgegner der Todds bei dieser Supermarktgeschichte."

„Aber was hat Ada Proctor damit zu tun?“ Sie fand es unglaublich. „Sie ist ein Teil der Fehde.“

„Aber warum“, sagte Georgia verzweifelt, „war Alice so versessen darauf, darüber zu reden? Denn das war sie wirklich.“

„Ich weiß. Sie denkt dasselbe wie ich – dass diese Fehde Gift für Wickenham war und ist und dass man ihr ein Ende machen muss.“

„Und warum“, es war Zeit, mit offenen Karten zu spielen, „misstrauen Sie mir auch?“ Er grinste, kein bisschen beleidigt. „Weil das eine Fremde nichts angeht.“

„Und haben Sie dieses Gefühl immer noch?“ Er dachte nach. „Nein. Jetzt, da George den Mund aufgerissen hat, gibt es kein Zurück mehr, und diese Klage wird die Fehde sowieso zu einer Entscheidung bringen. Zeit, dass ich mich einschalte, denke ich.“ Er schritt sofort zur Tat und zog einen Ordner aus einem Stapel mit ähnlichen Einbänden heraus. „Das hier können Sie sich ansehen, meine Liebe. Es sind die Abrechnungen der Praxis von 1927 bis 1930, alle in Adas Handschrift – natürlich nur bis zu ihrem Tod, danach hat es jemand anders übernommen.“ Georgia griff sofort zu. Sie war keine Expertin für Handschrift, aber diese Notizen würden ihr wenigstens etwas über Ada sagen. „Wo, in aller Welt, haben Sie das her?“

„Nun, Krankenakten sind eine Sache, aber das hier sind private Notizen aus der Praxis – Abrechnungen für Medikamente, Besuche etc. Mein Dad hat sie und noch mehr desgleichen bekommen, nachdem das Haus von einer Bombe getroffen worden war. Es wurden viele Sachen gerettet, aber von der Familie Proctor lebte ja niemand mehr.“ Als sie sich in die

Aufzeichnungen vertiefte, fuhr Jim fort: „Dr. Proctor war ein Krankenkassenarzt, das heißt, er war gemäß dem Parliament Act 1911 beim örtlichen National Insurance Committee registriert. Einige Patienten mussten immer noch selbst zahlen, aber wer Arbeit hatte, entrichtete seine Beiträge und bekam alles umsonst, wenn er krank war. Aber ein paar Jahre nach seiner Pensionierung wurden die Beihilfen gestrichen. Ausgerechnet da, als die Leute wirklich kostenlose Behandlung brauchten, wurde sie ihnen genommen. Verrückt, aber damals war es ein Schritt in die richtige Richtung.“

„Mrs. Hodges, 6 Pence für Einreibemittel von ABC. Mr. Jacobs, nux vomica, Miss Gordon, Schlafmittel“, las Georgia. Aber die Handschrift interessierte sie mehr als der Inhalt. Sie war sauber, groß und kühn, in schwarzer Tinte, nicht gerade gestochen, aber ein einheitlicher Stil. Es war die Schrift einer Frau, die ihren eigenen Kopf hatte. Als nächstes brachte Jim ihr einen Band mit Haushaltsabrechnungen. Der war genauso gewissenhaft geführt und enthielt den Lohn von Elsie. „War Elsie ihr Dienstmädchen?“, fragte sie. „Ja. Sie blieb bei dem neuen Besitzer, nachdem der Arzt gestorben war, und heiratete nie, soviel ich weiß. Sie starb gemeinsam mit den neuen Besitzern, als die Fliegerbombe das Haus traf.“ Georgia verbrachte mehrere Stunden damit, nicht nur die Ordner und Jims Postkarten zu studieren, sondern auch eine Sammlung von Fotos. Die meisten waren verschwommene Schnappschüsse, aber mehrere zeigten Ada und ihren Vater. An ein oder zwei erinnerte sich Georgia, sie hatte sie in den Zeitungen gesehen, aber andere waren ihr neu. Wenn man sich alte Fotos lange genug ansieht, dachte sie, taucht man in die

Welt ein, in der sie aufgenommen wurden. Die Fotos von Ada machten den gleichen Eindruck wie ihre Handschrift – den einer Frau mit einem starken Willen, eher gutaussehend, denn als schön zu bezeichnen. Das Kinn sagte alles. Sie wirkte etwa so groß wie Georgia, ungefähr einen Meter siebzig, und ihr Haar war dunkler als Georgias honigbraunes (wie Luke es hartnäckig nannte). Es war schwer, aus so dürftigem Material Schlüsse zu ziehen, vor allem, wenn die langen schlichten Kleider und die Schuhe mit Knöpfen einen beeinflussten. Aber Ada sah für Georgia nicht aus wie eine Frau, die ihren Ruf und den ihres Vaters aufs Spiel setzte, indem sie etwas mit einem verheirateten Mann anfing – oder mit ihrem Gärtner. Die Tochter eines Arztes, die selbst respektiert war, achtete auf ihren Ruf. Als sie sich schweren Herzens losreißen wollte, um nach Haden Shaw zurückzufahren, sah sie die Schachteln mit dem Etikett „Mündliche Überlieferungen".

„Was ist das?", fragte sie neugierig. „Memoiren?"

„Ein paar. Das meiste sind Aufnahmen." Georgia sah Jim an, dass er sie die ganze Zeit zum Narren gehalten und eine mögliche Fundgrube verschwiegen hatte. „Aufnahmen von Leuten, die aus ihrer Gegenwart erzählen?" Sie versuchte, ihre Aufregung zu verbergen, aber es misslang. „Nicht aus ihrer Gegenwart, sondern aus ihrer Vergangenheit. Niemand kann sein eigenes Heute beschreiben. Was soll man schon dazu sagen? Die Müllabfuhr kommt jeden Montag?! Das Gestern ist etwas anderes. Ob es die Wahrheit ist oder nicht, das steht auf einem anderen Blatt." Georgia wagte kaum zu fragen. „Wie weit reichen Ihre Aufnahmen zurück?" Natürlich ließ er sich Zeit mit der Antwort. „Vielleicht haben Sie Glück. Mein Großvater war der erste von uns Sammlern. Er hatte ein Detektorradio und machte Aufnahmen mit Zylindern und dergleichen. Er dachte, er wäre Edison geworden, wenn er nicht zu spät zur Welt gekommen wäre. Er hat oft Leute ausgefragt und sie dazu gebracht, über alte Zeiten zu reden, meistens über die alte Königin. Das war Victoria."

„War das in den 1920er Jahren?" Ihr Mund war trocken vor Aufregung. „Nun, es würde mich nicht überraschen."

„Und kann man sich die Aufnahmen heute noch anhören?", hakte sie nach. „Sie würden nicht viel taugen, wenn man das nicht könnte. Vor ein paar Jahren habe ich alles in eins dieser Tonstudios gebracht und die Aufnahmen auf CDs brennen lassen." Immer mit der Ruhe. So viel Glück konnte sie nicht haben. Sie fragte: „Ist vielleicht eine Aufnahme dabei, in der Ada spricht?"

„Lustig, dass Sie das fragen, meine Liebe. Sie sind alle alphabetisch geordnet, und ich habe für Sie nachgesehen. Ich habe noch ein paar mehr, für die Sie sich vielleicht interessieren – eine von dem alten Arzt, eine von den Todds, dem Squire –"

„Heute", sagte sie inbrünstig, „ist mein Glückstag!"

„Erwarten Sie nicht zu viel, Georgia. Sie reden lediglich über das Dorf, noch dazu über dessen Vergangenheit. Mein Großvater wollte dokumentieren, wie es sich nach dem Ersten Weltkrieg verändert hatte. Auf dem Kriegsdenkmal sieht man, dass jede Familie in Wickenham jemanden verloren hat. Das sorgte überall für großen Wirbel, vom Squire bis hinunter zum Fleischer, denn alle hatten erwartet, dass ihre Söhne die Nachfolge antreten würden. Nun mussten sie Leute von auswärts anlernen. Andere hatten gar keine Erben mehr, weil der Krieg ihnen alle genommen hatte. Einige Männer, die überlebt hatten, wollten mehr als Wickenham zu bieten hatte, und verließen das Dorf. Es gab keine Aufgaben für die Helden, wie man ihnen eingeredet hatte."

„Ich wünschte, Sie hätten mir eher von diesen Aufnahmen erzählt." Sie versuchte, nicht vorwurfsvoll zu klingen. „Sie mussten erst Wickenham kennenlernen, vorher hätte es keinen Sinn gehabt. Ich war nach Ihrem ersten Besuch bei Mary. *Ist sie hartnäckig?*, fragte ich. *Hoffentlich*, sagte Mary. *Wenn sie nicht beweist, dass mein Davy unschuldig war, tut es keiner mehr.* Da wir nun alle in einem Boot sitzen, mache ich Ihnen Kopien von diesen CDs."

Georgia konnte ihr Glück immer noch nicht fassen. Sie lud ihn auf einen Drink ein, und sie gingen in den *Green Man* hinüber. Im Pub war es voll für einen frühen Abend, und als sie die Getränke vom Tresen zum Tisch brachte – sie hatte einen am Fenster ergattert –, bemerkte sie den großen Mr. Scraggs. Er sah sie nicht, denn er war in eine angeregte Diskussion mit Oliver Todd und ein oder zwei anderen, die sie nun als Angehörige des Todd-Clan erkannte, vertieft. Wahrscheinlich ging es um den Protest. Ihnen stand *Bitte nicht stören* ins Gesicht geschrieben. „Im Moment erscheint die Vergangenheit einfacher als die Gegenwart", sagte sie zu Jim, als sie die Gläser hinstellte. Er warf einen Blick auf die Gruppe. „Die Vergangenheit *ist* die Gegenwart, Georgia. Es führt kein Weg daran vorbei. Sie schwelt wie ein Vulkan, und dann, eines Tages – rums! Halten Sie sich davon fern!"

***

„Was bringst du mir mit?" Peter starrte auf die Einkaufstüte, die Georgia triumphierend ins Zimmer trug, obwohl sein Abendessen schon auf dem Tisch stand. Es war nicht der beste Zeitpunkt, ihre Trophäen zu präsentieren, aber er wollte nicht abwarten, also fuhr sie fort. „Ada Proctors Stimme." Er sah verwirrt aus. „Du meinst, du hast Adas Wickenham auferstehen lassen. Beschreibe es mir. Und dann erzähle ich dir, was *ich* entdeckt habe." Zum Kuckuck mit ihm, dachte sie. Er hatte offenbar wenig Vertrauen in ihre Recherche, also tat sie einfach, was er sagte. „1929", begann sie mit wichtiger Miene, „war Wickenham ein ruhiges, mehr oder weniger unabhängiges Dorf mit guten Verbindungen nach London. Die Kriminalitätsrate war keine echte Herausforderung für Wachtmeister Plod. Auf den Sportplätzen von Wickenham Manor wurden Fußball und Cricket gespielt, und niemand hielt eine Pacht für nötig, da jeder wusste, dass Squire Gerald Bloomfield sie nie vor die Tür setzen würde. Er starb im gleichen Jahr, und sein zweiter Sohn Matthew wurde der neue Squire, weil der Erstgeborene Jack im Krieg gefallen war. Niemand wusste viel über Matthew, aber man rechnete nicht mit großen Veränderungen – obwohl er mit einem Drachen verheiratet war, der sogenannten *Wölfin von Wickenham*."

„Wie bitte?"

„Sie hieß Priscilla. Glücklicherweise ging ihre Grausamkeit nicht so weit, dass sie die Cricket- und Fußballplätze zubauen wollte. Matthew starb während des Zweiten Weltkriegs eines natürlichen Todes, und sein Sohn Bertram – der damals in Sizilien kämpfte – beerbte ihn. Mit der Zeit wurde Geld ein Problem. Aber zurück in das Jahr 1929. Damals hatte die Rezession Großbritannien noch nicht erwischt. In Wickenham brummte die Wirtschaft dank des Hopfens – diese Industrie war noch nicht im Niedergang.“

„Du kannst die ökonomische Lage überspringen.“

„Soll ich das Bild malen oder nicht?“

„Liebste Georgia, sei so gut und fahre fort.“

„Es gab irgendeinen Erlass, der denen zugutekam, die Arbeit hatten, aber Dr. Proctor hat es für die armen Teufel der Gemeinde gemildert. Deshalb war er sehr angesehen, ebenso wie seine Tochter.“

„Was ist mit dem Gerücht, sie sei eine Schlampe gewesen?“

„Das will ich vorerst ignorieren. Du weißt, wie leicht solches Gerede anfängt. Weiß der Himmel, was man in Haden Shaw von mir und Luke hält!“ Peter ging nicht darauf ein, und sie hatte den Verdacht, dass er mit Schrecken an den Tag dachte, an dem sie und Luke heirateten. Dann würde es heißen: *Marsh, Daughter & Son-in-law!* Drei Leute arbeiteten meistens nicht gut zusammen. „Warum hat sie nicht einen anderen geheiratet, nachdem Guy verschollen war?“, unterbrach Peter. „Nicht genug Männer“, antwortete Georgia lapidar. „Ein ältlicher Pfarrer war alles, worauf Ada und ihresgleichen hoffen konnten.“

„Und gab es in Wickenham solche unbezahlbaren Lückenbüßer?"

„Nein. Reverend Percy Standing war mittleren Alters und zu dieser Zeit schon um die Ecke gebracht worden (einem bösen Gerücht zufolge, in Wirklichkeit war es wohl eine Lebensmittelvergiftung), er war verheiratet und hatte Kinder. Er starb während des Zweiten Weltkrieges, und seine Witwe zog mit den Kindern an die Südküste. Wir haben eine Adresse, aber die ist wahrscheinlich nicht mehr aktuell." Das hatte sie dem jetzigen Pfarrer entlockt. „Lohnt es sich, da nachzuforschen?"

„Wenn ich das Funkeln in deinen Augen richtig deute, meinst du, dass Ada ihm vielleicht ihre Sünden gebeichtet hat. Nach den Fotos zu urteilen, die ich gesehen habe, hat sie nicht gesündigt, und wenn sie es getan hätte, hätte sie niemandem irgendetwas gebeichtet. Sie war sehr unabhängig. Wir können uns weiter mit ihrer Persönlichkeit befassen, wenn du willst."

„Warum, wenn ich fragen darf?"

„Wegen Adas Stimme."

„Aber", er sah ihr ins Gesicht, „du verheimlichst mir doch etwas. Was ist es?" Der Satz endete fast in einem Wutgeheul. „Du hast mich ja nicht zu Wort kommen lassen, sondern wolltest unbedingt ein Bild vom Dorf. Lauschen wir nun also Ada!" Peter verstummte für einen Moment, als sie die CD hervorholte, auf der Ada zu hören war. Dann fragte er vorwurfsvoll: „Hast du dir das schon angehört?"

„Nein. Jim meinte, wir sollten es uns zusammen anhören, weil wir auch das Buch zusammen schreiben."

„Sehr anständig von ihm“, brummte Peter. *Es war auch sehr anständig von Jim, dass er Adas Beitrag auf die CD gebrannt hatte*, dachte Georgia. Bei der Neuaufnahme waren das Knacken und die Hintergrundgeräusche des Originals nicht herausgefiltert worden; wahrscheinlich, um nicht zu riskieren, dass die Stimmen verändert wirkten. Aber Georgia fand gerade das spannend. Es klang wie eine alte Radioaufnahme. Und dann erklang Adas tiefe Stimme, die ihr sofort sympathisch war. Sie lachte und sagte: „Ich weiß wirklich nicht, was ich sagen soll, Fred. [Ein paar Worte fehlen.] Die Jahrhundertwende? Ja, da waren natürlich die Erntehelfer, ein paar von ihnen kommen immer noch. Und die alte Maud – weißt du noch? Sie war ungeheuer dick und brachte ihr eigenes Bett mit – und zehn Kinder! Ein paar von ihnen kommen immer noch, aber Maud ist gestorben. Mein Großvater lebte damals noch. Wie altmodisch das heute wirkt – der alte Doktor in seinem Gehrock und seiner Ponykutsche! Ich war manchmal dabei, wenn er seine Besuche machte. Ab und zu nahm er mich mit ins Herrenhaus, und ich bekam in der Küche etwas Schönes zu essen, während er mit dem Squire sprach. Ich durfte auch das Geld einsammeln – so habe ich gelernt, Buch zu führen, und konnte meinem Vater helfen. Und ich erinnere mich an die Feierlichkeiten anlässlich der Krönung Edwards VII. Sie mussten verschoben werden, weil er krank war. Guy [eine kaum merkliche Pause] und ich waren so wütend, weil das Kinderfest im Herrenhaus auch verschoben werden musste. Wir glaubten nicht, dass es je stattfinden würde, aber im August, glaube ich, haben wir im

Garten des Herrenhauses gefeiert. Aber es war nicht dasselbe.“

Georgia schaltete die Aufnahme aus. Genug für den Moment. Der Rest konnte warten. „Was meinst du, Peter?“

„Eine selbstsichere Stimme, sehr menschlich, nicht wahr? Sie wusste, wer sie war und wo sie ihren Platz im Leben hatte.“ Peter grübelte. „Arme Frau. Sie war nicht so sicher, wie sie dachte. Jemand hat sie umgebracht.“

„Es ist über siebzig Jahre her“, sagte Georgia milde. „Wenn man anfängt zu forschen, kommt es einem vor wie gestern.“

„Was wolltest du mir erzählen?“, fragte sie schnell, um ihn abzulenken, denn sie sah, wohin das führen konnte. Zum Glück ging Peter darauf ein. „Mike hat angerufen. Auf sein Bitten hin hat Darenth ihm noch ein paar Informationen über die forensische Untersuchung der Sachen aus der Kalkhöhle gegeben. Es wurden ein paar Münzen gefunden – vielleicht haben sie dem Verstorbenen gehört, vielleicht auch nicht.“

„Was weißt du über die Münzen?“

„Zwei von ihnen waren französische Francs von 1919. Das war lange vor der Währungsreform. Du erinnerst dich nicht daran, aber irgendwann Ende der 1950er Jahre wurde aus einhundert Francs ein Franc. Davor war ein Franc nur etwa zwei Pence wert; so eine Münze, die man ewig in der Tasche hat, falls unser Skelett aus Frankreich kam. Das könnte erklären, warum die Liste der Vermisstenfälle aus Wickenham und Umgebung nicht dazu passen.“ Georgia konnte der Versuchung nicht widerstehen. „Und auch, warum man einen französischen Offizier namens Randolph nicht damit in Verbindung bringen konnte."

„Georgia, was soll das heißen?" Peter starrte sie finster an. „Er kam erst im Zweiten Weltkrieg nach Wickenham", schloss sie unheilverkündend. „Tut mir leid."

6. *Kapitel*

Georgia parkte hinter dem *Green Man*. Sie wusste nicht, warum Jim sie so Hals über Kopf sehen wollte. Sie solle kommen, das war alles, was er am Telefon gesagt hatte. Und da sie sowieso mehr Zeit brauchte, um sich seinen Aufnahmen zu widmen, hatte sie zugestimmt. Der sechzehnte Oktober – der Tag, an dem die Protestkundgebung stattfinden sollte –, war aus ihrer Sicht nicht der beste Zeitpunkt, aber wenigstens war das Dorf dann so mit seiner gegenwärtigen Krise beschäftigt, dass ihr Tun und Lassen nicht im Mittelpunkt der Aufmerksamkeit stehen würde. *Marsh & Daughter* hatten die letzte Woche im Wickenham von 1929 gelebt, und das Dorf von heute kam ihr allmählich vor, als hätte es sich nur verkleidet. Heute sah sie nicht die langweilige, verputzte Fassade der Fleischerei Todd, sondern eine aus Fachwerk. Der *Green Man* stand noch nicht bei der *Penpont*-Brauerei unter Vertrag, und Gäste aus London kamen in Kutschen. Aber die Dorfhalle war kein viktorianisches Gebäude im Park, aus dem man ein angesagtes Restaurant hätte machen können, sondern ein nagelneues Gebäude. Das Herrenhaus war kein Privathaus mehr, in Hazelwood House fanden keine Tennisturniere mehr statt, und Dr. Proctor kam nicht mehr jeden Morgen hinunter zum Frühstück, das Elsie oder Ada zubereitet hatte, bevor er in

die Praxis ging. Die Gärten von The Firs gehörten jetzt
zu den Neubauten und wurden von anderen Leuten als
Davy Todd mehr oder weniger liebevoll gepflegt. 1929
war die Alte Schmiede, in der jetzt Jim wohnte, von
John Wilson betrieben worden. Sein Geschäft als
Schmied musste damals schon kurz vor dem Aus gestanden haben. Und am einunddreißigsten Oktober
1929 hatte sich Mary Elgin, siebzehn Jahre alt und lie-
beskrank, auf einen verbotenen Abend mit ihrem Da-
vid gefreut, während ihre Eltern auf dem Ball waren.
Die Protestversammlung würde erst morgen stattfinden, aber als Georgia am Herrenhaus vorbeigefahren
war, hatte sie gesehen, dass die Stimmung aufgeheizt
war. Eine kleine, aber entschlossene Gruppe von Demonstranten stand an der Auffahrt zum Haus der
Bloomfields und eine andere, ähnlich große Gruppe,
auf der anderen Straßenseite direkt vor der Einfahrt
zum Herrenhaus. Sie sahen noch einigermaßen friedlich aus und hielten nur Plakate hoch, auf denen stand
*Schluss mit der Globalisierung! Nein zu Großkonzer-
nen! Das Dorf gehört seinen Bewohnern!*, machten aber
keinen Versuch, Passanten oder den Verkehr aufzuhalten. Auf Georgia wirkte alles gut organisiert, aber die
Atmosphäre war deprimierend, auch wenn die Demonstranten miteinander lachten und Witze machten,
und das war kein gutes Vorzeichen für die Versammlung. Man durfte sich nicht einbilden, dass es 1929
keine ebensolchen Konflikte gegeben hätte. Es hatte
keinen Sinn, Adas Wickenham durch eine rosarote
Brille zu sehen. Die frühen Zwanziger waren eine wirtschaftlich schlechte Zeit gewesen, die großen Erwartungen an die Friedenszeit nach dem Ersten Weltkrieg

waren enttäuscht worden; 1926 hatte der Generalstreik stattgefunden und in dem Monat, in dem Ada gestorben war, hatte der Börsenkrach an der Wall Street das Vorbeben zur Großen Depression der 1930er Jahre in Europa ausgelöst. Verglichen mit dem Marsch von Jarrow 1936 schien ein örtlicher Streit um Fußball- und Cricketplätze eine Kleinigkeit zu sein. Aber das war es nicht, wenn es wirklich ein geplanter Versuch war, den Verkauf der Sportplätze mit globalen Themen zu verbinden, fast so, als würde die Welthandelsorganisation ihr Hauptquartier nach Wickenham verlegen. Als sie Wickenham vor nur einer Woche verlassen hatte, war es ein örtlicher Zwist gewesen. Wie und warum hatte sich das so schnell geändert?

Als sie um die Mittagszeit auf ein Sandwich in den *Green Man* ging, sah sie den Jaguar der Bloomfields die High Street entlangfahren und erhaschte einen Blick auf Trevors Gesicht: verkniffen, verhärtet, das Gesicht eines Mannes, der viel Ärger hatte und wusste, was für ein Empfang ihn an seiner Pforte erwartete. Es war sicher nicht der erste Tag mit solchen Protesten, und so, wie er aussah, machte der Druck ihm zu schaffen. Sie fragte sich, ob er sich den Verkauf der Plätze noch einmal überlegen würde, wusste aber, dass das unwahrscheinlich war. Die Trevor Bloomfields dieser Welt stünden nicht dort, wo sie waren, indem sie Rückzieher machten, nicht einmal, wenn es um ihre Sicherheit oder die ihrer Familie ging. Als sie wieder in den Pub kam, wurde ihr klar, warum der Streit eskaliert war. In der Bar fand irgendein Treffen statt. Sie sah Bert und Oliver Todd mittendrin, es floss reichlich Bier, und ärgerliche Stimmen ertönten. Es waren vielleicht dreißig

Leute versammelt, Männer und Frauen jeden Alters. Sie sah Lucy, andere kamen ihr bekannt vor, aber erst das blasse Gesicht von Terence Scraggs, der jetzt dreinschaute wie ein Fanatiker, überzeugte Georgia, dass sie richtiglag. Terence war nicht einfach nur ein Außenstehender, den man als Unterstützer angeheuert hatte. Er war eine treibende Kraft bei diesem Protest. Georgia beschloss, allein zu sitzen und sich herauszuhalten. Sie würde bei dem Treffen nicht willkommen sein und war fest entschlossen, sich nicht in diesen Streit hineinziehen zu lassen. Das hinderte sie aber nicht, darüber zu reden. Es hätte seltsam gewirkt, es nicht zu tun. „Morgen Abend ist es also so weit", sagte sie im Plauderton zu Steve Faraday, dem Wirt des Pub. Er schien es ihr nicht übel zu nehmen, dass sie seine Unterkunft verlassen hatte. „Dieses Jahr gibt es früh Feuerwerk."

„Glauben Sie, dass es Ärger geben wird?"

„Darum sind die Leute hier. Sie sind auf Ärger aus."

„Ich hoffe, es bleibt bei mündlichem Feuerwerk!"

„Warten wir es ab. Ich habe auch nichts für die Bloomfields übrig, aber ich halte nichts von Schlägereien. Vor allem nicht vor meinem Pub."

„Warum mögen Sie die Bloomfields nicht?"

„Es geht nicht darum, ob ich sie mag oder nicht. Es geht darum, was sie tun. Sie sind hinterhältig. Wir haben gerade erst kapiert, dass zwei Verkäufe stattfinden sollen. Die beiden Sportplätze sind ein anderes Geschäft als das Hotel und der Rest des Anwesens. Das hat man uns verschwiegen."

„Macht das einen Unterschied?"

„Dieser Mr. Scraggs sagt ja. Ich selbst sehe keinen. Wie auch immer, ich will hier keine Supermärkte. Wir haben genug Probleme in Kent, weil die Leute sich mit Alkohol aus Frankreich eindecken, statt in unseren Pubs zu trinken. Außerdem", Steve polierte sorgfältig ein Glas und begutachtete blinzelnd das Ergebnis, „bin ich selbst ein halber Todd."

„Ich dachte, Sie seien aus London?"

„Das bin ich auch, aber meine Mutter war hier während des Krieges Dienstmädchen. Sie wohnte zur Miete bei Berts Eltern und sagte, es sei eine wunderbare Familie. Der Bauernhof, auf dem sie arbeitete, wurde von Elgins betrieben, aber sie mochte den Bauern nicht. Joseph White war ein Sklaventreiber. Er war Georges und Toms Vater. Im Krieg hielten die Todds und die Elgins zusammen, deshalb fand keiner etwas dabei, dass sie bei den Todds wohnte. Als dieser Pub zum Verkauf stand, bin ich hergekommen – und habe gemerkt, dass sich alles geändert hatte. Das hier ist ein Pub der Todds."

„Was sagen Sie da? Die Elgins trinken im *Red Dragon*? Kein Wunder, dass mich alle so komisch angesehen haben, als ich hineinging." Sie hatte einmal um die Mittagszeit nachgesehen, ob es etwas zu essen gab, und war gleich wieder gegangen. „Sie wussten, dass ich im *Country Stop* wohne. Wie sollte ich ahnen, dass es ein Stammlokal der Elgins ist? Sie heißen doch auch nicht mehr Elgin. Der Wirt des *Red Dragon* heißt Billy Parsons, oder?"

„Sie heißen alle Elgin, Georgia", teilte Steve ihr düster mit. „Werfen Sie mal einen Blick in das Taufregister. Billy heißt mit vollem Namen William Elgin Parsons, der Bauarbeiter Tom Elgin White und sein Sohn Daniel Elgin White. Eine frühere Generation der Elgins bestand fast nur noch aus Mädchen, also kamen sie alle überein, ihren Kindern Elgin als zweiten Vornamen zu geben. Das machen sie immer noch. Frappierend, nicht wahr?" Georgia stöhnte. „Und jetzt bin ich bei George in Ungnade gefallen!" Steve amüsierte sich prächtig. „Gehen Sie wieder in den *Red Dragon* und stellen Sie sich den Elgins, so schlimm sind sie auch wieder nicht. Nur", er hielt inne, „an Ihrer Stelle würde ich nicht heute hingehen."

„Und morgen besser auch nicht?" fragte Georgia resigniert. „Richtig. Sie wohnen bei Todds und das könnte missverstanden werden. Es ist jetzt alles etwas heikel. Verstehen Sie?" Georgia verstand. Die Elgins würden sie wohl kaum lynchen, wenn sie in den *Red Dragon* ging, aber sie wollte nicht alles noch schlimmer machen. Was hatte sich Jim dabei gedacht, sie ausgerechnet jetzt hierher zu zitieren?!

Er war nicht zu Hause, als sie in die Alte Schmiede kam, aber Janet hieß sie willkommen. Sie war eine kleine Frau mit verkniffenem Mund, zurückhaltender als ihr überschwänglicher Mann, aber sie sollte Georgia noch sehr sympathisch werden. Sie hatte einen schönen Nachmittag, brütete über den Haushaltsbüchern der Proctors und den Fotos, auch wenn sie nicht sicher war, ob sie etwas Bedeutsames dabei erfuhr. Es half dabei, das Bild abzurunden, aber es wurde Zeit, dass die Figuren auf den schwarzweißen Schnappschüssen zu lebenden Menschen wurden. Janet erzählte ihr auch noch mehr über die Familienverhältnisse der Todds und der Elgins – vielleicht zu viel, denn Georgia schwirrte bald der Kopf. Dieser Fall, rief sie sich ins Gedächtnis, drehte sich um Ada und Davy, nicht um

Dorffehden. Jim kam nach Hause, als sie gerade gehen wollte, und sie stellte ihn sofort zur Rede. Warum hatte er ihr vorgeschlagen, ausgerechnet heute nach Wickenham zu kommen? „Steve Faraday rät mir, mich aus dem Ärger herauszuhalten, und Sie sagen, ich solle mich hineinstürzen", witzelte sie. „Heraushalten, ja, da gebe ich ihm Recht", antwortete Jim ernst. „Aber Sie müssen die Augen offenhalten. Habe ich Ihnen nicht gesagt, Wickenham sei ein Vulkan, der auf seinen Ausbruch wartet? Man weiß nie, was er ausspuckt, aber man bekommt etwas ab, verlassen Sie sich darauf. Ich dachte, Sie sollten hier sein, um ihn brodeln zu sehen."
Georgia ging zurück zum *Country Stop* und verspürte ein unbestimmtes Gefühl von Ärger. Jim wollte offenbar andeuten, dass es zwischen den Ereignissen von heute und denen von 1929 einen Zusammenhang gab. Aber sie sah keinen. Hatten die Elgins den wahren Mörder gedeckt, um einen Todd hängen zu sehen? Es war eine fesselnde Theorie, aber mehr nicht. Eine Theorie. Die Fingerabdrücke würden so lange nach dem Mord kaum zu prügelnden Fäusten werden, es sei denn, die Fehde, und nicht Mary Elgin, war der Grund dafür, dass in Wickenham der Geruch unerledigter Angelegenheiten in der Luft lag. Wenn ja, waren sie und Peter im Fall Proctor vielleicht auf der falschen Fährte. Nun, sie hatten sich schon zu sehr in Adas Geschichte vertieft, um den Rückzug anzutreten, und es stand nicht in ihrer Macht, eine Dorffehde, so hässlich sie auch sein mochte, zu beenden. *Vom Regen in die Traufe*, dachte sie, als sie das *Country Stop* betrat und Lucy Todd sie mit aufgeregtem rotem Gesicht empfing. „Hallo, Georgia. Entschuldigung, dass ich beim Mittagessen keine

Zeit zum Reden hatte." Sie kam sich offenbar sehr wichtig vor. „Ich verstehe. Morgen ist ein großer Tag für Sie alle."

„Ja, wir Todds müssen zusammenhalten! Sonst wird das halbe Dorf arbeitslos!" *Vor allem der Fleischer, der Bäcker und der kleine Lebensmittelladen mit Tankstelle, die alle von Todds betrieben wurden,* dachte Georgia. *Lucy kümmert sich nicht um die Tatsache, dass die andere Hälfte davon profitieren konnte.* „Sie essen heute Abend mit Mr. Scraggs. Ich hoffe, es macht Ihnen nichts aus", fügte Lucy hinzu. „Wenn Sie beide frühstücken möchten, ist es am besten, Sie gleichzeitig zu bedienen. Passt Ihnen sieben Uhr? Früher, als Ihnen lieb ist, ich weiß, aber –"

„Sie haben noch eine wichtige Verabredung." Georgia grinste. „Und morgen ...", murmelte Lucy verlegen. „Ich verstehe. Ich gehe morgen Abend in den Pub. Auch wenn Steve auf dem Treffen ist, kann mir sicher jemand etwas in die Mikrowelle stellen." Lucy sah erleichtert aus. „Ich könnte Ihnen um sechs ein pochiertes Ei machen", bot sie halbherzig an, aber Georgia lehnte höflich ab. Der Pub passte ihr ausgezeichnet. Sie würde wahrscheinlich allein dort sein, weil alles, was Rang und Namen hatte, zu dem Meeting gehen würde. Georgia Marsh jedoch würde in der Schlacht von Wickenham neutral bleiben. Als sie wieder in ihrem – wenn auch nur vorläufig – eigenen Zimmer war, wollte sich der Ärger immer noch nicht legen. Sie war im Herzen des Todd-Reiches, aber statt der Vergangenheit näherzukommen, fühlte sie sich wie ein Felsbrocken, der mitten im reißenden Strom der Gegenwart feststeckt. Wenn sie sich aus dem Fenster gelehnt hätte, hätte sie die Stelle sehen können, an der einst The Firs gestanden hatte, aber sie tat es nicht – es hätte sie nur noch mehr frustriert. Sie hatte noch fast eine Stunde bis zum Abendessen und eine Dusche, auch mit Haarwäsche, würde nicht so lange dauern. Vielleicht – ja, sie würde auf das Heilmittel zurückgreifen, das in der Vergangenheit schon so oft gewirkt hatte. Es war Zeit für eine Runde *„Jemandes Sohn"* – so nannte sie es im Stillen, aber aus naheliegenden Gründen nie gegenüber Peter. Sie verortete jemanden in einem Stammbaum und gab dem Namen ein Gesicht. Kein Mensch ist eine Insel; auch der schlimmste Taugenichts und der reinste Heilige hatte Eltern und Vorfahren und wahrscheinlich auch Geschwister und Nachfahren. Die Namen auf Papier zu sehen, brachte ihr oft Klarheit. Sie nahm sich Papier und Bleistift und eine halbe Stunde später – nach viel Geblätter in ihren Notizen – betrachtete sie das Ergebnis ihrer Arbeit und war zufrieden, trotz aller Lücken und Fragezeichen. Die Todds und die Elgins teilten sich eine Seite in ihrem Block, und das gab ihr ein sonderbares Gefühl der Macht über sie, das sie früher beileibe nicht gehabt hatte. „Das", sagte sie und betrachtete zufrieden George Elgin Whites Namen, „bist du. Sogar ein Haustyrann wie du war der Sprössling einer stolzen Mutter, der aus Leibeskräften gebrüllt und sein Lätzchen bespuckt hat." Als sie um Punkt sieben Uhr zum Abendessen herunterkam, saß Terence Scraggs schon am Tisch.

„Malen Sie immer noch?", fragte sie liebenswürdig und setzte sich ihm gegenüber. Sie versuchte, ihn neu einzuschätzen, ihn als „professionellen" Demonstranten von außerhalb zu sehen, aber hier im *Country Stop* wirkte er auf sie noch genauso verloren wie zu Anfang. „Ja." Er schien sie als Problem zu betrachten, mit dem er wohl oder übel leben musste, und sie hatte Mitleid mit ihm. In gewisser Hinsicht war dieses erzwungene Zusammensein für ihn schlimmer als für sie, denn sie konnte wenigstens interessante Einzelheiten über den Protest von ihm erfahren. „Wo waren Sie heute?", hakte sie nach. „Bei den Bloomfields."

„Aber sie werden doch wahrscheinlich verkaufen, wozu brauchen sie dann ein Bild von ihrem Haus?" Georgia konnte sehr gut das Unschuldslamm spielen, wenn es nötig war. „Nicht zum Malen. Ich bin marschiert." Das letzte Wort klang stolz. Er schämte sich nicht für seine Beteiligung. „Dann sind Sie wohl sehr wütend über den Verkauf des Herrenhauses und des Anwesens?" Als ob sie das nicht wüsste. Ihm stieg das Blut ins Gesicht und das kam nicht von der Mulligatawny-Suppe, die Lucy ihnen auf den Tisch geknallt hatte. Georgia kannte diesen Blick – er bedeutete, dass ihr die Predigt eines Fanatikers ins Haus stand. „Jemand muss diesen Großkonzernen die Stirn bieten", sagte Terence heftig. „Es geht um die Rechte der einfachen Leute. Sehen Sie sich nur an, was sie den Bauern in der Dritten Welt antun!"

„Aber die Eröffnung eines Supermarkts in Wickenham hat doch nichts damit zu tun!"

„Es hat sehr wohl damit zu tun", erklärte er eifrig. „Man muss irgendwo eine Grenze ziehen. Wie in El-Alamein. *Bis hierhin und nicht weiter,* sagen wir. *Hier stehen wir und kämpfen.* Diese Supermarktketten kaufen die Überschüsse der EU billig auf und verdrängen alle anderen vom Markt. All die Bauern aus den

Entwicklungsländern und unsere Lebensmittelhändler hier bekommen kein Bein an den Boden. Und die Fischer nicht. Und die Fleischer auch nicht. Die Bäcker werden bald verschwinden. Es ist Zeit, nein zu sagen!" Er schlug mit der Faust auf den Tisch. Lucy nahm das als Zeichen, dass sie mit der Suppe fertig waren, und eilte herbei, um die Teller abzuräumen. „Ich sage Ihnen", Terence nahm nicht die leiseste Notiz von der Unterbrechung, „die Dritte Welt ist hier in Wickenham! Wir müssen helfen!" Georgia stimmte ihm grundsätzlich zu, aber den Verkauf von zwei Sportplätzen dafür zu nutzen, globale Themen in Angriff zu nehmen, fand sie abenteuerlich. „DAS führt Sie also nach Wickenham", sagte sie bewundernd, „nicht die Malerei." Er sah sie misstrauisch an; vielleicht war er überrascht, dass sie darauf gekommen war. „Ich habe die Zeitungsberichte gelesen. Ich dachte mir, dort kann ich etwas tun."

„Aber ist die Arbeit nicht wichtiger?"

„Gerechtigkeit hat Vorrang", verkündete er. „Leben Sie selbst in einem Dorf?"

„Ich nicht, aber meine Eltern." In der Nähe, nahm sie an, denn sonst hätte er wohl nicht die Berichte in den Lokalzeitungen gesehen. Sie kam jedoch zu dem Schluss, dass sie genug Fragen gestellt hatte. Glücklicherweise gehörte Terence zu der Sorte Mann, die nie auf die Idee kommen würde, zu fragen, was sie selbst denn hier machte. Es sei denn, er wusste es schon. Sie bekam die Antwort, als er sagte: „Lucy sagt, Sie interessierten sich für den Fall Ada Proctor."

„Das stimmt. Haben Sie davon gehört?"

„Erst, als ich hierherkam. Es war eine Sache der Todds gegen die Elgins, nicht? Hat diese Fehde damit angefangen?“

„Nein, aber ich bin sicher, dass es dadurch nicht besser wurde.“

„Und Sie glauben, dass Davy Todd unschuldig war?“

„Vielleicht war er es.“

„Wer hat sie dann umgebracht?“

„Bisher habe ich keine Ahnung.“

„Vor kurzem wurde eine Leiche gefunden, im Wald oder so.“ Jetzt war er an der Reihe, nachzubohren. „Ja, ein Skelett in einer Kalkhöhle. Haben Sie auch davon gelesen?“ Natürlich hatte er das, aber so großes Interesse hatte sie nicht erwartet. Normalerweise gab es für Fanatiker nur ein Thema. „Nein.“ Terence wollte offenbar nicht weiter darüber reden; er merkte, dass ihr Blick immer noch auf ihm ruhte. Als Lucy ihren Rinderschmorbraten brachte, fügte er hinzu: „Jemand im Pub hat es erwähnt. Hat wohl nichts mit dieser Ada Proctor zu tun, oder?“

„Aus meiner Sicht spricht nichts dafür.“ Georgia war verblüfft, dass er die beiden Fälle miteinander in Verbindung brachte, aber wahrscheinlich war es naheliegend in einem Dorf, in dem Morde vergleichsweise selten vorkamen. „Wahrscheinlich ein Landstreicher. Hat sicher nichts mit den Todds oder Elgins zu tun.“ Eine Pause. „Familien können merkwürdig sein“, fügte er ohne erkennbaren Zusammenhang hinzu. „Morgen Abend treffen sicher gleich zwei sehr merkwürdige aufeinander, oder meinen Sie, dass die Elgins die Versammlung boykottieren?“ Er lächelte, aber das Lächeln reichte nicht bis zu den Augen. *Kalt wie ein Fisch,* dachte Georgia. „Sie werden da sein. Entweder drinnen oder draußen."

„Die Versammlung wurde von den Todds organisiert. Sie sind gegen den Verkauf."

„Aber die Elgins werden irgendwelchen Radau machen. Diese Heuchler", fügte er finster hinzu. „Sie wollen es sich nicht mit den Bloomfields verderben, damit sie den Bauauftrag bekommen, wenn der Verkauf über die Bühne gegangen ist."

„Manche Dinge ändern sich nie, oder?" Georgia beschloss, sich auf ein weniger gefährliches Terrain zu begeben. Heute war Mittwoch. Wie wäre es mit einer Diskussion über *The Bill*? Sie würde sich die neue Folge jedenfalls ansehen, auch wenn Terence an Wichtigeres zu denken hatte. Sie wollte nicht im Pub sitzen, während wieder ein Treffen der Todds stattfand. *The Bill* war eine Idylle dagegen.

***

Der nächste Morgen war grau; die Sonne zeigte sich nur kurz und wurde gleich wieder von dunklen Wolken verhüllt. Kein gutes Omen, dachte Georgia. Dann: Unsinn, heute war nur ein ganz normaler Tag in Wickenham, der mit einer wichtigen Versammlung enden würde. Das Wetter hatte *nichts* zu bedeuten. Der Schlange nach zu urteilen, wurden an diesem Morgen auf der Post Renten ausgezahlt und Mütter mit Kinderwagen kauften im Gemischtwarenladen und beim Bäcker ein. Dieser Ort, rief sie sich ins Gedächtnis, war nicht Tonypandy. Hier war kein vergleichbar großer Aufstand zu befürchten. Aber als sie in der Schmiede war, konnte sie sich nicht auf Dr. Proctors Terminkalender konzentrieren. Trotz ihrer Vorsätze gewann das heutige Wickenham die Oberhand über das von 1929, und sie musste sich zwingen, sich dem Kalender zu widmen. Nach dem Mord an Ada stand zwei Wochen lang nur noch das Wort „Vertretung" auf die ansonsten leeren Seiten gekritzelt. Dann fing eine andere Handschrift an, die Termine des Doktors einzutragen. Sie erfuhr nur wenig Neues. Der alte Squire war vor Ada gestorben, und der Arzt hatte ihn regelmäßig besucht. Alle Termine waren in Adas Handschrift notiert. Nach dem Mord ging der Arzt immer noch ins Herrenhaus, nunmehr zu dem neuen Squire oder dessen Frau, der berüchtigten *Wölfin von Wickenham*. Die Wölfin war eine der anderen Stimmen auf Jims Aufnahme gewesen, höher als die von Ada, nicht unangenehm, aber sehr selbstsicher. Sie erzählte von dem Wickenham, das sie 1920 als junge Braut vorgefunden hatte, und von der Rolle, die sie im Dorf gespielt hatte – nur die zweite Geige neben ihrem Mann und das wollte sie ändern, wie man deutlich heraushören konnte. Sie sah ihre Aufgabe nicht darin, sich um die Armen und Kranken zu kümmern, sie wollte gemeinsam mit ihrem Mann für das Wohlergehen Wickenhams arbeiten. Wenn es dem Herrenhaus schlechtging, konnte es auch dem Dorf nicht gutgehen, und es war die Pflicht der Bloomfields, dafür zu sorgen, dass das Dorf florierte und unabhängig wurde – sie war sicher, dass es gelingen würde. Das Herrenhaus war vielleicht der Schutzengel des Dorfes, aber gerade deshalb musste es auch sicherstellen, dass das Dorf sich selbst versorgen konnte. „Schöne Worte", hatte Peter gesagt, „aber offenbar hat sie sich damit nur wenig Freunde gemacht. Warum hat man ihr den Titel *Wölfin von Wickenham* verliehen?“, hatte er gefragt. Eine gute Frage, auf die Georgia noch keine Antwort gefunden hatte.

Ein Satz ging ihr nicht aus dem Kopf – dass das Herrenhaus der Schutzengel von Wickenham sei. Nur wohlklingende Phrasen? Oder was etwas dran? Vielleicht – jetzt, da das Herrenhaus sich so brüsk vom Dorf abwandte. Die Sportplätze waren nur das Symbol einer Bindung, die viel älter war. Der Fisch stank vom Kopf her. Küchenpsychologie, sagte sie sich. Diese Versammlung machte sie nervös, dabei war es nur eine Auseinandersetzung zwischen zwei verfeindeten Parteien, die nichts mit uralten Animositäten zu tun hatte. Und um sich das zu beweisen, würde sie heute im *Red Dragon* Mittag essen, so wie gestern im *Green Man*. Sie schlug Steves Warnung in den Wind. Sie hatte keinen Grund, sich schuldig zu fühlen – im Gegenteil, sie unterstützte ja Mary Elgin!

Das erste Gesicht, das sie beim Eintreten sah, war das eines Mannes, der offenbar ein „Hansdampf in allen Gassen“ war. Er trug riesige Stiefel und schnaufte unentwegt, ganz zu schweigen davon, wie er jetzt seine gewaltigen Ellbogen auf den Tresen stützte – angriffslustig und besitzergreifend. Sie erkannte auch die Frau, die im Eisenwarenladen arbeitete, und den Mann, der im Park das Dach eines Hauses neu gedeckt hatte. Jetzt war ihr klar, dass die beiden höchstwahrscheinlich zum Elgin-Clan gehörten. Aber George war heute nicht hier. Zumindest *dafür* war sie dankbar. Trotzdem merkte sie sofort, dass sie hier nach wie vor nicht erwünscht war. Auf dem Weg zum Tresen nickte sie freundlich in die Runde, aber niemand reagierte. Die Leute starrten sie an und drehten ihr den Rücken zu, auch wenn es keine offizielle Versammlung zu sein schien. Der mit den großen Stiefeln – Tom Elgin White? – kehrte ihr als Erster den Rücken, und alle anderen folgten seinem Beispiel. Ganze Gruppen wichen zurück, so dass sie völlig isoliert war. Hinter der Theke nickte Billy Parsons ihr verlegen zu. Offenbar erinnerte er sich an ihren ersten Besuch, aber er war der Einzige, und das leise Stimmengewirr machte deutlich, dass von ihrer Wenigkeit die Rede und ihre Anwesenheit nicht willkommen war. Dann und wann schnappte sie ein Wort auf – und war wahrscheinlich damit gemeint: *Todd, Schlampe, Kuh ...* Sie merkte, dass sie fröstelte, obwohl es nicht kalt war. Sie hätte nicht herkommen sollen, sie hatte sich damit als Unterstützerin der Todds ausgewiesen und auch noch ihren Hut in den Ring geworfen. Sie verschwand so schnell wie möglich und wusste, dass die Leute die Köpfe zusammensteckten, als sie zur Tür ging. Es war zu spüren, dass sich etwas Dunkles über Wickenham zusammenbraute ...

„Ha, mir juckt der Daumen sehr / Etwas Böses kommt hieher!“. Vielleicht auch in Wickenham.

***

„Gehen Sie heute Abend zu der Versammlung, Jim?“ Sie war wieder in der Schmiede und hatte das Gefühl, Jim warte darauf, dass sie es erwähnte. Er antwortete prompt. „Ich muss hin, meine Liebe. Es geht um Wickenham, nicht wahr? Historisch, könnte man sagen.“

„Es ist doch nur ein Fußball- und ein Cricketplatz", widersprach sie und wollte damit nicht nur Jim überzeugen, sondern auch sich selbst. „Wichtig für die Spieler, aber nicht für das Dorf."

„Da irren Sie sich. Es geht um die Bloomfields und darum, wer hier das Sagen hat. Wir natürlich, weil wir hier leben – das ist Demokratie. Aber es war nicht immer so. Bürger und König, Dörfler und Feudalherren. Das ist keine Demokratie. Den ersten haben wir einen Kopf kürzer gemacht, jetzt müssen wir mit dem nächsten fertig werden." Jim war ein intelligenter Mann, und für ihn war diese Sache mehr als ein Streit um zwei Sportplätze zwischen zwei verfeindeten Lagern. Das überzeugte sie schließlich. Georgias Blut geriet in Wallung, sie war wütend auf sich selbst – erstens, weil sie in den *Red Dragon* gegangen war, und zweitens, weil sie so schnell den Rückzug angetreten hatte. Sie würde zu der Versammlung gehen, ob sie sich damit als Todd-Anhängerin kenntlich machte, oder nicht. Wenn die Elgins sowieso glaubten, sie sei eine aktive Unterstützerin, konnte sie sich auch so verhalten. „Haben die Bloomfields Kinder? Und wenn ja, stört es sie, dass ihr „Erbe" verkauft wird?"

„Drei. Jacob, etwa fünfundzwanzig, kümmert sich nur darum, in der City Geld zu scheffeln. Sarah, sie ist ein Hingucker und ein vernünftiges Mädchen. Ungefähr zwanzig und an der Uni. Und Crispin, er müsste jetzt achtzehn sein. Maßlos verwöhnt. Schnelle Autos und Drogen, mehr interessiert ihn nicht. Jede Familie hat schlechtes Blut, das sich dann und wann bemerkbar macht, und er ist zur Zeit das schwarze Schaf der Bloomfields."

„Finden Sie nicht, dass Sie –“, Georgia brach ab, weil sie nicht unhöflich sein wollte. „Dass ich übertreibe? Nein, Georgia“, erwiderte Jim ernst. „Ich übertreibe nicht. Sie sollten heute Abend kommen. Sie werden Wickenham erst verstehen, wenn Sie den Kampf der Titanen gesehen haben. Und ich denke, dass es heute Abend so weit ist. Setzen Sie sich zu Janet und mir, dann sind Sie in Sicherheit.“

„Die Elgins kümmern mich nicht, aber werden die Todds nicht auch Anstoß nehmen? Alle wissen, dass ich hier bin, um den Fall Ada Proctor zu untersuchen, und die Versammlung heute Abend hat nichts damit zu tun.“

„Aber die Elgins und die Todds haben damit zu tun. Falls Davy Todd unschuldig war, haben die Elgins ihn sterben lassen. Und wenn man Mary glauben darf, hat ihr Vater gelogen.“

„Mir scheint, dass sich niemand mehr für den Fall interessiert.“

„So war es auch, meine Liebe. Alles schon lange vergessen – bis Sie aufgetaucht sind und davon gesprochen haben, dass Davy vielleicht unschuldig war. Dann dämmerte den Todds, was das bedeutete.“ Georgia wurde blass. „Sie meinen, ich bin verantwortlich dafür, dass –“

„Nein. Sie waren vielleicht der Anlass, aber Sie sind nicht verantwortlich für Stammesfehden.“ Jim sah ernst aus. „Hoffen wir, dass sie ihre Wut mit Gebrüll an den Leuten aus dem Herrenhaus auslassen und nicht wegen Ada Proctor aufeinander losgehen.“

Sie aß bedrückt im *Green Man* zu Mittag – bedrückt deshalb, weil auf dem Weg dorthin ein Passant nach ihr gespuckt hatte. Sie fuhr empört herum und sah zwei Männer, die sich lachend abwandten. Einen von ihnen erkannte sie, er war zuvor im *Red Dragon* gewesen. Sie war drauf und dran, den beiden eine Szene zu machen, aber dann begriff sie, dass sie selbst schuld war. Sie hatte Flagge gezeigt und konnte nur hoffen, dass der Groll gegen sie sich nach der Versammlung legen würde. Der Pub war fast leer; nur ein paar Pendler, die gerade aus London zurück waren, tranken ihr Feierabendbier. Jims Worte hatten sie ebenso erschüttert wie die Spuck-Attacke der Elgins, obwohl er ihr versichert hatte, dass man ihr keine Schuld geben konnte. Sie machte sich klar, worauf sie achten musste. Ihre Meinung über Davy Todd durfte nicht davon beeinflusst werden, dass die Untersuchung durch *Marsh & Daughter* nur Sinn hatte, wenn er unschuldig war. Wenn er schuldig gewesen war, hatte sie diese Lawine vielleicht für nichts und wieder nichts losgetreten. Und dann erinnerte sie sich erleichtert an Terence Scraggs. Nein, sie war nicht verantwortlich für dieses Aufflammen der Fehde. Aus welchem Grund auch immer – er war von sich aus hergekommen, um die Leute mit seinen Reden aufzustacheln.

In der neuen Dorfhalle gab es mit Leichtigkeit ungefähr fünfhundert Sitzplätze. Trotzdem war sie völlig überfüllt. Georgia wurde zwischen George und Janet eingeklemmt. Sie saßen hinten – und nahe am Gang. „Für den Fall des Falles“, sagte Jim. Sie war nicht sicher, ob es beruhigend klingen sollte, oder nicht. „Ich sehe keine Elgins“, flüsterte sie. Es waren noch zwanzig Minuten, aber sollte nicht schon jemand da sein? „Das ist eine Protestveranstaltung“, antwortete Jim, „und deshalb sind sie wahrscheinlich nicht hier. Aber ich wette, sie haben ein oder zwei Spione eingeschleust. Aber ich würde mich sehr viel sicherer fühlen, wenn wir ein paar von ihnen sehen könnten. Besser, man streitet sich hier drinnen …"

„Als in der Dunkelheit?", vollendete sie den Satz. Er nickte. „Schauen Sie sich um", sagte er. „Da an der Tür steht Mr. Bloomfields männliche Nachkommenschaft. Keine Spur von dem feinen Herrn persönlich. Vernünftig von ihm." Georgia warf einen Blick über die Schulter. Jacob sah aus wie eine jüngere Ausgabe seines Vaters, sicher, selbstbewusst – und reich. Wie konnte ein Fünfundzwanzigjähriger so aussehen? Crispin trug Jeans und ein T-Shirt, er hatte krauses dunkles Haar und das Funkeln in seinem arroganten Blick sagte, dass er seinen schnellen Autos und Drogen ohne weiteres auch noch Frauen hinzufügen konnte. Sie dachte an Trevor Bloomfield, den sie vorhin gesehen hatte, und fragte sich, ob er aus Angst oder Vorsicht heute Abend wegblieb. Der Dorfpolizist bewachte den Eingang (oder die Bloomfield-Söhne?), als wolle er ihre Frage damit beantworten. Terence Scraggs stand schon auf dem Rednerpult, gemeinsam mit einem der älteren Todds, den Georgia aus dem Pub kannte, und Oliver, der die Veranstaltung leitete. Der Größe des Fleischklopfers nach zu urteilen, der vor ihm auf dem Tisch lag, würde er die Zügel nicht aus der Hand geben. Sie hatte erwartet, dass an diesem Abend das Für und Wider des Verkaufs zumindest zur Sprache kommen würde, wenn auch nicht in allen Einzelheiten. Aber es war von Anfang an klar, dass alle von den Nachteilen überzeugt waren; nicht einmal das Vorgehen stand zur Debatte.

Das stand schon fest. Oliver verkündete, dass man eine Klage beim Umweltministerium einreichen würde, weil die Umstände sich geändert hatten. Die Baugenehmigung war erteilt worden, als das Land noch zum Anwesen von Wickenham und zum Hotel gehört hatte. Jetzt sollte es einzeln verkauft werden, und das war etwas ganz anderes, weil sich dadurch die Art der Nutzung änderte. Georgia dachte, dass es auch eine große Veränderung bei Oliver Todd bewirkt hatte. In seiner neuen Rolle hatte er eine Würde, die dem häuslichen Fleischer völlig fehlte. Von den Zuhörern wurde heute Abend erwartet, dass sie die Klage unterstützten. Damit beendete Oliver seine Rede und übergab an Terence. Mr. Scraggs würde es erklären. Als Terence aufstand und anfing, zu sprechen, sah Georgia noch eine unerwartete und noch gewaltigere Verwandlung. Das war nicht mehr der blasse, nervöse andere Gast des *Country Stop*. Öffentlich zu reden, brachte offenbar verborgene Kräfte zum Vorschein. Wie Hitler wurde der zurückhaltende Mann vor Publikum zu einem leidenschaftlichen Volkstribun. Vielleicht war es unfair, den armen Terence mit Hitler zu vergleichen, aber als sie erlebte, wie sehr er die Zuhörer in seinen Bann zog, schien etwas dran zu sein. Er hatte auf jeden Fall seine Hausaufgaben gemacht und berief sich auf verschiedene Fälle, in denen Genehmigungen zurückgezogen worden waren. Vor allem ein Fall, der vom High Court entschieden worden war, schien für Wickenham relevant zu sein. Ein Bezirksrat hatte gegen die Entscheidung des Umweltministeriums geklagt, eine Baugenehmigung für einen Supermarkt zurückzuziehen. Der Rat hatte verloren, und die enormen Kosten des Supermarktes wurden zu einem wichtigen Thema. Wenn sie Jacob Bloomfield wäre, dachte Georgia, würde sie sehr aufmerksam zuhören, um dem Vater die Botschaft zu überbringen. Es stellte sich heraus, dass der Anwalt, der die Klage formuliert hatte, eine Kontaktperson von Terence war. Das bestätigte Georgias Verdacht, dass Terence sich nicht zum ersten Mal einer solchen Sache widmete. Er sprach von uralten ungeschriebenen Gesetzen und dass nun ein Zeitraum vereinbart werden müsse, in dem diese Plätze genutzt werden durften. Wieder kannte er Kapitel und Vers genau und trug sie mitreißend vor. Als er sich setzte, bekam er stehende Ovationen. Georgia hätte beinahe mitgeklatscht. Terence hatte den Zuhörern das Gefühl gegeben, dass es einen legalen Ausweg gab und dass die Elgins, auch wenn sie draußen darauf warteten, die Todds zu verprügeln, diese Lawine nicht aufhalten konnten. „Gut, was?", bemerkte Jim. Sie stimmte zu, hatte aber das unbehagliche Gefühl, dass dies kein gutes Omen für den Frieden in Wickenham war, vor allem, als Oliver eine Ankündigung machte. Alle, die schwören konnten, dass man auf diesen Ländereien seit über zwanzig Jahren ungestört Sport getrieben hatte, sollten in zwei Listen unterschreiben. Eine war für die offizielle Klage, die andere für ein Protestschreiben, das im Herrenhaus abgegeben werden sollte. Sie sollten im Publikum weitergereicht werden. Während dieser langen Prozedur wuchs die Spannung und war schließlich fast mit den Händen greifbar. Der Geräuschpegel wuchs, als ein paar der Anwesenden gingen und der Rest zusammenrückte. Aber erst Jacob Bloomfield brachte den Vulkan zum Ausbruch. Als Oliver Todd die letzten

Unterschriften ausgehändigt wurden und der Lärm abebbte, ertönte plötzlich seine Stimme hinten in der Halle. „Mit dem Schreiben an meinen Vater erreichen Sie gar nichts." Georgia wandte sich hastig um und sah, dass er an der Tür stand, aber keine Spur von Bruder Crispin. Das Geschrei, das ihm entgegenschlug, rührte entweder von dem unüberhörbaren Spott in seiner Stimme oder der allgemeinen Ablehnung her. Es brachte ihn nur für einen Augenblick zum Schweigen, und sobald es erstorben war, fing er wieder an. „Überreichen Sie das lieber den neuen Besitzern, wenn morgen der Vertrag unterschrieben wird!" Das Gebrüll, das auf sein letzten Worte folgte, klang mehr als nur wütend. Es war hässlich. Es war ein Schock für Georgia – und vielleicht für alle Anwesenden –, dass es so schnell durchgepeitscht wurde. „Das gefällt mir nicht", murmelte Jim. „Bloomfield muss gewusst haben, was er tat. Dieser Dummkopf, warum macht er das?" Oliver schwang den Fleischklopfer, um für Ruhe zu sorgen, und Jacob fuhr fort. „Wenn Sie die Güte haben, mich ausreden zu lassen – die neuen Besitzer bieten einen anderen Platz an." Auf diese Ankündigung folgte Stille, aber es war die Ruhe vor dem Sturm, und Georgia zog sich der Magen zusammen. „Welcher Platz soll das sein?" rief Oliver mit versteinerter Miene. „Dickens Field." Der Vulkan brach aus. Aus dem geräuschvollen Chor wurden lautstarke Beschimpfungen, und dann quietschten die Stühle auf dem Boden, als die Zuhörer aufsprangen. „Was hat das zu bedeuten?" Georgia musste Jim anschreien, um sich Gehör zu verschaffen. „Eine verdammte Frechheit ist das! Dickens Field ist eine Müllhalde an der Autobahn am Rand der

Gemeinde, meilenweit von hier entfernt. Völlig unbrauchbar, und das wissen Sie genau. Sie wollen nur die Klage sabotieren, das ist alles. Wenn Sie einen alternativen Platz anbieten, was weiß ein Bürohengst in Whitehall schon über Dickens Field?! Es klingt scheinbar gut, und das ist alles, was zählt!" Die ganze Versammlung strömte nun zu den Ausgängen. „Hier können wir raus, Georgia. Janet, komm, Liebling. Schnell!" Jim packte Georgia am Arm und sie wurden – Jim vorneweg, Janet zwischen ihnen – von der Menge zum Ausgang geschoben, hindurch gequetscht und schließlich waren sie draußen. Georgia atmete dankbar die kalte frische Luft ein. Jim zog sie beide zur Seite, weg von der Menschenmasse, die sich in die schmale Straße in Richtung Park ergoss. „An der Seite bleiben – und dann schnurstracks nach Hause", befahl Jim. In der Alten Schmiede angekommen, blieben sie stehen und schauten sich um, aber Georgia sah nichts. „Wo sind die Elgins?", fragte sie. Sie hatte damit gerechnet, dass sie sich massenhaft im Park oder vor dem Pub einfinden würden, aber dort war nichts zu sehen, nur ein dunkler Rasen und das bernsteinfarbene Licht der Straßenlaternen. „Die warten irgendwo, da können Sie sicher sein!"

„Und die Polizei?" „Wenn der Dorfpolizist schlau ist, hat er Verstärkung gerufen. Aber sie kommen wahrscheinlich zu spät." Sie sah zu, wie die Todds am Park vorbei zur Hauptstraße marschierten. Wie durch Zauberhand wurden ihre Plakate immer mehr. Und irgendwo, wahrscheinlich an der Einfahrt zum Herrenhaus und dem Haus der Bloomfields, mussten die Elgins warten. Georgia lehnte das Angebot, über Nacht zu bleiben, ab. Sie wollte lieber heil nach Hause kommen, während das Dorf seinem Zorn am Ende Luft machte. Dieser Zusammenstoß hatte nichts mit ihr zu tun, aber trotzdem fühlte sie sich schuldig, als sie ging. Ließ sie die Sache zu nah an sich heran? Das war schlecht. Halb ging sie, halb rannte sie den Park entlang zur Hauptstraße und dann vorbei am stillen *Red Dragon* bis zum *Country Stop*.

Im Haus war es dunkel und trostlos und sie bereute beinahe, dass sie das Angebot der Übernachtung abgelehnt hatte. Morgen würde sie Wickenham den Rücken kehren, jedenfalls für eine Weile. Sie versuchte, sich die Gedanken daran, was wohl gerade im Haus der Bloomfields geschah, aus dem Kopf zu schlagen, aber das war unmöglich. Aus weiter Ferne hörte sie ein Geräusch, das klang wie das Summen einer Autobahn. Als sie gerade ihr Zimmer betreten hatte, sauste draußen die Polizei mit plärrenden Sirenen vorbei, und sie ging sofort zum Fenster. Sie sah nichts. Das ferne Summen ging weiter, aber als sie eine Viertelstunde später ins Bett ging, ertönte wieder das Geheul der Sirenen. Wieder eilte sie zum Fenster und schaute hinaus. Sie sah die blitzenden Lichter eines Polizeiautos, gefolgt von denen eines Krankenwagens.

7. Kapitel

Georgia schlief schlecht. Aus weiter Ferne hörte sie Lärm – er kam näher, entfernte sich, verstummte und näherte sich dann wieder mit einem anderen Klang. Wenn sie aufwachte, schien alles ruhig zu sein, und sie schlief wieder ein, nur um sich erneut auf dem Schlachtfeld wiederzufinden. Sie wünschte sich, es läge jemand neben ihr. Nicht irgendjemand. Luke. Als sie endlich richtig wach wurde, lag es nicht am Tagesanbruch, sondern daran, dass an ihre Tür geklopft wurde. Sie brauchte einen Moment, um zu begreifen, wo sie war und warum dieser Weckruf ungewöhnlich war. „Wer ist da?", rief sie. „Ihr Vater ist hier, Georgia!" Es war Lucys Stimme, und sie klang aufgeregt. Aber die Worte ergaben keinen Sinn. Georgia rieb sich die Augen und versuchte, einen klaren Kopf zu bekommen – letzterer schwirrte immer noch von den Träumen der Nacht. Sie sah auf ihre Uhr: 7.30. *Peter? Hier?* Was konnte so dringend sein, dass er um diese Zeit hier auftauchte? Rick? Es gab Neuigkeiten von ihrem Bruder, war ihr erster Gedanke, als sie die Beine aus dem Bett schwang. Luke? Ihre Mutter? O Gott, bitte keiner von ihnen! „Ich komme gleich", rief sie und erkannte kaum ihre eigene Stimme. Sie machte sich in rasender Eile zurecht; eine Dusche machte sie munter, brachte aber das Gedankenkarussell nicht zum Stehen. Sie schlüpfte in

Hose und Pullover, bürste sich das Haar, zerrte ein paar Schuhe unter dem Bett hervor und rannte nach unten. Ihr Vater war da, sein Rollstuhl klemmte zwischen den drei Tischen, und er erwartete sie sichtlich ungeduldig. Der Eingang des *Country Stop* war nicht für Rollstühle geeignet, jemand musste ihm geholfen haben. Jemand, der kräftiger war als Lucy, denn alleine hätte sie es nicht geschafft. Lucy kam aus der Küche. Sie war noch im Morgenmantel und sah blass und verhärmt aus. „Ich mache Ihnen beiden einen Tee."

„Heute bitte Kaffee." Georgia brauchte Koffein, und Peter würdigte Tee meistens keines Blickes. „Nun, was ist passiert?" Sie sah ihren Vater angsterfüllt an. „Keiner von ihnen", antwortete er schlicht. Ihre Gedanken waren wohl leicht zu erraten gewesen.

„Der arme Mr. Scraggs ist tot", brach es aus Lucy heraus. „Und er hat doch hier gewohnt! Und die Polizei kommt gleich *hierher*!" Georgia wurde schwindlig vor Entsetzen und all den Szenarien und Fragen, die ihr sofort durch den Kopf schossen. Sie brauchte eine Atempause, um diese schreckliche Nachricht zu verdauen und mit Peter zu reden. Sein Auftauchen musste mit diesem Ereignis zu tun haben, auch wenn sie nicht verstand, warum Terence Scraggs' Tod Peter interessierte. „Lucy, Sie brauchen selber einen Kaffee", sagte sie. Zu ihrer Erleichterung verstand Lucy den Wink und verschwand in der Küche. „Wie ist er gestorben", fragte sie ihren Vater, „und was machst du hier? Ist er", ihre Alpträume fielen ihr ein, „hier gestorben?" Sie dachte an ihr Gespräch beim Essen mit ihm und an die andere Seite seiner Persönlichkeit, die sich gestern Abend auf der Versammlung gezeigt hatte. Terence Scraggs war ihr nicht sympathisch gewesen, aber sie hatte ihn zumindest kurze Zeit gekannt. Sein Tod und die vernichtenden Unsicherheiten des Lebens stimmten sie traurig. „Nein, Georgia. Wenn ich es richtig verstanden habe, wurde er gestern Abend im Laufe einer Schlägerei erstochen. Mike Gilroy hat mich heute Morgen angerufen, weil der Senior Investigating Officer aus Darenth ihn herbeordert hat. Er ist auch hier, aber er ist zur Spurensicherung an den Tatort gefahren." Georgia konnte sich keinen Reim darauf machen. Warum sollte der Senior Investigating Officer nach Mike schicken, der in einem ganz anderen Polizeibezirk arbeitete? „Mike ist eingefallen, dass du auch hier bist. Er hat mich sofort angerufen, also bin ich natürlich gekommen", fuhr Peter fort. „Ich musste allein aufstehen", sagte er kurz angebunden. „Du hast dir Sorgen um mich gemacht? Aus Schlägereien halte ich mich grundsätzlich heraus, darauf kannst du dich verlassen." Die unbeschwerten Phrasen kamen automatisch, während ihre Gedanken mit Terence Scraggs beschäftigt waren. „Ja. Aber wenn Mike schon nach Wickenham gefahren ist, wollte ich die Gelegenheit eben nicht verpassen."

„Die Gelegenheit wozu?" Ihr dämmerte, worauf er hinauswollte. Sie sträubte sich, aber eher, um sich selbst zu überzeugen, als Peter abzuschrecken. „Findest du es nicht merkwürdig, dass in Wickenham erneut ein Mord passiert ist?"

„Nein. Nicht, wenn diese Prügelei mit der Elgin-Todd-Fehde zu tun hatte. Die Situation war gerade eskaliert, als ich gestern Abend ins Hotel kam. Terence Scraggs war hier, weil er wahrscheinlich mehr oder weniger von Beruf Demonstrant war und außerdem freischaffender Künstler – und nicht wegen des Mordes an Ada Proctor." Er hatte sie allerdings nach dem Fall gefragt, aber nur höflichkeitshalber, nicht wahr? „Also, warum wurde Mike hinzugezogen?", fuhr sie energisch fort. „Der Senior Investigating Officer hatte zu wenig Personal und ihm fiel ein, dass Mike ein hartnäckiges Interesse an Wickenham gezeigt hatte. Deshalb hat man ihn herbeordert." „Ich wette, Mike war begeistert", fing Georgia wieder an, und Peter sah schuldbewusst aus. Seine Rettung nahte in Gestalt von Lucy, deren Erscheinen nun höchst willkommen war. Sie brachte Kaffee, Orangensaft und Toast. „Waren Sie dabei, als Terence gestorben ist, Lucy?", fragte Georgia mitfühlend. Ihre Gedanken kreisten immer noch um mögliche Verbindungen zwischen einem Mord während einer Schlägerei und einem Gebiet, das für *Marsh & Daughter* interessant war. „Nein. Ja. Ich meine, zunächst war ich dabei." „Gestern Abend hat die Protestversammlung stattgefunden, von der ich dir erzählt habe", erklärte Georgia Peter. „Ich bin danach gleich ins Hotel gegangen, aber viele der Anwesenden haben sich auf den Weg zum Haus der Bloomfields gemacht. Ist es da zu der Schlägerei gekommen, Lucy?"

„Mr. ‚Mighty' Bloomfield hat sich nicht einmal die Mühe gemacht, zu der Versammlung zu kommen", schniefte Lucy. „Er hat nur seine beiden prächtigen Söhne geschickt, die wieder verschwunden sind, sobald sie ihren Teil der Drecksarbeit erledigt hatten. Also *mussten* wir zum Haus marschieren, vollkommen friedlich, und stellen Sie sich vor, was passiert ist."

„Die Elgins sind aufgetaucht", antwortete Georgia. Man brauchte wirklich keinen Doktortitel, um darauf zu kommen. „Vollkommen friedlich“ stimmte wahrscheinlich auch nicht. Sie hatte gesehen, dass auf der Versammlung reichlich Alkohol geflossen war. „Ich weiß nicht, wo die Elgins gewartet hatten.“ Lucy begann zu reden wie ein Wasserfall. „Wahrscheinlich in den Pubs. Sie waren betrunken, hatten Flaschen zerschlagen, und wir hatten keinen Tropfen getrunken. Wir gingen in die Einfahrt und hatten sie kaum betreten, da riss Mr. ‚Blooming‘ Bloomfield schon die Tür auf. Er und seine beiden kostbaren Söhne stürmten auf uns zu und wollten wissen, was diese Ruhestörung sollte. Terence sagte ihnen unumwunden, dass sie gegen das Gesetz verstießen, wenn sie uralte Rechte einfach ignorierten ...“ Lucy fing an zu schlucken, aber sie sprach weiter. „Sie wollten uns nicht anhören. Ich war mit Olly und Mr. Scraggs ganz vorn, die Bloomfields erschienen, um mit uns zu reden, und dann tauchten die Elgins plötzlich vor uns auf. Hunderte von ihnen. Sie strömten durch die Hintereinfahrt und stürmten direkt auf uns zu. ‚Geh nach Hause Lucy‘, sagte Olly, ‚das hier ist nichts für Frauen.‘ Er schob mich zurück, und ich und die anderen Frauen verließen das Gedränge. Wir friedlichen Demonstranten waren ganz vorn dabei, und die Elgins kamen uns entgegen, also hatten wir Glück, dass wir heil aus der Sache herauskamen. Wir hörten die Polizeisirenen und blieben noch eine Weile im Park, bis die meisten Männer zu uns zurückkamen. Aber Olly erschien nicht. Die Polizei wollte mit ihm sprechen, weil er einer der Organisatoren war. Also bin ich nach Hause gegangen und habe eine Stunde auf ihn gewartet. Ich habe kein Auge zugemacht, bis er heil zu Hause war. Aber als ich dann hörte, was passiert war!

Oh, es war schrecklich, sagte Olly. Es dauerte ewig, die Kampfhähne zu trennen, obwohl er und die Polizei ihr Bestes getan haben. Und als nur noch Olly, ein paar andere und dieser George Elgin White und seine Kumpane da waren, fanden sie den armen Mr. Scraggs hinter den Büschen. Es war dunkel, und niemand bemerkte etwas, bis die Menge verschwunden war. Olly hat nur gesagt, dass das Messer noch in der Leiche steckte. Oh, armer Olly. Und armer Mr. Scraggs. Er wollte nur dafür kämpfen, dass dem Dorf Gerechtigkeit widerfährt, und das ist nun der Dank – er wird ermordet! Diese Elgins haben großen Schaden angerichtet." Peter biss sofort an. „Hat die Polizei schon einen Verdacht, wer ihn umgebracht hat?"

„Das wusste Olly nicht. Er konnte ja nicht die ganze Nacht bleiben. Aber es war sicher einer von den Elgins. Ich glaube nicht, dass die Bloomfields sich die Hände schmutzig machen würden, auch wenn sie all das verursacht haben. Oh, der arme Mr. Scraggs. Er ist für uns gestorben!" Peter warf Georgia einen Blick zu, und sie verstand ihn richtig. „Lucy, Sie brauchen Ruhe. Warum legen Sie sich nicht eine Weile hin?"

„Ich kann nicht. Olly musste in den Laden und die Polizei sagte, sie würden kommen und sich Mr. Scraggs' Zimmer ansehen. Sie haben Olly aufgetragen, niemanden hineinzulassen, deshalb muss ich hierbleiben." Georgia schnitt Peter eine Grimasse. Es wäre auch zu schön gewesen! „Hören Sie, wir wecken Sie schon, falls sie innerhalb der nächsten Stunde kommen. Sonst wecken wir Sie, wenn wir gehen." Sie ließ es absichtlich in der Schwebe. „Aber Ihr Frühstück", jammerte Lucy.

„Wollen Sie kein englisches Frühstück, Georgia? Und Sie, Mr. Marsh?“

„Nein, danke“, sagte Peter erhaben. „Ich würde aber gern Ihr Klo benutzen.“ Zu zweit bewerkstelligten sie es leicht, denn die Toilette im *Country Stop* war geräumig und lag im Erdgeschoss. Als sie allein waren, goss Georgia Kaffee nach und stöberte etwas Müsli auf. „So“, sagte Peter, „jetzt haben wir Ruhe. Erzähl mir bitte mehr über diesen Terence Scraggs. Alles.“ Georgia tat, wie ihr geheißen. „Anscheinend war es eine Massenprügelei und er hat im Eifer des Gefechts einen Messerstich abbekommen“, sagte sie zuletzt, „deshalb verstehe ich immer noch nicht, warum Mike herbeordert wurde.“

„Sogar bei Kneipenschlägereien achtet man darauf, wer der Gegner ist, und Scraggs war ein Außenstehender. Seltsam, oder?“

„Ja, aber er war trotzdem die treibende Kraft hinter dem Protest.“

„Es ging um einen Vertrag, der dir zufolge heute unterschrieben wird. Ein etwas später Protest!“

„Vor der Versammlung wusste niemand, dass es mit der Unterzeichnung so schnell gehen würde. Und es würde auch nichts an ihrer Forderung ändern, sondern nur das Angriffsziel – das wären dann eben die neuen Besitzer und nicht mehr die Bloomfields.“

„Ach ja, die Bloomfields. Deshalb dachte der Senior Investigating Officer wohl, dass Mike gern das Team aus Darenth unterstützen würde. Aber vielleicht ist es auch ein schnöder Racheakt, weil er sie für uns wegen der Kalkhöhle in Wickenham gelöchert hat. Dieser

Senior Investigating Officer hat laut Mike einen schrägen Humor.“

„Im Gegensatz zu Mike, der hat nämlich gar keinen“, bemerkte Georgia. „Chief Inspector Lockhart“, fuhr Peter fort, ohne Notiz davon zu nehmen, „hat darauf hingewiesen, dass beide Verbrechen auf dem Grund und Boden der Bloomfields passiert sind.“

„Welche beiden Verbrechen?“, fragte Georgia verdutzt. „Das von letzter Nacht und der Kalkhöhlenmann. Der Rechtsmediziner hat eine Untersuchung angeordnet, weil die Möglichkeit besteht, dass er eines gewaltsamen Todes gestorben ist. Beweise gibt es für nichts. Lockhart hat darauf hingewiesen, dass die Kalkhöhle sich auf dem Bloomfield-Anwesen befindet.“ Tatsächlich? Sehr nachlässig von ihr, dass sie nicht nachgeforscht hatte, obwohl ihr die Möglichkeit in den Sinn gekommen war. Und dann spann sie den Gedanken fort. „Weiß der Senior Investigating Officer, dass die Kalkhöhle in der Nähe des öffentlichen Fußweges liegt, der mitten über das Anwesen führt? Oder“, fügte sie liebenswürdig hinzu, „dass diese beiden Verbrechen – wenn der erste Todesfall überhaupt eines war – über siebzig Jahre auseinanderliegen?“

„Du hast gesagt, dass Ada Proctor auf dem gleichen Weg gefunden wurde, der in Richtung Wald führt.“

„Ja, und laut Obduktionsbericht war der Fundort nicht der Tatort – sie wurde von einem Platz nahe am Wald weggeschleift.“ Peter freute sich diebisch, aber nur für einen Moment. „Findest du es nicht merkwürdig, dass dieser Mann gesagt hat, er sei Künstler –“

„Er hatte eine Zeichenmappe. Ich habe ihn einmal damit gesehen“, unterbrach sie. Sie musste aufpassen, dass Peter mit seinen Theorien nicht *schon wieder* schneller war als mit Beweisen. „Aber offenbar wollte er an der Todd-Front kämpfen und goss damit Öl ins Feuer. Warum sollte er zwei Gründe haben, nach Wickenham zu kommen?“

„Menschen handeln nicht immer vernünftig.“ „Nicht einmal du, Georgia.“ Sie gab sich geschlagen.

***

„Wickenham – ah, ich erinnere mich gut daran.“ Peter sah sich zufrieden um, als Georgia ihn die Hauptstraße entlang in Richtung Park schob. Mit seinem Rollstuhl kam er auch allein vorwärts, aber dann und wann machte es ihm Spaß, sich von ihr schieben zu lassen, also verkniff sie sich alle Klagen. Er wollte den Tatort auf diese Art „beschnuppern“, statt im Auto hinzufahren. „Durch Autofenster erschnüffelt man nichts“, sagte er. Heute Morgen hatte er schon einmal geschnüffelt. Als sie aus dem *Country Stop* kamen, hatte er Terences Wagen auf dem Parkplatz gesehen, einen Citroën Deux Chevaux. „Ist das sein Auto?“, fragte er. Sie nickte, und er fügte hinzu: „Das dachte ich mir. Er wollte anders sein und Stellung beziehen. Das passt ins Bild. Ein Mann im Anorak, der nach der Macht greift.“ Das zweite Schnuppern geschah auf Georgias Vorschlag hin. Sie hielten vor Mary Beaumonts einstiger Teestube an. Er schwieg einen Moment und sah sich das Haus an. „Hier ist nichts, oder?“ Er wirkte nicht beunruhigt. „Aber natürlich ist sie nicht mehr da.“

„Möchtest du sie sehen?“

„Natürlich. Heute Nachmittag?“

„Was ist mit Margaret?" Peter hatte die Angewohnheit, sich einfach aus dem Staub zu machen, und Margaret bekam immer den Schock ihres Lebens, wenn sie das Haus still und leer vorfand. „Ich habe ihr einen Zettel hingelegt. Mach kein Theater. Ich bin ja morgen schon wieder zu Hause."

„Lucy hat nur zwei Zimmer, daher –" Er wirbelte empört in seinem Rollstuhl herum. „Mein liebes Mädchen, wenn du glaubst, dass ich mich bei dieser Verrückten einquartiere, irrst du dich gewaltig. Ich übernachte natürlich im Herrenhaus."

„Natürlich."

„Ich hoffe, es ist ein gutes Hotel."

„Jim Hardbent sagt das jedenfalls."

„Du scheinst ihm zu vertrauen, aber ich sehe keinen Grund dafür. Denk daran, es verleiht eine gewisse Macht, der einzige Historiker in einem Dorf zu sein, und Macht verdirbt den Charakter. Ist er ein Todd oder ein Elgin?"

„Weder noch. Er ist pro Wickenham."

„Ich warte mit meinem Urteil, bis ich ihn kennengelernt habe."

Georgia war klar, dass Wickenham heute keine Zeit für Fingerabdrücke aus der Vergangenheit haben würde. Die unterdrückte Aufregung und Spannung galten der Gegenwart und waren beinahe mit den Händen greifbar. Sogar an diesem kühlen Herbsttag standen die Leute vor Pubs und Läden zusammen und diskutierten, dass es summte wie in einem Bienenstock. Georgia erkannte Todd-Gruppen und jetzt auch die weniger bekannten Elgins. Sie hatte sich gefragt, ob der

Mord eine versöhnliche Wirkung haben würde, aber es sah nicht danach aus. Die Todds würden nur allzu bestrebt sein, sich von den lauten Störenfrieden – den betrunkenen Elgins – zu distanzieren, und die wiederum würden den Todds oder vielleicht sogar den Bloomfields die Schuld geben.

Herbstlaub wirbelte über den Rasen, der nach dem nächtlichen Regen immer noch feucht war. Für die Spurensicherung musste es ein Kraftakt gewesen sein, den Tatort zu sichten und abzusuchen, bevor der Regen kam und vielleicht einiges Beweismaterial für immer verwischte. Schlamm konnte vor einem Verbrechen ein guter Verbündeter sein, aber danach ein Hindernis; man konnte nicht den ganzen Tatort gegen den Regen abschirmen, vor allem, wenn es um den Zugang ging. Zweifellos machten die Bloomfields großes Theater deswegen. Als sie sich dem Haus der Bloomfields näherten, sahen sie den Wagen der Spurensicherung. Er stand am Rand der Hauptstraße, die hinter dem Haus entlangführte. Da gestern Abend massenhaft Elgins und Todds da gewesen waren, konnte es sein, dass ein riesiges Gebiet abgeriegelt wurde, aber als sie das Haus erreichten, sah sie, dass die Vernunft gesiegt hatte. Nur der Bürgersteig und der Vorhof des Hauses waren mit Plastikbändern abgesperrt. „Typisch", knurrte Peter, als sie den Wagen erreichten. „Kein Zugang für uns arme Rollstuhlfahrer." Er klopfte mit seinem Stock an die Tür des Wagens, und Mike öffnete ihm mürrisch. „Nicht nötig, ungeduldig zu werden. Wir haben eine Rampe, aber ich komme nach unten. Morgen, Georgia." Mike verbarg seinen Scharfsinn und seinen wachen Blick hinter Griesgrämigkeit. Er hatte vielleicht keinen

Humor, aber wenn Georgia ein Verbrecher gewesen wäre und seine schlaksige Gestalt im Anmarsch gesehen hätte, hätte sie sich sofort ergeben. Früher hatten sie und Peter einen privaten Spitznamen für ihn gehabt – „Squash", der aber nichts mit seiner äußeren Erscheinung zu tun gehabt hatte. Peter war darauf gekommen, als ihm aufgefallen war, dass man Mike ungestraft mit Bällen bombardieren konnte, jedoch wenn man selber auf ihn losging, zog man den Kürzeren. Mike hatte das eines Tages gehört und sofort erkannt, wie passend es war – und sie hatten es in der Folge nie wieder erwähnt.

„Also, wie war der Tathergang?", fragte Peter, als er die Treppe herunterkam. „Der *mutmaßliche* Tathergang. Tödliche Verletzung durch einen Stich mit einem scharfen Gegenstand in die Brust, entweder vorsätzlich oder durch einen Unfall. Wahrscheinlich Ersteres, denn der scharfe Gegenstand war ein Küchenmesser, das noch in der Wunde steckte. Der Täter hat es nicht in Panik herausgezogen und sich selbst dabei mit Blut bespritzt. Es ist jetzt im Labor."

„Verdächtige?"

„Sehr witzig! Schätzungsweise ein paar Hundert! Darum", er warf Peter einen kummervollen Blick zu, „bin ich hier. Sie brauchen Unterstützung, um diese verflixten Elgins und Todds abzuklappern."

„Und die Bloomfields?", fragte Georgia. „Die auch. Der Senior Investigating Officer nimmt sie sich vor."

„Gibt es noch mehr forensisches Beweismaterial?"

„Das wurde sorgfältig verpackt und ist auf dem Weg ins Labor. Auf den Pflastersteinen wurden Blutspritzer gefunden – die können von Scraggs sein oder von anderen Leuten – und jede Menge verstreute

Glasscherben. Es gibt Anzeichen dafür, dass die Leiche weiter ins Gebüsch gezogen wurde, weil es dort dunkler war und nicht so bald jemand über sie stolpern würde. In dem Gebüsch wurde auch ein lädiertes Plakat gefunden, das offenbar dazu verwendet wurde, auf jemanden einzuschlagen." „Wann kann ich das Video vom Tatort sehen?", fragte Peter. „Es muss da drin sein." Er warf einen neidischen Blick auf den Wagen. Bei Peter hieß es nicht „Kann ich", sondern „Wann"; Georgia kannte es nur zu gut. „Gar nicht. Es sei denn, du hast einen vernünftigen Grund."

„Ich finde schon einen", sagte Peter zuversichtlich. „Willst du mir nicht einen nennen?", schlug Mike vor. „Mit Georgias Hilfe ist das eine Kleinigkeit. Sie kannte Terence Scraggs."

„Mit Lockhart als Senior Investigating Officer erwartet dich eine Menge Arbeit. Warte, bis ich dich als eine Art Sachverständigen ins Spiel bringen kann. Verstanden?"

„Ja, Mike", sagte Peter zahm. „Übrigens – ich nehme an, Darenth investiert in die DNA-Proben?" Mike sah ihn misstrauisch an. „Im Moment haben wir nur *eine* Probe, Peter. Von Terence Scraggs. Die von den mehreren Hundert Verdächtigen noch nicht. *Oder*", fügte er bissig hinzu, „sie widmen sich dem Mann in der Kalkhöhle. Das Labor hat ein Profil von ihm erstellt und wertet es aus." Georgia stöhnte vor sich hin. Mike hatte Peter eine Steilvorlage geliefert. „Was ist eigentlich mit ihm? Es ist so still um ihn geworden. Du hast gesagt, dass du mir Bescheid sagen würdest, wenn der Obduktionsbericht da ist." Peter klang beleidigt. „Der ist noch nicht da. Du wirst dich freuen, zu hören, dass sich der

Bericht verzögert, weil ich deinetwegen Darenth mit Fragen zu dem Skelett bombardiere. Sie kommen nicht hinterher! Zufrieden?"

„Ja." Peter strahlte. „Und bevor du fragst", fügte Mike mürrisch hinzu, „du willst natürlich die Sachen sehen, die bei dem Kalkhöhlenmann gefunden wurden. Die sind schon wieder in Darenth."

„Das ist sehr nett von dir, Mike. Wenn du es irgendwie einrichten kannst ..."

***

Vor dem Herrenhaus rutschte Peter aus seinem Alfa Romeo in den Rollstuhl und überließ es Georgia, den Wagen in das offizielle Parkhaus zurückzufahren. „Ordentliche Rampe, wie ich sehe. Und eine schöne breite Tür", sagte er über das Hotel, als sie zurückkam. „Hör auf zu meckern. Du würdest selbst das Verrätertor nicht breit genug finden."

„Unsinn! Ich bin sehr vernünftig in solchen Dingen." Unglücklicherweise war die „schöne breite Tür" verschlossen, aber als gerade wieder der Stock zum Einsatz kommen sollte, riss ein Türsteher in Uniform sie auf. Der Park hatte wunderschön ausgesehen und Wickenham Manor wirkte im Licht der Oktobersonne einladender, als Georgia es von ihrem ersten Besuch her in Erinnerung hatte. Ein Teil des Parks war ein Golfplatz, aber es gab auch Gärten, Wald und Rasen. Sie fragte sich, ob der Vertrag schon unterzeichnet war und ob der Mord irgendwelche Auswirkungen darauf haben würde. Noch wichtiger: Würde der Verkauf der Sportplätze trotzdem heute über die Bühne gehen?

Wenn die Klage Erfolg hatte, musste auch der Deal mit dem Supermarkt betroffen sein; sie hoffte, dass es ihn völlig zunichtemachen würde, und sei es nur um Terence Scraggs' willen. Zwischen der Ruhe des Herrenhauses und den heutigen Ereignissen im Dorf schienen Welten zu liegen. Es wirkte unangreifbar und sie dachte, dass das von jeher seine Stärke gewesen war. Was auch immer im Dorf geschah, das Herrenhaus blieb ewig. Oder vielleicht war das nur eine Illusion. Vielleicht verdeckten hier seidene Handschuhe die Fingerabdrücke auf der Zeit, aber sie würden sie nicht wegwischen. Ada musste diesen Ort gut gekannt haben. Sie war nicht nur gekommen, um Medikamente zu bringen – entweder in der Ponykutsche oder zu Fuß, um den Weg über Eck abzukürzen –, sondern hatte sicher auch unzählige Feste und Empfänge besucht. Der Arzt, der Lehrer, der Pfarrer, alle hatten zu den Honoratioren des Dorfes gehört, und Ada musste sowohl die Bloomfields, als auch die Randolphs, gekannt haben. Matthew, der im Jahr ihres Todes Squire geworden war, war vier Jahre jünger gewesen als sie, rechnete Georgia aus. In den Jahren vor dem Ersten Weltkrieg würden sich hier viele junge Leute getummelt haben – Matthew und Jack, ihre Schwester Anne, die in Adas Alter war, und Guy und Gwendolen Randolph. In den 1920er Jahren waren nur noch Matthew und die Frauen übrig. Was war aus Anne und Gwendolen geworden?, fragte sie sich. Als Peter aus seinem Zimmer kam und alles in allem zufrieden war, machten sie sich auf den Weg in die Bar, um eine Kleinigkeit zu essen und etwas zu trinken.

Im Hotel fand eine Konferenz statt, und die Bar war überfüllt. Georgia sah Trevor und Julia Bloomfield und war kein bisschen überrascht. Der Vertrag wurde wahrscheinlich hier unterschrieben und sie hatten zweifellos den Wunsch, der Polizei so weit wie möglich aus dem Weg zu gehen. Sie sahen angespannt aus, entweder vom Schlafmangel oder weil das Geschäftstreffen noch nicht überstanden war. Trotzdem ergriff Georgia die Gelegenheit beim Schopf, sich ihnen aufzudrängen. Sie mochte das Ehepaar nicht, was auf Gegenseitigkeit zu beruhen schien, von daher sah sie keinen Grund, taktvoll zu sein. Sie stellte Peter vor und nahm sofort ihre halbherzige Aufforderung an, sich zu ihnen zu setzen. Sie hatten sowieso keine Wahl, weil die Bar so überfüllt war. Georgia gab alle passenden Töne von sich: Mit welchem Bedauern sie von der Tragödie gestern Abend gehört habe, wie erschüttert sie sein müssten, vor allem, da heute ein so wichtiger Tag sei, und wie verroht die heutige Gesellschaft sei. Peter war schweigsam, und sie wusste genau, warum – er war dabei, sich ein Urteil zu bilden. Nach außen hin gab er das Bild eines alten Mannes ab, der sich nur dafür interessierte, die Vergangenheit auszugraben. „Ihr Mord von 1929 wirkt dagegen beinahe sympathisch“, bemerkte Julia. „Einer vor der eigenen Haustür ist nicht so interessant.“ Sie musste Georgias Blinzeln gesehen haben, denn sie machte ein finsteres Gesicht und fügte hinzu: „Natürlich sind wir tief betroffen, weil wir so nah am Tatort wohnen. Ein Mord von 1929 erscheint nicht so *wirklich*.“ Für Georgia tat er es – und sicher auch für jeden anderen mit etwas Phantasie. Man musste sich nur konzentrieren. Wenn man Nofretete den ägyptischen Kopfputz abnahm, hatte man einen modebewussten Teenager von heute vor sich. Wenn man sich Ada ohne Glockenhut vorstellte, sah man eine Karrierefrau von heute. Und wenn man Sir Philip Sydney von Halskrause und Wams befreite und ihn in Pullover, Jeans und Anorak steckte, hatte man vielleicht Terence Scraggs. Trotzdem bemühte sich Georgia, irgendwas zu murmeln, das verständnisvoll klang. „Es war alles höchst lächerlich und furchterregend", fing Trevor wütend an. Er hatte es sehr eilig, das Wort zu ergreifen, und Georgia hatte den Eindruck, dass ihm viel daran lag, Julias und seine Sicht der Dinge zu schildern. Er fand wohl wirklich, dass er Grund zur Klage hatte, dachte Georgia und versuchte, großzügig zu sein. „Meine Söhne kamen von der Versammlung zurück, um uns vorzuwarnen, dass sich ein Marsch mit diesem albernen Protestschreiben in Bewegung gesetzt habe, also bin ich mit ihnen nach draußen gegangen, habe ihnen gedankt und sie gebeten, zu gehen. Aber sobald wir draußen waren, brach die Hölle los – das andere Gesocks strömte herbei, und wir saßen in der Mitte fest. Zum Glück hat Julia gesehen, was passierte, und die Polizei gerufen – die war allerdings schon unterwegs, wie sich herausstellte. Unser Dorfpolizist hatte sie auch alarmiert. Sie haben sich Zeit gelassen, muss ich sagen, und sehen Sie nur, was dabei herausgekommen ist."

„Typisch für die Polizei heutzutage", sagte Peter ernst. „Haben Sie diesen Terence Scraggs in dem Gewühl gesehen?", fuhr er mit Unschuldsmiene fort. „Ich bin vor allem nach draußen gegangen, um mit Oliver Todd zu reden. Scraggs war nicht von hier. Er kam vor ungefähr zehn Tagen zu mir und wollte mein Haus malen. Ich hätte ihm gesagt, wo er sich seine Gemälde hinstecken kann, wenn ich gewusst hätte, dass er den Protest organisiert hatte."

„Hat er den Auftrag bekommen?", fragte Georgia. „Ich sagte ihm, es habe keinen Sinn, wir würden verkaufen. Als Geste des guten Willens schlug ich ihm jedoch vor, Wickenham Manor zu malen, dafür würde ich bezahlen. Die Sachen, die er mir gezeigt hat, sahen ganz gut aus. Und nun sehen Sie, was er mir angetan hat. Wie ein Messerstich in den Rücken." Eine peinliche Stille trat ein, als er merkte, wie unpassend dieser Kommentar war, und Georgia wandte sich hastig an Julia. Sie fand diese Farce und deren Notwendigkeit abstoßend. Hier saßen sie in einem Nobelhotel mit ihren Getränken und sprachen über einen Mord, der erst letzte Nacht ein paar hundert Meter weiter passiert war. Wie praktisch wäre es, wenn die Rechtsmedizin Phrasen sezieren könnte, um die Gedanken dahinter frei zu legen! Stattdessen mussten sie auf die harte Tour nach der Wahrheit suchen und hoffen, aus dem Treibsand der Floskeln winzige Goldkörnchen auszusieben. „Es muss ein furchtbarer Schock für Sie gewesen sein, als die Leiche gefunden wurde", sagte Georgia ernst, aber sie hatte den Eindruck, dass Julias einzige empfindliche Stelle ihr Geldbeutel war. Julia dachte offenbar, es sei Zeit für ein Schaudern. „Ich habe aus dem Fenster gesehen, als der Polizist ihn gefunden hat und alle anfingen, zu schreien und herumzurennen. Ich wusste nicht, was passiert war, bis Trevor kam und es mir erzählte. Danach ging es stundenlang weiter; Polizei, Ärzte, Krankenwagen, Männer und Frauen in weißen Kitteln, und überall gingen Lichter an. Diese schrecklichen grellen Scheinwerfer! Furchtbar!"

„Für Scraggs auch", bemerkte Peter und schüttelte traurig den Kopf. Trevor sah ihn scharf an, sagte aber nichts. „Die Polizei wollte sicher mit Ihnen sprechen", fuhr Georgia fort. „Ewig lange", antwortete Julia. „Wir sind erst um vier Uhr ins Bett gekommen, und dann ging es um sieben wieder los." Peter nahm den Faden nahtlos auf – einer der Vorteile ihrer Zusammenarbeit. „Schrecklich, dass die Polizei ausgerechnet dann herumschnüffelt, wenn man es nicht gebrauchen kann!"

„Schnüffelt?" Trevor verkrampfte sich. „Nach Scraggs' Kampagne gegen Sie wird man Sie verdächtigen." Georgia wartete gespannt auf seine Antwort, aber Trevor lachte tatsächlich. „Warum in aller Welt hätte ich ihn umbringen sollen?"

„Vielleicht, um den Verkauf des Landes für den Supermarkt zu erleichtern." Er zuckte die Achseln und war offenbar immer noch belustigt. „Sie haben zu viel Agatha Christie gelesen. Bleiben Sie bei Ada Proctor, das können Sie besser. Ich lebe im Hier und Jetzt. Was hätte ich davon, Scraggs umzubringen? Der Antrag wird nicht fallengelassen, nur weil Scraggs tot ist, selbst wenn der Verkauf der beiden Sportplätze klappen würde – aber das wird er nicht. Ich weiß es jetzt schon. Wir treffen uns heute Nachmittag, aber es ist aussichtslos. Sie hatten ein alternatives Angebot, das ihnen attraktiv erschien, und sorgten sich schon wegen des Geredes über diese Petition. Sie müssen schnell bauen, und Geld in ein Projekt zu pumpen, über dem ein Damoklesschwert hängt, ist das Letzte, was sie wollen. Der alternative Platz war ein letzter Strohhalm, ein

Entgegenkommen. Als das keine Gnade fand, wussten wir, dass es vorbei war – schon bevor Scraggs starb. Der Erlös vom Verkauf zweier lumpiger Felder wäre schön, ist aber zum Glück nicht lebenswichtig für uns und spielt für das Hauptgeschäft keine Rolle. Für keinen von uns Bloomfields hätte es Sinn gehabt, den Kerl zu erstechen. Es wäre nur ein Grund mehr dafür gewesen, dass der Verkauf nicht zustande kommt."

„Jemand hat ihn umgebracht", sagte Georgia ruhig. „Interessiert Sie nicht, wer es war?" Trevor zuckte wieder die Achseln. „Was kann man bei so einer Schlägerei schon sagen? Wahrscheinlich einer von den Elgins. Wenn diese Leute ein paar Bier intus haben, wissen sie nicht mehr, auf wen oder was sie losgehen." Seine Gleichgültigkeit widerte sie an. Auf eine Messerstecherei mehr oder weniger kam es anscheinend nicht an. Unwillkürlich wandte sie den Kopf ab – und ihr gefror das Blut in den Adern.

Zac! Sie war sich sicher. Er war gerade durch die Schwingtür verschwunden, die von der Rezeption zu den Zimmern des Hotels führte. Sie hatte ihn nur von der Seite gesehen, aber dieses Profil kannte sie – und die schwarzen Locken –, die unbekümmerte Gleichgültigkeit gegenüber allem und jedem. Oh, *verdammt*! Warum spielte das Schicksal ihr einen solchen Streich? Warum jetzt? Warum hier?!

***

Manche Menschen haben in Abwesenheit mehr Macht, als wenn sie in der Nähe sind. Georgia konnte sich nie ganz entscheiden, ob Zac zu diesen Menschen gehörte oder nicht. Wenn er nicht da war, übte er eine finstere, beängstigende Faszination aus, die sie frösteln ließ. Aber wenn er da war, fragte sie sich trotz seines enervierenden Charmes, was hinter all dem Theater steckte – und das war seine unheimlichste Waffe, verflixt. Als sie ihn kennengelernt hatte, war sie einundzwanzig und Studentin gewesen. Der Altersunterschied von sieben Jahren und seine Weltgewandtheit hatten sie überwältigt. Er hatte sich als Weinhändler ausgegeben – aber Zac selbst würde das auch jetzt noch nicht als Betrügerei bezeichnen. Er schwirrte in allen Weinkenner-Gruppen in London und noch ergiebiger auf dem Rest der Britischen Inseln herum. Wenn eine Feier mit prominenten Gästen stattfand, war Zac dabei – oder tat jedenfalls so, als sei er dabei gewesen. Natürlich nicht unter seinem richtigen Namen, wie sie später herausfand. Seine Masche war nicht außergewöhnlich. Er reiste um die Welt und behauptete, mit nur den besten Weingütern Geschäfte zu machen und zwar direkt, um den besten *Grand Cru* zu einem Bruchteil des Preises zu bekommen, der auf normalem Weg üblich war. Er teilte eine Flasche mit den auserkorenen Opfern, um sie von seiner Expertise zu überzeugen, und sie fielen unweigerlich darauf herein. Dann verschwand er mit ihrem Geld. Der Wein kam nie an, aber auch Zac tauchte nicht wieder auf. Als sie ihn gleich nach ihrem Abschluss geheiratet hatte, war er schon – was sie wiederum erst später erfuhr – als der stolze Sieger aus einer Betrugsgeschichte hervorgegangen, die es mit dem Fall Ponzi aufnehmen konnte. Es ging um Investitionen in einen Weinhandelskonzern in Italien. Man bezahlte Dividenden an die ersten Investoren mit den

Investitionen der nächsten. Absurderweise machte Zac seine Hausaufgaben nicht gründlich und wusste nur sehr wenig über Wein. Zuletzt kam ihm eine reiche und pfiffige Dame auf die Schliche. Sie hatte Lunte gerochen, als er ihr eine Flasche süßen Monbazillac-Dessertwein präsentiert und beiläufig versichert hatte, der Wein passe wunderbar zu Austern. Die Dame zog Erkundigungen über das Weingut ein, bevor sie ihre Bestellung aufgab. Zac war nicht gewitzt genug gewesen, so dass er seine Geschäfte manchmal leichtfertig bei sich zu Hause in Kent abwickelte. Durch Zufall war der Fall auf Peters Schreibtisch gelandet, und Peter hatte privat ein paar Nachforschungen über seinen Schwiegersohn angestellt. Es hatte damit geendet, dass Zac zu fünf Jahren Haft verurteilt worden war, von denen er nur etwas mehr als die Hälfte abgesessen hatte. Kurz nach der Hochzeit hatte Georgia – verliebt in Zac, das Leben und die Romantik des Landlebens – Arbeit in einer Buchhandlung gefunden. Zac lachte über ihre Bodenständigkeit, die so ganz anders war als seine leichtsinnige Einstellung zu Geld. Mit ihm wurde es nie langweilig, und bis zu einer gewissen Grenze gefiel ihr das aufregende Dasein, aber dann hatte ihr Vater ihr die niederschmetternde Nachricht überbracht, was es mit dem „Beruf" ihres Mannes auf sich hatte – sie hatte ihn für einen echten Weinhändler gehalten. Erst danach hatte sie die unbeglichenen Rechnungen entdeckt, die seinen Weg pflasterten. Georgia vergaß nie, wie Zac sie nach der Urteilsverkündung angesehen hatte – mit seiner vertrauten, entgeisterten Miene, die sagte: *Wie können sie mir das antun?* Steckte der echte Zac dahinter? Wenn ja, so hatte sie in diesem Augenblick begriffen, dass sie ihn nie wirklich gekannt hatte, und das erschreckte sie immer noch. Was mochte hinter der für die Öffentlichkeit bestimmten Maske eines jeden Menschen lauern?! Und hinter der von Luke …?

***

„Bist du sicher, dass es Zac war, Georgia?" Peter beäugte düster das Cajun-Huhn mit Reis, das es im *Green Man* gab – kein gehobenes Menü wie in Wickenham Manor. Sie würden auf keinen Fall hierbleiben. „Natürlich", sagte sie müde. „Was, zum Kuckuck, macht er hier?"

„Wie ich Zac kenne", bemerkte Peter als Zacs Ex-Schwiegervater milde, „würde ich sagen, er hat jemanden betrogen."

„Aber nicht mich!"

„In so einem kleinen Dorf kann man sich nicht aus dem Weg gehen. Stell dich ihm."

„Das kann ich nicht. Vielleicht ist er nur auf der Durchreise." Sie glaubte es jedoch nicht. Wenn Zac sich erst einmal in einem guten Hotel einquartiert hatte, würde er sich häuslich einrichten und auf Kundschaft warten. Falls er einen von ihnen beiden gesehen hatte, würde er meinen, seine Rechnung sei so gut wie bezahlt. „Ich finde es schon heraus. Du bleibst heute Abend bei den Todds und ich werde Zac auf den Zahn fühlen." Das entlockte ihr ein kurzes Kichern. „Was hältst du von den Bloomfields?"

„Ich wette, er fährt einen neuen Jaguar der S-Klasse", sagte Peter sofort, „und sie ist gewohnt, darin zu sitzen.

167

Ich möchte nicht derjenige sein, der ihr vorschlägt, sich auf einen Mini zu beschränken."

„Das Gefühl habe ich auch", stimmte Georgia zu. „Platz zu machen ist sicher nichts für sie. Und für ihn auch nicht."

„Bevor ich Mary Elgin besuche", verkündete Peter, „Mike hat mir per SMS das OK dafür gegeben, dass du dich in Scraggs' Zimmer umsiehst. Aber Mike muss dabei sein. Die Polizei hat alles Nötige getan."

„Und was war das?"

„Mike wird es dir erzählen. Es war sehr wenig. Sie haben die Adresse der Eltern gefunden – die beiden werden die Leiche in der Pathologie identifizieren, und seine Sachen werden ihnen geschickt. Sie wollen nicht selbst nach Wickenham kommen. Zu traumatisch. Also beeil dich – und erzähle es nicht der ganzen Welt. Mike wartet auf dich."

„Das kommt dir ganz gelegen, nicht wahr? Du willst Mary allein sehen!"

„Das muss ich zugeben." Peter versus Mary ,von Angesicht zu Angesicht. Zwei Naturgewalten prallten aufeinander. Wer von den beiden würde gewinnen, oder würde es mit einem Unentschieden enden?

Sie ging geradewegs zurück zum *Country Stop* und betrat gemeinsam mit Mike Terence Scraggs' Zimmer. Es hatte eine gespenstische Ähnlichkeit mit ihrem eigenen; das gleiche Blumenmuster auf der Bettdecke und auf den Gardinen, nur in einer anderen Farbe. Ihr Zimmer war rosa, das von Terence gelb. Gelb wie die Sonne, aber hier schien keine Sonne mehr. Wenn er in diesem Zimmer etwas von seiner Persönlichkeit hinterlassen hatte, so war es jetzt verschwunden. Sie konzentrierte sich darauf, sich Terence ins Gedächtnis zu rufen – und sei es nur, um Zac daraus zu vertreiben. Lucy hatte seine Sachen noch nicht weggeräumt, und seine Zahnbürste, Seife und Rasiermesser lagen noch auf dem Rand des Waschbeckens; ein beredtes Zeugnis dafür, wie sorgsam er seinen fransigen Bart gepflegt hatte. Seine wenigen Sachen hingen noch an der Garderobe oder lagen in einer Schublade. Sein zweites Paar Schuhe schaute unter dem Bett hervor. Obwohl der Besitzer tot war, kam sie sich vor wie eine Schnüfflerin und überließ es Mike, die wenigen persönlichen Papiere durchzusehen. Mike hatte seine Laufbahn gleich nach der Schule begonnen – als Fensterputzer. Er hatte Peter erzählt, dass er deshalb Polizist geworden war. Beim Fensterputzen hatte er so viel über das Leben der Menschen gelernt, über ihre Ticks und Besonderheiten, dass er etwas Sinnvolles damit anfangen wollte. Auf den ersten Blick sah man in ihm nur einen Wachtmeister Plod, bei einem zweiten Blick in seine aufmerksamen Augen verstand man, warum er jetzt Detective Inspector war und die Karriereleiter erklomm. Ihm entging keine Einzelheit, und er durchforstete mit Feuereifer Scraggs' Notizblöcke, den Entwurf der Rede, die er auf der Versammlung gehalten hatte, und eine Nachricht von seinen Eltern über ein baldiges Familientreffen am Wochenende. Georgia notierte sich die Adresse der Eltern, aber das war nicht der wichtigste Grund, aus dem sie hierhergekommen war. Während Mike noch anderweitig beschäftigt war, nahm sie sich Terences Zeichenmappe vor. Sie lehnte mit seinen Farben, Buntstiften, Bleistiften und einer tragbaren Staffelei am Schrank. Sie zog die Handschuhe an, die Mike ihr gegeben hatte, legte die Mappe aufs Bett und blätterte sie durch. In der Mitte fand sie ein unvollendetes Aquarell vom *Country Stop* und eine grobe Bleistiftskizze von Wickenham Manor. Wahrscheinlich war letztere ein missglückter Versuch, und das fertige Bild war verkauft worden. Das bestätigte Trevors Geschichte. Ein oder zwei andere Skizzen zeigten, dass Terence mit einer Kühnheit ans Werk gegangen war, die sie nicht erwartet hatte, auch wenn sein brillanter Auftritt auf der Versammlung es hätte vermuten lassen. Es war kein Bild von Jims Schmiede dabei, also war auch das seinem neuen Besitzer übergeben worden. Dann folgten zwei Skizzen, die keine Häuser zeigten. Nach einem Moment des Nachdenkens erkannte sie, dass es das Anwesen von Wickenham Manor war. Vielleicht hatte Terence gehofft, zwei Fliegen mit einer Klappe zu schlagen, indem er außer dem Bild vom Haus auch noch Landschaftsmalereien vom Park anbot. Das nächste war ein vollendetes Aquarell von einem viktorianischen Haus, das ihr bekannt vorkam, aber sie konnte es nicht ganz einordnen. Warum war dieses Bild noch da? Hatte es dem Auftraggeber nicht gefallen? War es vielleicht gar nicht in Wickenham? Es war nicht so gut wie die anderen Arbeiten; ihm fehlte deren Lebendigkeit. Und dann begriff sie, warum es ihr bekannt vorkam. „Mike, sieh dir das an. Das muss er von einer Postkarte abgemalt haben; wahrscheinlich einer von Jim. Es ist Hazelwood House.“

„Wo ist das?“

„Wir stehen wahrscheinlich gerade darauf. Es wurde in den 1960er Jahren abgerissen.“

„Und?“

„Warum hat Scraggs sich diese Mühe gemacht, wenn es keinen Käufer dafür gab? Meinst du nicht, dass ihn an Wickenham noch mehr interessiert hat, als nur der Protest?"

„Was soll ihn denn interessiert haben?" Mike war nicht so leicht zu überzeugen. „Die Randolphs haben im Hazelwood House gewohnt. Peter hat sich in den Kopf gesetzt, dass der Mann in der Kalkhöhle einer von ihnen war."

8. *Kapitel*

„Gut geschlafen?" Peter sah sie forschend an, als sie am nächsten Morgen ins Hotel kam. Georgia wunderte sich nicht über die Frage. Sie sah sicher aus wie ein Gespenst. Sie hatte wieder schlecht geschlafen; wahrscheinlich, weil sie einen großen Teil der Nacht damit verbracht hatte, im Traum durch die Vordertür von Hazelwood House zu gehen, die genauso ausgesehen hatte wie auf Terence Scraggs' Zeichnung. Sie hatte sich gefühlt wie Gretel aus dem Märchen, die unbekanntes Land betrat und auf die böse Hexe traf; jedoch hatte sie drinnen nichts Furchterregendes entdeckt, sondern nur eine Familie, die Weihnachten feierte – ein fröhliches Fest wie zur Zeit von König Edward oder wie in einem Hollywoodfilm, mit einem großen Christbaum und einem gütigen Vater, der Geschenke verteilte. Sogar für sie war eins dabei gewesen, ein Gemälde von Wickenham Manor, und sie war ganz aus dem Häuschen vor Dankbarkeit – im Traum. Wenn sie dann Hazelwood House wieder erleichtert verließ, rief es sie immer wieder zurück, aber bei ihrem nächsten Eintritt fand sie keine Spur von einem gütigen Vater oder Geschenken. Stattdessen kam Zac mit einem Satz hinter einer Tür hervor. „Hast du mich nicht erwartet?", fragte er mit seinem gekränkten Blick. „Ich bin doch immer hier bei dir." Dann grinste er …

„Also nicht, wie ich sehe", fuhr Peter fort. „Wir fahren heute Abend nach Hause. Der Aufenthalt im *Country Stop* bekommt dir nicht. Du musst dich von diesem aktuellen Schlamassel fernhalten, sonst verlierst du den Faden der Vergangenheit."

„Was, wenn beides miteinander zusammenhängt?", sagte sie widerstrebend. Der Alptraum von Hazelwood House ging ihr nicht aus dem Kopf, und sie versuchte vergeblich, sich davon zu überzeugen, dass sie einem einfachen Bild aus Scraggs' Mappe zu viel Bedeutung beimaß. Sie erzählte Peter, was sie in Terences Zimmer gefunden hatte und wunderte sich, dass er sie nicht gleich danach ausgefragt hatte. „Interessant, findest du nicht?", brachte sie heraus und hoffte wider besseren Wissens, dass er den Gedanken als lächerlich abtun würde. Wenn es mehr als nur ein Zufall war, bekam der Mord an Terence Scraggs Bedeutung für sie. „Sehr. Wie du schon sagtest – warum macht sich jemand die Mühe, eine Postkarte von einem Haus abzumalen, das schon lange nicht mehr steht?"

„Ist das eine rhetorische Frage oder willst du eine Antwort?"

„Eine Antwort bitte", verlangte Peter. „Er hat sich für das Haus interessiert; entweder für die Architektur, oder – und das ist wahrscheinlicher – weil es irgendeine Bedeutung für ihn hatte."

„Hmm." Peter dachte nach. „Erinnerst du dich an sein Auto?"

„Damit können wir nichts anfangen. Vielleicht war es geliehen oder gehörte seiner Mutter."

„Unsinn! Es ist nicht das Auto einer Mutter!"

„Du kennst seine Mutter doch gar nicht!“ Georgia ärgerte sich. So machte Peter es immer; er spielte mit seinen Lieblingstheorien und piesackte sie damit, bis sie rief: „Was hast du für Beweise?“ Diesmal trieb Peter es nicht bis zum Äußersten. Auch das war ungewöhnlich. Stattdessen schenkte er sich Kaffee nach und bemerkte: „Georgia, es wird dich interessieren, dass ich gestern Abend in der Bar eine nette Plauderei bei einem Bier hatte – mit einem Marketingvertreter für Shampoo und andere Haarpflegeprodukte.“ Sie sah ihn misstrauisch an, aber er blieb ernst. „Er hatte schwarze Locken und ein ausgeprägtes Profil“, fuhr Peter fort, „ebenso wie dein Ex-Mann, aber –“

„Er war es nicht.“ Georgia sank vor Erleichterung in sich zusammen, als die Anspannung von ihr wich. „Bei genauerem Hinschauen sah er überhaupt nicht aus wie Zac. Ich habe mir Sorgen gemacht, Georgia. Ich dachte, du seist über ihn hinweg, auch wenn er gelegentlich in deinen Gedanken auftauchen sollte, aber jetzt habe ich den Eindruck, dass du die Sache immer noch mit dir herumschleppst.“

„Ich liebe ihn nicht mehr“, sagte sie sofort, und sogar in ihren eigenen Ohren klang es unangemessen. Es gab noch andere Kräfte, die man noch weniger beherrschen konnte, als die Liebe – zum Beispiel eine Mischung aus sexueller Anziehung und Abstoßung. „Das habe ich nicht gemeint, und das weißt du auch. Denk darüber nach.“ Das würde sie. Es musste sein, dessen war sie sich bewusst. Peter war in diesen Teil ihres Lebens verwickelt. Durch einen der schrecklichen Zufälle, die das Leben manchmal bereithält, hatte ausgerechnet ER Zac hinter Schloss und Riegel gebracht.

Aber jetzt war nicht die richtige Zeit und nicht der richtige Ort, um das erneut zu hinterfragen. Stattdessen fragte sie: „Wie war es bei Mary Elgin?"

„Interessant. Natürlich musste ich mich unten im Gemeinschaftsraum mit ihr treffen, und da summte es wie in einem Bienenstock, alles redete durcheinander, von dem Mord und der Schlägerei. Eine Mitarbeiterin sagte mir, solche Aufregung sei selten, aber Mary hat keine Notiz von all dem Gerede genommen, dass ihre Sippe in den Mord verwickelt sein sollte. Sie hatte auch kein Interesse an dem Verkauf der Sportplätze, aber sie wollte unbedingt wissen, wie wir mit Davy Todd vorankommen."

„Hast du ihr die ausgedruckten Gerichtsreporte gezeigt?" Georgia war nicht überrascht, dass es für Mary nur ein Thema gab. Davy war die treibende Kraft, die sie am Leben hielt. „Nein. Zu starker Tobak. Stattdessen habe ich sie an das Beweismaterial erinnert. Und sie hat sehr aufmerksam zugehört und ein paar sehr zweckdienliche Bemerkungen gemacht. Sie hat sich auch nicht aufgeregt, das ist ein gutes Zeichen. Das bedeutet wahrscheinlich, dass es ihr die ganze Zeit bewusst war. Sie erinnert sich noch, wie der Staatsanwalt sie im Zeugenstand in die Mangel genommen hat. Es kann nicht leicht gewesen sein, nachdem ihr Vater Stein und Bein geschworen hatte, dass er Davy in jener Zeit nicht gesehen habe. Wenn wir Marys Version glauben, frage ich mich, ob ihr Vater daran gedacht hat, dass er den Jungen gewissermaßen zum Tode verurteilt hat – oder ob er einfach glauben *wollte*, dass Davy schuldig war."

„Ich verstehe nicht, wie er das bewerkstelligt haben will, du etwa?! Wenn Mary Recht hat, dann war er von etwa zehn bis halb elf mit ihnen zusammen. Selbst, wenn Adas Todeszeit etwas später gewesen sein sollte, als bei der Obduktion festgestellt wurde – niemand könnte nach einer solchen Tracht Prügel hinausstürmen, um die Tochter seines Arbeitgebers sexuell zu belästigen. Er hätte auch nicht viel Zeit gehabt, denn die Zeugen haben ausgesagt, sie hätten ihn gegen viertel vor zwölf auf der Straße gesehen.“

„Sie konnte sich noch an alles erinnern, Georgia.“ Peter war eindeutig beeindruckt. „Sie hat mir den ganzen Gerichtssaal beschrieben – und Davy. Er ‚stotterte sich etwas zusammen‘ – so nannte sie es –, als er seine Aussage machte, weil er wusste, dass ihm niemand glaubte. ‚Armer Davy‘, sagte sie, ‚sein Kopf steckte schon in der Schlinge.‘“ Das war eine drastische Wortwahl. Plötzlich kam Georgia ein Gedanke. „Waren Davy und Ada davor schon zusammen unterwegs, um Vögel und andere Tiere zu beobachten?“

„Ja, mindestens einmal. Aber ihm wurde wieder geraten, das nicht zu erwähnen – die Staatsanwaltschaft hätte vielleicht behauptet, er habe Geschmack daran gefunden.“

„Aber das spricht sicher auch für ihn. Wenn er zudringlich geworden wäre, hätte Ada sich doch nie wieder mit ihm getroffen.“

„Es sei denn, es gefiel ihr, und er ist beim nächsten Mal weitergegangen“, gab Peter zu bedenken und das brachte sie zum Schweigen. „Und wenn er sich schon vor an ihr vergriffen hatte und sie es *nicht* mochte, wäre sie ihm nicht nur aus dem Weg gegangen, sondern hätte für seine Entlassung gesorgt.“

„Also ist das noch nicht geklärt. Mist“, sagte Georgia ärgerlich. „Und denk daran, was das Dienstmädchen ausgesagt hat – dass Ada aufgeregt gewesen sei, weil sie später noch ausgehen wollte. Ein spontaner, einsamer Spaziergang scheidet wohl aus. So“, schlug Peter ausgekocht vor, „befassen wir uns nun mit Guy Randolph. Du scheinst dich meiner Auffassung anzuschließen.“

„Ganz sicher nicht. Jedenfalls nicht ohne mehr Beweise“, fuhr sie ihn an. „Ein Bild auf einer Postkarte führt noch nicht zu einem Skelett in einer Kalkhöhle! Auch wenn“, fügte sie schuldbewusst hinzu, „Terence mich danach gefragt hat.“

„Aha. Jetzt aber raus mit der Sprache!“, brüllte Peter. „Unser Terence wusste also schon davon, bevor er nach Wickenham kam.“

„Nicht unbedingt.“

„Unsinn. Du hast es mir verheimlicht! Deshalb ist er überhaupt erst hergekommen. Der Verkauf der Sportplätze war nur ein Vorwand.“

„Wenn zwei plus zwei fünfzehneinhalb ergeben, bestimmt“, schlug Georgia zurück. „Du musst zugeben, dass der Fall Terence Scraggs näher untersucht werden muss.“

„Und das wird die Polizei tun.“

„Vielleicht, liebe Georgia, könntest du anbieten, seinen Eltern seine Sachen zu bringen. Vielleicht sind sie sogar froh über einen Besuch. Du hast hier mit ihm gesprochen und es gibt noch keine Beerdigung, auf die sich konzentrieren können.“ Ihre Blicke trafen sich. Keine Beerdigung. In vielen Religionen glaubte man, dass die Seelen derer, die nicht beerdigt sind, keine Ruhe fanden. Wie die von Rick. Die Qual der Ungewissheit stieg in ihr auf, aber sie beherrschte sich und schaffte es Peter zuliebe, ihre Stimme normal klingen zu lassen. „Ich werde es versuchen.“

„Und ich vertiefe mich ins Internet und versuche, mehr über unseren Freund Terence herauszufinden. Natürlich will ich damit nicht sagen“, er hob plötzlich die Stimme, „dass unsere wunderbare Polizei nicht alle Hebel in Bewegung setzt, um dieses Verbrechen aufzuklären.“ Georgia wandte sich um und sah Mike Gilroy, der durch die Lounge auf sie zumarschierte. „Du brauchst nicht zu schreien“, bemerkte er trocken. „Ich höre dich laut und deutlich. Und ja, wir setzen alle Hebel in Bewegung. Deshalb bin ich hier“, sagte er und zog sich einen Stuhl heran. „Ich habe schon die halbe Elgin-Familie befragt.“

„Schön, dass du uns auf dem Laufenden hältst, Mike. Das weiß ich zu schätzen“, sagte Peter freundlich. „Ich bin nicht zu PR-Zwecken hier, sondern um euch zu sagen, dass die Stimmung aufgeheizt ist, vor allem bei den Elgins.“

„Zweifellos! Wegen des Mordes oder der Sportplätze?“

„Sowohl als auch – und weder noch. Um ehrlich zu sein“, er sah entschuldigend aus, „euretwegen. Vor allem deinetwegen, Georgia, weil du dich hier am meisten hervorgetan hast.“

„In welcher Hinsicht?“ Georgia stellte vorsichtig ihre Cappuccino-Tasse auf den Tisch. „Du bist die aussichtsreichste Kandidatin für die Rolle des Sündenbocks, der Unfrieden zwischen den Elgins und Todds gestiftet hat.“

„Aber das ist doch lächerlich!", explodierte sie. „Die Sportplätze sind das Problem! Da hast du sicher etwas falsch verstanden, Mike! Ich bin mit George White aneinandergeraten, aber von den anderen bin ich kaum einem begegnet."

„Die Elgins wissen, dass sie wegen des Mordes unter Druck stehen, Georgia. Sie behaupten, du hättest den alten Ärger wieder aufflammen lassen, weil du den Ada-Proctor-Fall aufs Tapet gebracht hast. Ob es nun die Elgins oder die Todds waren – auf dem Friedhof ist es zu Vandalismus gekommen. Jemand hat Ada Proctors Grab mit roter Farbe beschmiert." Georgia wurde kalt. Dieser Zwist ging viel tiefer, als sie dachte. In einem Dorf wie Wickenham war Grabschändung fast das Schlimmste, das passieren konnte – es kam gleich nach Mord. „Was stand darauf?", fragte sie ruhig. „Oder waren es nur Farbkleckse?" Bitte Letzteres. *Bitte.* „Auf dem Stein stand: ‚Verschwinde, Schlampe'", antwortete Mike. „Und damit bist du gemeint, Georgia, nicht Ada. Verstehst du, warum ich euch beide miteinander in Verbindung bringe?" Sie war entsetzt. „Die Leute können unmöglich behaupten, ich hätte Terence umgebracht. Ich war doch gar nicht da!"

„Sie wollen dir nicht den Mord anhängen, sondern dir die Schuld an dem Aufruhr geben. Wenn man dich zum Schweigen bringt – so denken sie –, findet Wickenham Frieden. Vielleicht liege ich falsch", fügte Mike hastig hinzu, „aber das haben sie sogar zu mir gesagt, einem Bullen. Also gibt es sicher noch viel mehr Gerede, von dem ich nichts weiß."

„Wer ist der Rädelsführer?", fragte Peter grimmig. „George Elgin White. Führt sich auf wie der

Dorfhäuptling und ist ein richtiger Widerling, wenn du mich fragst. Du hast gesagt, du seist ihm begegnet, Georgia?“

„Das kann man wohl sagen. Er hat mich aus dem Haus geworfen.“ Nächstes Mal, schwor sich Georgia, erkunde ich erst das Dorf, bevor ich auch nur an das Verbrechen denke. „Der andere Zweig der Familie, der von Marys Schwester Emmie abstammt, ist nicht ganz so schlimm. Das sind die Parsons. Aber beide Familien haben eine Menge Enkelkinder, die Ärger machen. Die Älteren neigen nicht dazu, mit dem Messer auf Leute loszugehen, aber die jungen Hitzköpfe – und am Donnerstagabend waren viele von ihnen da – hätten es ohne weiteres tun können. Diese jungen Leute besinnen sich jetzt auf ihre Herkunft. Zum Beispiel Patrick Todd; er stammt von Davys älterem Bruder Alfred ab. Er ist ein echter Krawallmacher und Georges Enkel Max auch, nur eben auf der Seite der Elgins.“

„Du hast deine Hausaufgaben gemacht, Mike.“ Peter machte nur selten Komplimente, und auch Georgia war beeindruckt davon, wie schnell sich Mike in die Verhältnisse von Wickenham eingearbeitet hatte. „Was ist mit der Schlägerei an sich? Hat jemand gestanden, gesehen zu haben, was Scraggs getrieben hat?“, fragte Peter weiter. „Ja, einige von ihnen wollen sehr gern helfen, vor allem die Alten. Anscheinend sind sich alle darin einig, dass Olly Todd, seine Frau und seine Söhne Nigel und Mark ganz vorn standen, als Trevor Bloomfield und seine Söhne herauskamen, und Terence war ganz weit links. Offenbar haben sie alle die Bloomfields eingekreist, bis jemand rief *Hier kommen die Elgins* oder etwas weniger Manierliches. Sie haben die Frauen beiseitegeschoben, wurden sofort weggedrängt, fielen zurück und bekamen nicht mehr mit, was vor sich ging." Das bestätigte mehr oder weniger, was Lucy gesagt hatte, dachte Georgia. Aber als besorgte Mutter hatte sie Nigel und Mark nicht erwähnt. „Sogar bei Schlägereien gibt es meistens Beschimpfungen, bevor man zum Angriff übergeht. Oder willst du mir erzählen, die Elgins seien einfach aufgetaucht und sogleich den Todds an die Gurgel gegangen?", fragte Peter. „Nicht ganz. Den Todds zufolge kamen George und seine Söhne geradewegs auf sie zu, ebenso wie die anderen Elgin-Kinder. Die Älteren und Besonneneren versuchten, ihre Sprösslinge aus der Gefahrenzone zu holen – sie haben sie von den Todds weggestoßen. Der junge Max White packte Scraggs und schrie ihn an, er solle verschwinden. Zusammen mit einem der Bloomfields hat er ihm das Plakat aus den Händen gerissen, und als er sah, dass ein Todd auf seinen jüngeren Bruder losging, hat er die beiden mit dem Plakat getrennt. Er beteuert, dass er Scraggs danach nicht mehr gesehen habe. Oliver Todd sagt, er habe irgendwann gesehen, dass Terence in die Büsche getrieben wurde", fuhr Mike fort, „aber da war die Schlägerei schon in vollem Gang und niemand scheint zu wissen, was als Nächstes passiert ist. Die Bloomfields sagten, sie hätten Reißaus genommen, sobald sie von Oliver getrennt wurden – mit ihm wollten sie ja reden. Sie sind ins Haus zurückgegangen, erst zwei von ihnen, dann der dritte. Trevor Bloomfield behauptet, er sei bereit gewesen, mit den Dorfbewohnern zu diskutieren, aber Scraggs wäre ein Fremder."

„Und niemand hat Hilfeschreie gehört?", fragte Peter.
„Ich würde gern das Video vom Tatort sehen", fügte er
hoffnungsvoll hinzu. „Zu viel Lärm, fürchte ich. Und
fordere dein Glück nicht heraus. Wie auch immer; das
Ergebnis ist, dass wir die Elgins, Todds und Bloomfields, die wohl mitten im Getümmel waren, um Spei-
chelproben gebeten haben. Es scheint, dass ein Großteil
der Dorfbewohner in der Datenbank des Labors registriert ist."

„Aber", wandte Georgia ein, „wenn die Elgins jemanden erstechen wollten, dann doch sicher einen Todd
und keinen Fremden."

„Vielleicht war auch er ein Sündenbock", sagte Mike.
„Wir wissen nicht, wie viele Feinde er sich während seines Aufenthaltes hier gemacht hat. Was ich vorhin gesagt habe, Georgia, war mein Ernst – die Leute reden
davon, dass du den Fall Ada Proctor aufwärmst, und in
der jetzigen Stimmung gefällt das keinem, vor allem
nicht den Elgins. Ihrer Meinung nach hat ein Todd eine
Elgin verführt und dann eine andere Frau ermordet –
und nun versuchst du, ihn reinzuwaschen, indem du
behauptest, ein Elgin habe unter Eid gelogen. Darauf
läuft es hinaus, nicht wahr?" „Und wenn er nun wirklich gelogen hat?"

„Dann wollen die Elgins es nicht wissen. Nicht jetzt.
Warte ab, bis sich alles wieder etwas beruhigt hat."
Mike zögerte. „Wir reisen heute ab", sagte Peter. „Das
dürfte die Bluthunde zufriedenstellen." „Aber wir legen
den Fall nicht zu den Akten", sagte Georgia heftig. „Dass
sie sich meinetwegen so aufregen, kann nur heißen,
dass es etwas aufzudecken gibt." Mike stöhnte. „Sag
jetzt nicht, dass du es riechen kannst! Ich möchte mal

Detective Chef Inspector Lockharts Gesicht sehen, wenn ich ihm erzählen würde, ich könnte Beweismaterial riechen!"

Erschütterter als sie zunächst gedacht hatte, ging Georgia ins Parkhaus, um zum *Country Stop* zurückzufahren und ihre Sachen zu holen. Als sie eintrat, merkte sie sofort, dass etwas nicht stimmte. Ihr sank das Herz bis in die Schuhe. Sie ging zu ihrem Alfa Romeo und sah, dass alle vier Reifen platt waren. Auf der Windschutzscheibe stand dasselbe wie auf dem Grabstein – dass sie aus der Stadt verschwinden solle. „Schizophren", sagte sie bekümmert zu Peter, als sie wieder ins Herrenhaus ging, um die Werkstatt anzurufen. Eine Hälfte von ihr wollte eine Szene machen – aber wem? Oliver Todd? George White? Die andere Hälfte wollte schnurstracks mit Eimer und Scheuerbürste auf den Friedhof gehen. Zumindest DAS war sie Ada schuldig. Ihr Vater machte ein ernstes Gesicht. „Es ist noch nicht gefährlich, aber Mike hat Recht. Georgia, Liebes, es scheint, als hätten unsere gesuchten Fingerabdrücke auf der Zeit diesmal Krallen."

***

Oh, was für eine Wohltat, nach Hause zu kommen, das Auto in der Garage abzustellen, ihr Gepäck abzuladen, sich die Schuhe auszuziehen und durch die gesegnete Stille von The Street 4 in Haden Shaw zu schleichen. Sie hatte ihrem Vater widerstrebend Recht gegeben – sie sollten gehen, sobald ihr Auto fertig repariert war. Aber im *Country Stop* hatte es keine Anzeichen von Feindseligkeit gegeben. Im Gegenteil; Lucy war traurig gewesen, als sie ging. „Sie kommen doch wieder?", fragte sie besorgt. „Kümmern Sie sich nicht um diese schrecklichen Elgins. Hunde, die bellen, beißen nicht." Hunde vielleicht nicht, aber jemand hatte Adas Grab geschändet und Georgias Auto demoliert – und jemand hatte Terence Scraggs umgebracht. Bis die Polizei den Täter gefunden hatte, war es sicher klüger, sich bedeckt zu halten. Deshalb hatte sie Terences Sachen zusammengepackt und in Peters Auto verstaut, während ihr Wagen repariert wurde. Distanz, sagte sie sich, würde ihr zu einer nüchternen Sicht verhelfen. Haden Shaw mit seinen bescheidenen Straßen, seinem Gemischtwarenladen mit Postamt, der sich nur mit Ach und Krach über Wasser hielt, seinem freundlichen Pub, dem kleinen Park und der Kirche, die nur zeitweise als solche genutzt wurde, kam ihr vor wie ein sicherer Hafen. *The White Horse* würde bald öffnen, und dort konnte sie nette Nachbarn treffen. Keine Elgins, keine Todds, keine uralten Fehden, keine Morde. Sie fragte sich, ob das wirklich stimmte. Wenn man hier Staub aufwirbelte, wie es in Wickenham geschehen war, würden dann ebenfalls hässliche Dinge zum Vorschein kommen und aus Freunden Feinde machen? Die Tragödien, die hier geschehen waren, schienen von der Seele des Dorfes aufgesogen worden zu sein. In Haden Shaw gab es keine Geheimnisse mehr. Oder sah sie sie nur nicht, weil sie zur Dorfgemeinschaft dazugehörte? Wie herrlich, sich umzuziehen, sich einen Tee zu machen und dann nach nebenan zu gehen. Sie würde einen ruhigen Samstagabend mit ihrem Vater verbringen. Sie hatte Essen aus dem Pub geholt (ein besonderer Service für Peter).

Hatte sie „ruhig" gedacht? Sobald sie sein Haus betrat, wusste sie, dass sie sich geirrt hatte. „Bist du das, Georgia? Komm schnell!" Sie schleuderte das Essen auf den Küchentisch – es klang wie ein Peitschenknall – und rannte ins Arbeitszimmer. Peter hing buchstäblich über seinem Computer. „Sieh nur, was passiert ist", begrüßte er sie. „Ich dachte, ich werfe einen Blick auf meine E-Mails, und habe dann spaßeshalber im Internet gesurft. Was glaubst du? Gwendolen Norgoods Tochter ist aufgetaucht."

„*Vater*", sie betonte das Wort, denn sie waren nicht im Dienst, „wer ist Gwendolen Norgood? Und vor allem, wer ist ihre Tochter?"

„Du enttäuschst mich, Georgia. Für dich Gwendolen Randolph. Sie hat geheiratet." Randolph?! Sie hätte es sich denken können. Dieser verwünschte Name tauchte überall auf, im Gegensatz zu Proctor. Sie erinnerte sich, ihr Interesse war geweckt. „Du meinst doch nicht Guys Schwester?"

„Ja, aber das hier ist Gwendolens Tochter, Mrs. Jean Atwater. Sie kann auch nicht mehr die Jüngste sein, aber hier ist sie – lebensecht! Ich habe nachgefragt, ob jemand weiß, wo der Major, seine Frau und Gwendolen in den 1920er Jahren hingezogen sind, und ob es Nachkommen gibt. Anscheinend sind sie nach Hassocks in Sussex gezogen."

„Wohnt die Tochter noch dort?"

„Das ist ein Internetforum für Familienforschung. Sie hat ihre Adresse offenbar nicht angegeben, deshalb habe ich ihr eine Nachricht geschickt und sie gebeten, mich anzurufen. Ich habe mich als seriöser Forscher ausgewiesen. Großartig!" Georgia stimmte zu. „Ein Schritt nach vorn, ganz sicher."

„Da siehst du es", prahlte Peter, „man braucht nur Ausdauer."

„Wenn wir dranbleiben, kommt vielleicht auch noch ein Proctor zum Vorschein."

„Bisher nicht. Ich habe es versucht. Es ist auch eine Nachricht aus Darenth gekommen, wir sollen einen Termin für die Besichtigung der Sachen des Kalkhöhlenmannes vereinbaren. Ich habe mich für Allerheiligen entschieden, das schien mir angemessen. Du musst nicht mitkommen."

„Versuch nur, mich aufzuhalten." Vielleicht würde sie auf dem Rückweg bei Luke vorbeischauen. Nein. Der Schock wegen Zac, dass sie geglaubt hatte, ihn gesehen zu haben, saß noch zu tief. Wenn sie Luke jetzt zu oft sah, würde sie vielleicht aus den falschen Gründen Zuflucht bei ihm suchen. Ihr Vater hatte vielleicht Recht; sie schleppte etwas mit sich herum, das sie abschütteln musste, *bevor* sie ein neues Leben anfing, nicht danach.

***

Nichts wirkte so einschläfernd wie die Fahrt auf einer Autobahn (in diesem Fall eine zweispurige). Vielleicht war das auch gut so, denn sie sollte ruhig sein, wenn sie Terence Scraggs' Familie gegenübertrat. Georgia freute sich nicht auf diese Aufgabe. Terence war erst seit einer Woche tot, und seine Eltern, William und Celia, hatten seinen Tod sicher noch nicht wirklich begriffen, geschweige denn verwunden, auch wenn sie am Telefon gefasst geklungen hatten. Sie wusste nicht, ob sie ihnen

Fragen über ihn stellen sollte. Sie musste ihre Antennen auf Empfang schalten. Sie wohnten in Beaconsfield und Terence hatte eine Wohnung in High Wycombe gehabt. Mike hatte ihnen gesagt, dass sie pro forma durchsucht worden war, aber es stand nicht im Vordergrund, weil der Mord als Folge der Schlägerei betrachtet wurde. Sie bog von der M40 ab und aß Mittag in einem kleinen Restaurant in der Hauptstraße von Beaconsfield. Es war erstaunlich gut, und sie fühlte sich gestärkt für das, was auf sie zukam. Das Haus war leicht zu finden, und Georgia machte sich auf eine harte Prüfung gefasst. Als die Tür aufging, bot sich ihr genau der Anblick, den sie erwartet und gefürchtet hatte. Seine Eltern standen kurz vor der Pensionierung, und ihre Gesichter waren leer und verwirrt. Sie konnten noch nicht fassen, was für ein Schicksalsschlag sie getroffen hatte. Georgia wirkte offenbar vertrauenerweckend, denn sie baten sie beinahe überschwänglich herein und halfen sogar dabei, die Sachen ihres Sohnes ins Haus zu bringen. „Es ist sehr nett, dass Sie kommen.“ Überschwang hin oder her, Georgia spürte die Atmosphäre von Traurigkeit, als sie das Wohnzimmer betrat. Hier standen Hochzeitsfotos der Scraggs und Bilder von Terence. Celia sah, wie Georgia einen viel jüngeren Terence anschaute. „Wir hatten gehofft, dass Terry bald heiraten würde, aber er sagte, er habe noch nicht die Richtige gefunden.“ Das Übliche, Georgia war nicht überrascht. Sie glaubte nicht, dass Terence schwul gewesen war; wahrscheinlich hatte er zu den Leuten gehört, die ihr Leben ganz und gar einer einzigen Bestimmung widmeten. Wenn sie zufällig auf eine verwandte Seele trafen, gut – wenn nicht, machten sie sich nicht auf die Suche nach einer solchen. Aber dieses Foto eines zehnjährigen Jungen mit wachem Blick und einnehmendem Lächeln fesselte sie. Déjà vu. Siebzig Jahre früher hätte es beinahe Davy Todd sein können. Der Zeit nach zu urteilen, aus der das Foto stammte, musste es Terence sein, aber es hatte nur wenig Ähnlichkeit mit dem Mann, mit dem sie gefrühstückt hatte. William Scraggs schaute weg, als wüsste er genau, was sie dachte, und räusperte sich. „Möchten Sie einen Tee?"

„Ja, gern." Ihr war nicht wirklich nach Teetrinken zumute, aber sie konnte sich vorstellen, dass jede noch so kleine Tätigkeit eine Ablenkung von traurigen Gedanken war. „Wer, sagten Sie, sind Sie? Ich habe es nicht ganz verstanden, als Sie angerufen haben, fürchte ich", fragte Celia vorsichtig. Sie kam mit einem Tablett herein, das schon gedeckt war. „Ich habe im gleichen Hotel wie Terence gewohnt und kenne einen der Polizisten, die mit dem Fall betraut sind. Deshalb fand ich es persönlicher, Ihnen seine Sachen zu bringen, statt sie schicken zu lassen. Ich war ihm ja begegnet."

„Sie kannten Terry?" Ihre Gesichter hellten sich sofort auf, als würde Georgias Anwesenheit ihnen ihren Sohn wieder näher bringen, als könnten sie durch sie mit ihm in Kontakt treten. „Ich habe mit ihm gesprochen und ihn oft im Dorf gesehen. Es tut mir so leid. Er hat viel für das Dorf getan. Sie müssen sehr stolz auf ihn gewesen sein."

„O ja, das waren wir. Ein so begabter Künstler. Seine wunderschönen Bilder. Und nun ist alles verloren", sagte die Mutter dumpf. „Wir wissen nicht einmal, wann wir ihn beerdigen können."

„Es tut mir sehr leid. Das muss furchtbar sein." Das war es. Sie wusste es nur zu gut. „Worüber haben Sie mit ihm gesprochen? Wie ging es ihm? War er glücklich?", fragte Celia heftig, als wäre das eine kleine Entschädigung für das, was ihm widerfahren war. Georgia dachte gründlich nach, anstatt eine zu schnelle Antwort zu geben. „Ich glaube schon. Wissen Sie, dass er an einer Protestaktion gegen den Verkauf der Sportplätze beteiligt war?"

„Er hat immer solche Sachen gemacht. Terence hatte ein soziales Gewissen, jawohl. Und nun sehen Sie, was es ihm gebracht hat", warf William Scraggs bitter ein. „Aber es war eine wertvolle Arbeit. Sie statuiert ein Exempel." William nahm diese Plattitüde mit skeptischer Miene zur Kenntnis, aber Georgia meinte, was sie sagte. Das Gespräch ging in die richtige Richtung, und sie führte es noch etwas weiter. „Glauben Sie, dass Terence deshalb in Wickenham war? Er hat dort auch ein paar schöne Bilder gemalt. Ich habe mir die Mappe angesehen, die ich Ihnen gebracht habe. Ich hoffe, es macht Ihnen nichts aus." Sie hatten alles außer Sichtweite in einem Schrank unter der Treppe verstaut und wollten wohl auf einen Tag warten, an dem sie die Kraft hatten, es sich anzuschauen. Es war eine Sache, sich von ihr helfen zu lassen, aber eine ganz andere, seine persönlichen Dinge durchzusehen, wenn sie allein waren. „Er war sehr begabt", murmelte Celia. „Seine Farben und die Staffelei und all das sind auch da", fügte Georgia verzweifelt hinzu. Sie wusste nicht, was sie als Nächstes sagen sollte. „Wahrscheinlich sollten wir sie behalten. Vielleicht möchte Judith sie für die Kinder haben. Judith ist seine Schwester." Georgia merkte, dass sie falsch abgebogen war. Sie hatte die Wirklichkeit zu nahe herankommen lassen und beeilte sich, sie zurückzudrängen. „Eins der Bilder war sehr interessant. Darf ich es Ihnen zeigen oder nimmt es Sie zu sehr mit?" Sie sahen sich an. „Schießen Sie los", sagte William schnell – zu schnell. Georgia hasste sich selbst, als sie die Mappe holte und ihnen das Bild von Hazelwood House zeigte. Es war jedoch sofort klar, dass es ihnen nichts sagte. „Ich war in Wickenham, um etwas zur Geschichte des Dorfes zu recherchieren", sagte Georgia diplomatisch, „deshalb hat mich dieses Haus und seine ehemaligen Bewohner interessiert, aber es steht ja nicht mehr."

„Ja, jetzt erinnere ich mich. Terence hat uns am Telefon von Ihnen erzählt. Wegen irgendeiner Ada Soundso. Stimmt das?"

„Ja." Also hatte Terence Ada Proctor so interessant gefunden, dass er sie seinen Eltern gegenüber erwähnt hatte. War das von Bedeutung? „Hazelwood House gehörte früher einer Familie Randolph, und Ada ..." Sie brach ab, weil William und Celia sofort reagierten und sie entgeistert ansahen. „Das ist merkwürdig. Mein Vater war ein Randolph", sagte Celia. Das war das Letzte, was Georgia erwartet hatte; vor allem, weil die Verbindung der Randolphs mit Wickenham offenbar eine Überraschung für sie gewesen war. Aber es konnten nicht die gleichen Randolphs sein. „Ich glaube nicht, dass Ihr Vater in Hazelwood House gelebt haben kann, denn die Randolphs sind Anfang der 1920er Jahre weggezogen. Ihr einziger Sohn ist im Ersten Weltkrieg gefallen, also muss es eine andere Familie sein."

„Mein Vater hat nicht in Kent gelebt. Das konnte er gar nicht. Er war Franzose und ist in Frankreich aufgewachsen." Georgia erinnerte sich an Alice und den französischen Offizier und bemühte sich, logisch zu denken. War es Zufall oder ein Puzzle, das endlich Gestalt annahm? „War er im Zweiten Weltkrieg bei der französischen Luftwaffe?", hörte sie sich fragen und stellte sich schon Peters jubelnde Begeisterung vor. „Ja." Celia sah noch überraschter aus. „Er hat meine Mutter kennengelernt und sich hier niedergelassen. Warten Sie, ich zeige Ihnen ein Bild von ihm." Sie eilte eifrig zu einem Bücherregal, dessen unterstes Fach mit Fotoalben vollgestopft war. Sie zog eins heraus, um es Georgia zu zeigen, und blätterte zu einem Schwarzweißfoto eines gutaussehenden jungen Mannes, der in Uniform posierte. Kein Wunder, dass Alice sich an ihn erinnerte. Er sah umwerfend aus. Es folgte eine Reihe von Familienbildern, auf denen der junge Mann nach und nach alterte. „Hat er je von Wickenham gesprochen?", fragte sie. „Nicht soweit ich mich erinnere. Vielleicht mit Terence, weil Terry sich für den Krieg und all das interessiert hat. Dad hat ihm all seine Medaillen und solches Zeug geschenkt, kurz bevor er starb. Das war vor fast fünf Jahren."

„Haben Sie die Sachen hier?" Georgia fürchtete, dass sie zu weit ging, aber Celia schien die Frage nicht sonderbar zu finden. „Die werden in Terences Wohnung sein." Sie machte sich eine gedankliche Notiz: Mike fragen! „Wo in Frankreich ist Ihr Vater aufgewachsen?" Sie versuchte, beiläufig zu klingen. „Auf einem Bauernhof in der Nähe von Lille. Ich habe die Adresse irgendwo. Ich glaube, der Hof ist noch im Besitz der

Familie, aber er hatte nichts mit ihnen zu tun. Ich war nie da. Natürlich waren die Verhältnisse schwierig, als ich klein war – es war nach dem Krieg und er hatte sich sowieso mit seiner Mutter zerstritten. Es habe viel Unfrieden wegen des Hofes gegeben, erzählte er mir. Sein Vater verließ die Familie, als er sechs war, das muss irgendwann in den 1920er Jahren gewesen sein, und seine Mutter war fortan auf sich allein gestellt. Mein Dad kam im Krieg mit der französischen Luftwaffe hierher und Frankreich war natürlich besetzt. Seine Brüder übernahmen den Hof, und damit hatte es sich. Sie stellten ihn kalt und wollten nach dem Krieg nichts mehr mit ihm zu tun haben, sagte Dad, also musste er neu anfangen. Er hat nie wieder mit seiner Familie gesprochen."

***

Für Peter gab es nur noch das Skelett. Georgia erwähnte Ada mehrmals, fand aber kein Gehör. Sie waren in der Gerichtsmedizin gewesen und hatten sich die Knochen angesehen, aber nichts Neues erfahren, außer, dass der Fall dadurch sehr real wurde. Der Beutel mit den Gegenständen, die bei der Leiche gefunden worden waren, hatte mehr gebracht. Außer Stofffetzen, den alten Franc–Münzen und etwas, das sie als britisches Drei-Penny-Stück identifiziert hatten, hatten sie die Reste einer alten Uhr gefunden. Das Metall hatte die Zeit unter der Erde gut überstanden, aber das Lederarmband war lange verschwunden. Peter war fast sicher, dass es eine Bréguet war, seitdem man die winzige blaue, juwelengeschmückte Krone des Aufzugs entdeckt hatte, der sich von der Uhr gelöst hatte.

„So, so", sagte Peter milde. „Franzose, wie? Dann waren die Münzen kein Zufall." Er hatte einen skeptischen Detective Chief Inspector Lockhart um Erlaubnis gebeten, die Uhr zu einem Experten in Canterbury zu bringen, um sie säubern zu lassen. „Nur für den Fall des Falles", erklärte Peter. „Vielleicht sind seine Initialen eingraviert." Eine Sache war damit geklärt: Der Kalkhöhlenmann war wahrscheinlich kein Landstreicher gewesen. Landstreicher und gelegentliche Hopfenpflücker konnten sich keine Bréguet-Uhren leisten, und die Aussichten, einen solchen Schatz irgendwo zu finden oder geschenkt zu bekommen, waren gering. „Wir werden herausfinden, wie der Mann hieß", sagte Peter. „Ich werde einen Teufel tun, zuzulassen, dass er als unbekannte Leiche in die Geschichte eingeht. Wenn die Rechtsmedizin ihn freigibt, bekommt er eine Beerdigung auf dem Friedhof und einen Grabstein mit seinem Namen, auch wenn wir für den ganzen Zirkus bezahlen müssen."

Nach Georgias Besuch bei William und Celia Scraggs war Peter überzeugter denn je, dass das Skelett Guy Randolph war. Etwas in Georgia sträubte sich noch dagegen; allerdings war die Möglichkeit, dass es sich um den aus dem Krieg heimkehrenden Geliebten handelte, keineswegs abwegig. Luke war Feuer und Flamme. Eine großartige Geschichte für das Buch, sagte er am Telefon. „Welche Geschichte?", hatte sie protestiert. „Er hat seine Verlobte ermordet und ist dann in ein Loch gefallen! Wir brauchten *Antworten*, Luke."

„Ich helfe dir, in Frankreich nach ihnen zu suchen“, sagte er friedfertig. „Ich bin sicher, dass du schon Pläne hast, hinzufahren. Und ich brauche eine Pause.“

„Die Elgins werden mich nicht bis nach Frankreich verfolgen.“ Sie war hin- und hergerissen; halb froh und halb ärgerlich, dass Luke unbedingt mitkommen wollte, aber die Freude siegte. „Für den Fall des Falles bringe ich mein Schwert mit. Hauptsache, sie verfolgen uns nicht bis ins Bett. Okay?“

9. *Kapitel*

Luke regelte die Dinge auf seine Art, und dieses Mal war Georgia damit einverstanden: Sie nahmen den Eurostar nach Lille, anstatt mit dem Auto zu fahren. Auf der kurzen Zugreise nach Nordfrankreich merkte man kaum, dass man eine Landesgrenze passierte, und ihnen blieb die Mühe erspart, von der Fähre aus auf französischen Boden zu fahren. In den zehn Jahren seit Ricks Verschwinden war sie nur einmal in Frankreich gewesen, und zwar in Paris. Nicht in den endlosen Weiten flacher Felder im Norden, den Bergen und Tälern im Landesinneren, den versengten Hügeln und Ebenen des tiefen Südens oder den keltischen Geheimnissen der Bretagne, wo er verschwunden war. In ländlichen Gegenden lauerte das Ungewisse; eine Stadt mit ihren Mauern bot dagegen einen sicheren Kokon. Georgia hatte ihre Mutter noch nie in der Dordogne besucht, und ihre Mutter hatte es – ungewohnt taktvoll – auch nie vorgeschlagen. Sie trafen sich stattdessen in London oder Kent. Georgia wunderte sich oft darüber, dass Elena den Verlust von Rick so vollkommen aus ihren Gedanken verbannen konnte, aber so war Elena eben. Wenn etwas zu schmerzlich war, kehrte sie ihm den Rücken zu und ging. Oder jedenfalls, räumte Georgia ein, sah es so aus. Georgia hatte (zugegebenermaßen recht schwach) gegen die Kosten der Zugreise protestiert; schließlich wäre es billiger gewesen, mit einem ihrer eigenen Autos zu fahren, aber Luke hatte nur geantwortet: „Für dich ist es vielleicht Arbeit, aber für mich ist es Urlaub!" Lille gefiel ihr sofort. Als Studentin war sie vor Jahren schon einmal hindurchgefahren und hatte damals nicht den Wunsch gehabt, länger als unbedingt nötig in seiner grauen industriellen Düsternis auszuharren. Jetzt kam es ihr vor wie eine andere Stadt. Einerseits war es ganz auf Tourismus zugeschnitten, andererseits bewahrte es sein eigenes Leben mit gut besuchten Brasserien, den gewundenen Kopfsteinpflasterstraßen der Altstadt, prächtigen Museen, Parks und dem Durcheinander der Flohmärkte. Trotz all seiner zur Schau gestellten Euro-Kultur blieb es Gott sei Dank hartnäckig französisch. „Was genau hoffst du, auf diesem Hof zu finden?", fragte Luke beim Frühstück in ihrem gemütlichen kleinen Hotel. Das Abendessen gestern war eine zu kostbare Zeit gewesen, um über Arbeit zu reden. Sie hatten gelacht, getrunken, gut gegessen, waren zum Hotel zurückgeschlendert und hatten sich geliebt. „Schließlich", fuhr er fort, „schienen Terence Scraggs' Eltern nicht viel über die Randolphs zu wissen, obwohl ihr Vater im Krieg in Wickenham war. Es macht mir Sorgen, dass du zwischen den Randolphs und den Proctors hin und her springst. Ich dachte, das Buch sollte von dem Fall Proctor handeln. Abgesehen davon, dass Ada einmal mit einem Randolph verlobt war, gibt es keine Hinweise darauf, dass die beiden Fälle miteinander zu tun haben."

„*Noch* nicht", bemerkte sie. „Dieser Kaffee ist sehr gut, nicht wahr?"

„Wenn du damit sagen willst, dass ich auf meinem Platz bleiben soll – dem des Verlegers – ja." Er nahm sich noch ein Croissant. „Du und Peter arbeitet auf eure Art, und meistens kommt auch etwas dabei heraus. Aber dann und wann müssen wir armen Verleger uns vergewissern, dass wir noch in die gleiche Richtung fahren, wenn es um unsere kostbaren Bücher geht."

„Vor ein oder zwei Wochen hätte ich dir Recht gegeben", versicherte sie ihm. „Ich dachte, Guy Randolph sei nur eine fixe Idee von Peter."

„Hatte er sich in das alte, viktorianische Melodram verrannt?"

„Ja. Jetzt bin ich aber nicht mehr sicher, und da es auf der Proctor-Seite keine Spuren gibt, denen man nachgehen könnte, kann ich auch die Randolph-Theorie unter die Lupe nehme; sei es auch nur, um sie auszuschließen. Und schließlich waren wir zu Anfang vor allem an Wickenham interessiert – ich an Ada, Peter am Kalkhöhlenmann."

„Du sagtest, du hättest die Adresse einer Freundin von Ada, auch wenn sie vielleicht eher mit deren Mann befreundet war."

„Die Sadlers. Ich habe ihnen geschrieben. Keine Antwort."

„Ruf sie an."

„Das wäre unfair. Vielleicht durchforsten sie gerade ihren Dachboden nach Briefen und Fotos, die uns den entscheidenden Hinweis darauf geben, was mit Ada passiert ist. Nun zu den Randolphs. Seit wir von der Uhr wissen, scheint es glaubwürdiger, dass der Kalkhöhlenmann aus Frankreich kam." Die Uhr: Peter war im siebten Himmel gewesen, als er den Bericht bekommen hatte, dass es tatsächlich eine Bréguet war und noch dazu in gutem Zustand angesichts der langen Zeit in der Höhle. Das Deckglas war unversehrt, und als man sie gereinigt hatte, wurden die Zeiger sichtbar. Sie war um sechs Uhr dreißig stehen geblieben. „Und das", hatte Georgia sofort eingewandt, „sagt uns gar nichts!" Die Uhr hätte fröhlich weiterlaufen können, bis sie kaputt ging; egal, wann sie in die Kalkhöhle geraten war. Sie argwöhnte, dass ihr Vater gehofft hatte, es sei so gewesen wie mit der Uhr in dem alten Lied: *It stopped short, never to go again, when the old man died.* Beweise waren selten so eindeutig. Die Uhr verriet ihnen nur, dass ihr Besitzer Wert auf Qualität gelegt hatte (wer tat das nicht, wenn er die Wahl hatte?), dass er sich eine solche Uhr hatte leisten können, und dass er – ebenso wie die französischen Münzen, die vielleicht ihm gehört hatten, vielleicht aber auch nicht – wahrscheinlich aus Frankreich gekommen war. „Lass uns das bitte klarstellen", beharrte Luke, „wir *wissen* nichts über Guy Randolph, außer, dass er im Krieg verschollen und wahrscheinlich gefallen ist, und man seither nichts mehr von ihm gehört hat."

„Peter hat von seiner Nichte gehört", wandte Georgia zaghaft ein. Luke stieß einen Seufzer aus. „Diese Randolphs können eine völlig falsche Fährte sein; es sei denn, du änderst die These des Buches."

„Das kann sein", stimmte sie zu, „aber du hast Urlaub, also musst du dich nicht darum kümmern."

„Schriftsteller sollen still sein und nicht widersprechen."

„Auch, wenn sie mit dem Verleger schlafen?"

Luke nahm ihre Hand. „*Tonight, Josephine.* Jetzt haben wir zu tun.“

Das Schlimmste an jeder Stadt war, sich im Auto in ihr zurechtzufinden, vor allem in einem Mietwagen. Lille machte da keine Ausnahme. Nachdem Luke mehrmals auf traditionell französische Art angehupt worden war, wünschte sich Georgia bereits, sie wäre bei der Entscheidung, sich Frankreich zu stellen, einen Schritt weitergegangen und hätte sich irgendwo auf dem Lande einquartiert, nicht in einer Stadt. Aber dann hätte sie auf den nächtlichen Spaziergang durch das erleuchtete Lille und das Essen in der Brasserie André verzichten müssen. Vielleicht beim nächsten Mal – wenn es eins geben würde. Luke war kein Schoßhündchen, er würde nicht ewig warten. Und auch wenn sie den Rest der Welt gern allein bereisen würde – Frankreich war etwas Anderes. Als sie Lille hinter sich gelassen hatten und auf dem Weg nach Dunkerque waren, entspannte sie sich. Der Hof, so schätzte sie, war ungefähr zwanzig Meilen entfernt. Bei Armentières bogen sie in Richtung Süden auf eine kleinere Straße ab und fanden sich in einer vertrauten Landschaft aus flachen Feldern wieder, in der sich hier und da ein Dorf oder ein Bauernhof versteckte, welche nur über einspurigen Landstraßen zu erreichen waren. Ein Dorf bedeutete: Ein paar Häuser, die Kirche, das Estaminet. Georgia merkte, dass sie in Begriffen aus dem Ersten Weltkrieg dachte, aber das war hier kaum zu vermeiden, insbesondere, weil der Remembrance Sunday vor der Tür stand. Das Land ringsum war während beider Weltkriege umkämpft gewesen, vor allem im Ersten, und die Städte in der Umgebung – St. Omer, Béthune,

Armentières und Hazebrouck – waren für Transporte, Feuerpausen oder Truppenübung genutzt worden. Lille war nicht nur während des Zweiten Weltkriegs, ebenso wie ganz Frankreich, in deutscher Hand gewesen, sondern auch die meiste Zeit des Ersten. Gegenden wie diese, die nah an der Front gelegen hatten, waren auch während der langen Phasen des Schützengrabenkrieges pausenlos bombardiert worden. Nur ungefähr zwanzig Meilen jenseits der Grenze zwischen Frankreich und Belgien lag Ypern, das vier Jahre lang das Epizentrum erbitterter Gefechte gewesen war, mit seiner Ausbuchtung bis in die Front hinein, die von der Schweiz bis zur Nordsee reichte. Ypern selbst war nicht gefallen, aber dafür die Männer, die es verteidigten – zu Hunderttausenden. Noch heute war man damit beschäftigt, ihre Überreste auszugraben. Einer dieser Vermissten war Guy Randolph, und es bestand Grund zu der Annahme, dass er keine unidentifizierte oder verschollene Leiche war, sondern dass die Randolphs vom Berthès-Hof, zu denen sie jetzt fuhren, in direkter Linie von Guy abstammten. Randolph war ein recht häufiger Name, aber der Zufall war doch bemerkenswert. Wenn Guy in Kriegsgefangenschaft geraten wäre, hätte man in England davon erfahren. Vielleicht hatte er das Schlachtfeld in einem Anfall von Amnesie oder als Kriegszitterer, wie man es damals genannt hatte, verlassen. Viele Männer hatten unter diesen Umständen tatsächlich ihr Gedächtnis verloren, irrten durch die Gegend und nahmen jede Arbeit an, die sich ihnen bot, vor allem auf Bauernhöfen. Die Alternative war, dass er absichtlich desertiert war. 1917 hatte man Deserteure erschossen – Grund genug für einen Mann, der die

Schrecken des Schützengrabens nicht mehr ertragen konnte, sich bis nach Kriegsende zu verstecken. Auch danach hatte man Deserteure vor Gericht gestellt. Fügte sich langsam alles zusammen? Der Berthès-Hof lag in Estville, einem winzigen Dorf am Fluss Lys. Das Haus war ein hübscher Bungalow aus dem zwanzigsten Jahrhundert, und nichts erinnerte an die schreckliche Vergangenheit der Gegend. Haus und Hof waren in gutem Zustand. Die Frau des Landwirts, Jeanne Randolph, war am Telefon sehr misstrauisch gewesen, und erst als Georgia ihr von dem Kalkhöhlenmann erzählt hatte, stimmte sie widerwillig einem Treffen zu. Sie war immer noch mürrisch, als sie die Tür öffnete. Sie war eine kleine, ordentlich aussehende Frau mit dunklem Haar und Knopfaugen, vielleicht Ende vierzig, und hatte nichts von der Freundlichkeit der Bewohner von Lille an sich. „Sie haben es nicht nötig", bemerkte Luke zynisch, als Georgia das später erwähnte. Sie wusste, dass er Recht hatte. Hier herrschte eine andere Kultur als in Lille. Hier draußen bestand keine Notwendigkeit, freundlich zu sein, wenn einem nicht danach war. Die Randolphs lebten von dem, was für ihre Erzeugnisse bezahlt wurde, und den Subventionen, die sie für die Produktion bekamen. Das Haus sah von außen nach zwanzigstem Jahrhundert aus, aber das Innere passte nicht dazu. Jeder Antiquitätenhändler hätte seinen rechten Arm gegeben, um einen Blick darauf zu werfen, dachte Georgia. Im Wohnzimmer standen eine prächtige Standuhr aus dem achtzehnten Jahrhundert, ein antiker bäuerlicher Tisch, dazu passende Stühle und ein Sessel, ein prächtiges altes Porzellanservice auf der Kommode und ein alter flämischer Kachelofen. Als

Krönung des Ganzen – typisch französisch – schauten drei fliegende Porzellan-Enten und ein rosa Plüsch-teddy von den Wänden, beziehungsweise dem Sessel, auf sie herab. Der Bär sah viel freundlicher aus als Madame. Sie hielt sich nicht mit Höflichkeitsfloskeln auf, sondern rief sofort nach ihrem Mann. Er näherte sich schwerfällig aus dem hinteren Teil des Hauses. Roland Randolph war ein großer Mann mit dickem Bauch, aber nicht so furchterregend wie Madame. *„Ah. Les Anglaises",* brüllte er. *„Une petite absinthe, peut-être?"* Das lehnten sie ab – Luke schweren Herzens –, aber dennoch kam ein kleiner Aperitif aus hausgemachtem Wein oder Likör auf den Tisch und dazu ein Teller mit Madames Keksen. Sie tauschten ein paar Phrasen aus, und Georgia erklärte mit Lukes Hilfe (er konnte besser Französisch als sie), warum sie hier waren. Das war gar nicht so leicht, denn sie war nicht sicher, was sie in den Vordergrund stellen sollte – den Mord an Terence Scraggs oder den Kalkhöhlenmann. Madame beobachtete sie mit Adleraugen und fürchtete wohl immer noch, dass sie die Silberlöffel stehlen würden, aber Roland hörte Georgia aufmerksam zu. „Sind Sie von der Polizei?", fragte Madame, als Georgia sich entschieden hatte, mit der Verbindung zu Scraggs anzufangen. „Nein, *Madame.* Wir ermitteln privat."

„Ah, von der Zeitung!"

„Nein, *Madame.* Ich bin Verleger", schaltete sich Luke ein. Er konnte Eindruck machen, wenn er wollte, und jetzt war Anlass dafür. Er sprach wie selbstverständlich von den seriösen Büchern, die er veröffentlichte. „Und Sie schreiben ein Buch über diesen Mord?"

„Nein. Das Buch handelt von einem Mord aus der Vergangenheit“, nahm Georgia den Faden auf, „aber der an Terence Scraggs, der erst vor wenigen Wochen passiert ist, hat eine Verbindung zu Ihnen. Ich habe seine Eltern getroffen, und der Vater seiner Mutter wurde auf diesem Hof geboren. Er hieß Randolph.“

„Ah!“, rief Roland. *„Mon oncle.* François. “

„Wenn ich es richtig verstanden habe, gab es Streit, und er hat den Hof nach dem Krieg verlassen.“ Das bewirkte einen aufgeregten französischen Wortwechsel zwischen Monsieur und Madame, gefolgt von einem ironischen: *„Streit,* ja. Mein Vater Bernard und sein Bruder im Zweiten Weltkrieg auf diesem Hof arbeiten. Dann François kommen nach Haus und sagen als ältester Bruder, er wollen alles. Er wollen uns nicht helfen, er wollen über uns bestimmen. Mein Vater und mon oncle sagen nein, und meine Mutter ihnen geben Recht.“ Diese Version klang anders die der Scraggs, und dieser François hatte wenig Ähnlichkeit mit dem tapferen Piloten aus Alice Whites Träumen. Georgia hörte aufmerksam zu. „Er denken, weil er fliegen mit der Royal Air Force, er tun mehr für Frankreich als wir hier“, fuhr Roland fort. „Mein Vater sagen, er, François, sein ein Deserteur. Der richtige Kampf sein hier, mit den Deutschen, die unser Land besetzen und unserer Familie alles wegnehmen.“

„Waren es nur zwei Brüder auf dem Hof? Was war mit Ihrem Großvater?“ Georgia hielt den Atem an. Roland musste Ende vierzig sein und sein Vater über siebzig. François, Bernard und Joseph konnten die Söhne des Kalkhöhlenmannes gewesen sein. „Großvater? Er waren nicht hier. Meine Großmutter bewirtschaften den Hof im Krieg. Meine Onkel waren junge Männer und sie fürchten, die Deutschen nehmen sie gefangen und lassen sie als Sklaven arbeiten, aber Großmutter bekommen Hilfe und können es verhindern. Also sie bleiben hier. Sie waren wirklich *formidable*, meine Großmutter.“

„Und ihr Mann starb wann? Er war der erste Randolph in der Familie?“

„*Oui*, aber der Hof gehören ihr, von ihrem Vater geerbt. Mein Großvater haben ihr geholfen, ihn zu führen, aber dann haben er sie verlassen.“

„Hieß er Guy?“

„Wie bitte?“ Luke schaltete sich ein, sprach den Namen französisch aus und Roland ging ein Licht auf. „Ja, so sein es“, sagte er. Wieder hatten sie eine Sprosse der Leiter erklommen. Eine zaghafte Hoffnung keimte auf, dass sie endlich etwas erreichten. „Wann ist er hier weggegangen?“, fragte sie eifrig. „Wollte er nach England?“ Luke warf ihr einen Blick zu, der sagte: „*Suggestivfrage!*“ „Das ich nicht wissen. Mein Vater seien letztes Jahr gestorben, aber mon oncle leben noch. Er bleiben am liebsten in seinem Zimmer, er sein alt, Sie verstehen, aber vielleicht er wollen mit Ihnen reden.“

„Pah!“, schnaubte Madame und gab damit deutlich zu verstehen, was sie von dem Onkel ihres Mannes hielt. „Ich rufe ihn. Wenn es ihn interessiert, ist er sofort hier.“ Man hörte sie die Treppe hinaufbrüllen, und kurz darauf kam sie triumphierend zurück. „So, er kommt.“ Onkel Joseph erschien. In dem blauen Hemd und den Hosen eines französischen Arbeiters sah er keineswegs gebrechlich aus, obwohl er über achtzig sein musste, dachte Georgia. Seine Augen blickten durchdringend.

Er sprach schnell mit Roland auf Französisch, bis Georgia beschloss, sich einzumischen. Sie begann vorsichtig auf Französisch. „Es geht um das Skelett eines Mannes, das in Kent gefunden wurde. Es kann sein, dass es das Ihres Vaters ist.“

„Angleterre?“ Joseph sah interessiert aus. Er nahm einen gesunden (oder ungesunden) Schluck Absinth, betrachtete nachdenklich sein Glas und knallte es dann auf den Tisch. Offenbar war er zu einer Entscheidung gekommen. Luke übersetzte den Dialektschwall, der nun folgte, so gut er konnte. „Ich glaube, er sagt, dass er noch ein Kind gewesen sei, als sein Vater die Familie verlassen habe, ungefähr fünf. Und es sei gut gewesen, dass er gegangen sei, denn er sei ein fauler Nichtstuer gewesen. Sie hätten es ohne ihn besser gehabt.“

„Aber seine Frau hat den Namen behalten“, gab Georgia zu bedenken. *„Mais oui.“* Joseph klang empört. „Sie sein doch verheiratet. Mein Vater sagen ihr, er sein aus einer guten englischen Familie und würden eines Tages ein großes Haus, Land und viel Geld erben. Wir warten, aber es kommen nie, aber meine Großmutter sagen, wenn doch, sie sollen wissen, dass sie mit ihm verheiratet sein, auch wenn er sie verlassen.“ Georgia lächelte. „Ich fürchte, ich bringe Ihnen kein Vermögen.“ Der alte Mann sprudelte noch mehr in einem Dialekt hervor, der einen stark flämischen Einfluss aufwies, erriet Georgia. „Außerdem“, dolmetschte Luke, „sollten ihre Nachbarn wissen, dass sie verheiratet war, weil sie drei Kinder hatte. Der neue *curé* sollte nicht glauben, sie sei eine sündige Frau. Alle wussten, dass der alte Berthès ihr den Hof hinterlassen hatte, also behielt sie den Namen.“

„Ihre Mutter war sehr klug", sagte Georgia ernst. Halte dich an dein Eheversprechen, dachte sie. Manche Dinge ändern sich nie. „Sein Sie verheiratet, *madame*?" fragte er. „Nicht mehr."

„Sie sollten es sein", sagte er. „Man verschwenden zu viel Zeit, wenn man über solche Dinge nachdenken, und dann, *pouf,* wachen man auf und sein zu alt, um zu ..." Er sagte ein Wort, das Georgia nicht kannte, aber Luke lachte und die Geste, die Joseph dabei machte, war eindeutig. „Dafür ist man nie zu alt", erklärte sie entschieden. Das brachte alle zum Lachen, sogar Madame ließ sich zu einem Lächeln herab. „Also ist Ihr Vater nach England gegangen, um zu sehen, was aus seinem Vermögen geworden war?", hakte sie wieder nach. *„Non",* sagte Joseph sofort, und ihr sank das Herz. Hoffentlich war das nicht schon wieder eine Sackgasse. „Er gehen zu Madame Rosanne aus dem *Chat d'Or* in Lille. Mein Großvater sein kein guter Mann. Er denken, mehr Geld mit einem Restaurant. Meine Großmutter geben ihm nur wenig Geld, weil er nicht wollen auf dem Hof arbeiten. Also er gehen zu *Chez Rosanne.* Rosanne haben ein Bordell in Paris, und als sie viel Geld haben und ehrenwert sein wollen, sie kommen nach Lille, um ein Restaurant aufzumachen. Restaurants sein ehrenwert, aber auch viel Arbeit. Eines Tages kommen Madame Rosanne hierher zu meiner Mutter und fragen: ‚Wo sein Guy? Er haben Geld gestohlen und sein verschwunden.' ‚Er sein nicht hier', sagen Maman. Rosanne glauben ihr nicht, aber sie gehen ins Dorf, und das ganze Dorf sagen ihr: ‚Monsieur Guy sein nicht hier.'"

„Eine traurige Geschichte", bemerkte Georgia taktvoll. *„Pas du tout."* Joseph zuckte die Achseln. „Das Leben sein praktisch, *madame*. Rosanne und meine Mutter werden gute Freundinnen, also sie kommen und kümmern sich um das Café in Estville. Als der nächste Krieg kommen, sie sehr gegen die Deutschen, aber so tun als ob gute Freundin. So sie bekommen Informationen und können uns alle beschützen. Dank Rosanne, mein Bruder und ich dürfen hier bleiben im Krieg. Also, Guy guter Vater für mich, alles wegen seiner *poutain*." Er pfiff und lachte gackernd. Madame war sichtlich angewidert. „Und wer betreibt das Café jetzt?" „Rosanne vor vielen Jahren gestorben, meine Mutter sehr traurig. Keiner von ihrer Familie sein mehr da." Georgia fand, es sei Zeit für die große Frage. „Wissen Sie, wo Ihre Mutter ihren Mann kennengelernt hat?" Es folgte eine ernsthafte Diskussion auf Französisch und Georgia verstand nichts außer dem Namen. „Sie ihn kennenlernen, als der Erste Weltkrieg sein zu Ende", sagte Roland schließlich. „Sie heiraten 1919."

„Nicht früher?", fragte sie erstaunt. Er musste in der Armee gewesen sein, und der Krieg war 1918 zu Ende gegangen. Noch eine Diskussion und zuletzt gestand Joseph: „Es sein lange her, also ich sagen Ihnen die Wahrheit. Der Hof gehören sowieso meiner Mutter, und Brüssel können ihn uns nicht wegnehmen, auch wenn sie über meinen Vater herausfinden. Sie lernen sich kennen, als er 1917 herkommen, weil er Hilfe brauchen. Er sein desertiert, sagen er Maman, und er simulieren Kriegszittern, aber sie glauben es nicht. Er sein irgendwie in Wytschaete gelandet, sagen er. Das sein ein kleines Dorf südlich von Ypern auf dem Weg nach

Armentières, dort waren ein britisches Truppenquartier. Er sein dort ein oder zwei Wochen vor der Schlacht mit seinem Bataillon gewesen. Wenn man ihn wiedererkennen, nachdem er sein desertiert, das wären schlecht, also er gehen nach Süden und überqueren den Fluss nach Frankreich und kommen so weit weg wie möglich. Aber er sein hungrig und müde und sehen unseren Hof. Meine Mutter öffnen die Tür, und er sagen, er sein Engländer, und wenn sie ihn zurückschicken, er werden erschossen. Meine Mutter sein eine praktische Frau und brauchen Hilfe, weil ihr Vater, der alte Berthès, sein krank und ihre Brüder sein tot im Krieg in Verdun. Sie können den Hof nicht allein bewirtschaften, also sie nehmen ihn auf, auch wenn es so nahe an der Front sein großes Risiko. Wenn die Deutschen kommen und ihn finden, sie werden erschossen. Aber es kommen nicht so weit, und nach dem Krieg sie heiraten. Aber er nicht gut. Er sein von der britischen Armee weggelaufen, sagen sie zu mir, ich hätten wissen müssen, dass er auch von mir weglaufen. Und von Rosanne auch! Wie können er das tun? Die Engländer, sie können nicht so arbeiten wie wir Franzosen." Georgia ließ das im Interesse der Zusammenarbeit durchgehen. „Maman sagen, er kommen hierher", fuhr Joseph fort, „um auf Hof zu arbeiten, aber es sein zu schwer für ihn. Er sein ein Gentleman aus England, sagen er zu ihr, und Gentlemen arbeiten nicht. Also geben er ihr drei Kinder und verschwinden nach sieben Jahren Ehe."

„Haben Sie Beweise dafür, dass er Guy Randolph war?", fragte Luke. Drei Augenpaare richteten sich auf ihn. „Haben wir Aussicht auf Geld?", fragte Madame eifrig. „Ich glaube nicht", antwortete Georgia für Luke.

Selbst wenn es wirklich der Guy Randolph aus der Kalkhöhle sein sollte, war die rechtliche Situation des Besitzes sicher betroffen, wenn man ihn bei Kriegsende offiziell für tot erklärt hatte. Madame verlor das Interesse, aber Joseph war immer noch gesprächsbereit. „Er haben ein paar Sachen aus dem Krieg, aber unser Bruder François haben sie Rosanne nach dem Krieg weggenommen, haben Rosanne uns gesagt. Vielleicht er denken, es helfen, das Vermögen zu finden oder sogar unseren Vater selbst. Wer wissen das schon? Ich glauben das nicht. Wir hörten nichts mehr von unserem *papa* und wenig von François." *Und Jahre später,* sinnierte Georgia, *begab sich sein Enkel auf die gleiche Mission, um sein Erbe zu suchen, geriet in eine ganz andere Sache hinein und wurde ermordet.*

***

„Das war gut, nicht?", fragte sie Luke, als sie wegfuhren. „Peter wird sich freuen. Hier stellen sich ein paar interessante Fragen. Zum Beispiel – wenn es wirklich der Guy Randolph war, der 1929 nach England ging, warum hat er seine Kriegsorden zurückgelassen? Fürchtete er immer noch, als Deserteur festgenommen zu werden? Was meinst du?"

„Ich meine, es ist Zeit zum Mittagessen", sagte Luke praktisch. „Ich habe ein Loch in *mon estomac,* das genau die richtige Größe für eine französische Mahlzeit hat."

„Wir können es mit dem Café im Dorf versuchen."

„Genau das hatte ich vor."

Im Inneren war es voller Qualm und Mittagsgäste, aber das Essen in den dampfenden Schüsseln sah vielversprechend aus. Sie waren kaum zur Tür hineingekommen, als Madame sich schon auf sie stürzte. Sie hatte ein entschlossenes Funkeln in den Augen, vor allem, als sie Luke ansah. *„Vous voulez manger?"*

„Oui, madame." Madame hätte sicher eine Doppelgängerin von Rosanne sein können, dachte Georgia. Sie setzten sich an den Tisch, der schnell für sie gedeckt wurde – mit einem rotkarierten Tuch, stämmigen Gläsern, Teller, Besteck und Papierservietten. Es gab keine Speisekarte – und man wagte auch nicht, nach einer zu fragen, flüsterte Georgia Luke zu. An den Wänden hingen alte Zeitungsausschnitte über den Waffenstillstand, die Befreiung und über General de Gaulle, einem der berühmten Söhne von Lille. Es fehlte nur noch Edith Piaf, die ihren *Chanson d'Amour* knurrte, dann hätte man sich um fünfzig Jahre zurückversetzt gefühlt. Die gefüllten Teller kamen einer nach dem anderen: Gemüsestäbchen, Bratwurst, Salat, Gemüse und Beefsteak. „Langsam ist ein Sinn erkennbar, oder?", kam Luke auf den Grund für ihren Besuch zurück. „Wir können versuchen, zu beweisen, dass Guy Randolph aus Wickenham der Guy Randolph vom Berthès-Hof war, indem wir Armeeberichte prüfen. Als Sohn eines Majors dürfte er mindestens Unteroffizier gewesen sein, also müsste er leicht zu finden sein. Oder", er hielt inne, „du bittest Onkel Joseph um eine Dann-Probe. Hast du nicht gesagt, dass dem Skelett eine entnommen wurde?"

„Ja." Sie zögerte. „Aber ich würde lieber auf Gwendolens Tochter setzen. Jedenfalls vorerst."

„Erklärst du mir das bitte?“

„Aus zwei Gründen. Erstens ist das Skelett schon recht alt und deshalb besteht eine bessere Aussicht auf einen Treffer in der weiblichen Linie, Guys und Gwendolens Mutter. Mitochondriale DNA – die nur von der Mutter vererbt wird – ist wohl eher in Gewebeproben intakt als in dem Skelett. Zweitens“, sie hielt inne, „wenn wir Onkel Joseph umwerben, zäumen wir das Pferd vom Schwanz her auf. Es gibt lediglich Indizien dafür, dass sein Guy Randolph unser Mann ist. Aber mit Gwendolens Tochter sind wir auf der sicheren Seite.“

„Hm. Es schadet aber auch nicht, wenn wir Armeeberichte durchgehen.“

„*Wir?*“ Luke grinste. „Entschuldige. Du. Ich bin nur ein besorgter Verleger.“

„Entschuldigung angenommen, vor allem, weil du im Augenblick mein Partner bist und nicht mein Verleger. Arbeitsteilung ist erlaubt.“ „Wieder eine halbe Sache. Das sieht dir ähnlich. Glaubst du, dass du jemals den Rubikon überqueren wirst, Georgia?“

„Wahrscheinlich“, sagte sie ehrlich. „Warum dann nicht jetzt?“

„In meinem Inneren herrscht ein zu großes Chaos“, versuchte sie zu erklären. „Das wird immer so sein.“

„Kannst du noch etwas warten, Luke?“

„Natürlich. Und sei es nur auf den Nachtisch“, fügte er pragmatisch hinzu. „Diese Torte sieht wirklich gut aus.“

„Das hat Guy sicher auch gesagt, als er Rosanne sah.“

***

„Soll ich zum Mittagessen bleiben?", fragte Luke, als er Georgia am nächsten Tag vom Bahnhof in Ashford nach Haden Shaw zurückfuhr. „Ja, Peter würde sich freuen. Ich kann ihm den Stammbaum der Familie Randolph ausdrucken – so, wie er laut der französischen Verwandtschaft aussieht –, dann kannst du mich dabei unterstützen, seinen üblichen Haufen argwöhnischer Fragen zu beantworten." Sie hatte sich am Abend zuvor gezwungen, den Stammbaum auf ihrem Laptop zu erstellen, und war sich vorgekommen wie eine Märtyrerin, weil sie – wenn auch nur für kurze Zeit – arbeitete; und das, obwohl so viele Versuchungen – Lille und Luke – sie ablenkten! „Gut. Es wäre ein Jammer, den Tag damit zu verderben, dass ich zu früh zurückfahre. Im Büro erwarten sie mich nicht vor vier Uhr." Sie war froh, dass Luke da war, als sie die Haustür ihres Vaters aufschloss. Sie fürchtete bei jeder Rückkehr, dass Peter etwas passiert war, und Luke war ihr eine Unterstützung. Wenn Peter schlechte Laune hatte, konnte Luke ihn schneller aufheitern als sie; falls er krank war, hatte sie jemanden, der ihre Sorge für ein oder zwei Stunden teilte. Aber heute war alles gut, und als sie die Tür öffnete und ihren Vater an seinem Computer sah, stieg eine Welle von Zärtlichkeit in ihr auf. „Gute Nachrichten", rief sie. „Luke und ich laden dich zum Mittagessen ein."

„Schön", war die sofortige Antwort. „Margaret hat mir diesen schrecklichen Blumenkohl-Käse-Auflauf gemacht. Du sprichst mit ihr, ja?" Georgia ging gehorsam auf die Suche nach Margaret, die oben Staub wischte. „Sagen Sie ihm, dass ich den Blumenkohl nicht verschwenden werde", sagte Margaret fröhlich. „Er muss sich keine Sorgen machen. Er bekommt ihn zum Abendessen. Das wird ihm guttun."

Der Hintereingang des *White Horse* war barrierefrei für Rollstühle zugänglich, und Peters Lieblingstisch befand sich ganz in der Nähe. Wenn andere dort saßen, brachte er es fertig, sie anzustarren, bis sie ihre Teller nahmen und gingen. „Ich bin Ihnen sehr dankbar", sagte er dann mit zitternder Stimme. „Es ist der einzige Tisch, den ich mit diesem sperrigen Ding erreichen kann." Eine glatte Lüge, aber mittlerweile glaubte er sie selbst. Dem *White Horse* gelang der Balanceakt zwischen dem modernen und dem traditionellen Dorfpub. Mund-zu-Mund-Propaganda lockte die Besucher an. Die Küche war gut, und auch wenn die meisten Mittagsgäste aus dem Ort stammten, kamen die Leute abends von nah und fern. Sogar für den besten Wirt war es nicht einfach, seinen Lebensunterhalt mit einem Pub in diesem Teil von Kent zu verdienen, und Ken Davies murmelte ständig vor sich hin, wie wenig er augenscheinlich im Ort geschätzt würde, den Einnahmen nach zu urteilen. Einer seiner Stammgäste hatte dieses Ritual so satt bekommen, dass er dem Pub ein großes rosa Plastik-Sparschwein mit der Aufschrift „Milde Gaben für den armen Ken" geschenkt hatte. Die Leute hatten mit feierlichem Ernst Pennys hineingesteckt. Dann jedoch wurde es gestohlen, und die Sache war erledigt. „Wie ist es gelaufen?", fragte Peter schließlich, nachdem er sich zwischen Räucherschinken und Fish & Chips entschieden hatte. Georgia holte den Stammbaum der Familie Randolph hervor und legte ihn Peter hin. „Nicht bewiesen“, sagte sie, „aber es sieht gut aus.“

„Erzählt mir mehr“, befahl Peter und hörte ungewohnt geduldig zu. „Ein Deserteur“, murmelte er, als sie fertig waren. „Warum habe ich nicht daran gedacht? Oder vielleicht habe ich es. Ich glaube, du fandst die Idee albern, Georgia. Aber wie du siehst, fügt sich endlich alles zusammen.“

„Es *sammelt* sich an, aber es hat nichts mit Ada Proctor zu tun, und es steht immer noch nicht fest, dass Guy der Kalkhöhlenmann ist.“

„Ah, gut, aber da sind wir schon einen Schritt weiter“, verkündete Peter friedfertig. „Gwendolen Randolphs Enkelin Jean will nach Wickenham kommen. Was hältst du davon?“

„Großartig“, sagte Georgia. Dann: „Wozu?“

„Sie will das Land ihrer Vorväter sehen. Ich habe lange mit ihr telefoniert, aber was sie sagte, hat nichts gebracht. Ihre Mutter und Großeltern haben nach dem Krieg nichts mehr von Guy gehört, und er galt offiziell als tot. Es gab nicht einmal Gerüchte, er könne noch am Leben sein. Nichts. Sie war ganz sicher. Sie hat auch erwähnt, dass Guy offenbar der Typ Mensch gewesen sei, der nach Hause gekommen wäre, wenn er in Not war. Er war ein charmanter Schnorrer, nach dem zu urteilen, was ihre Mutter ihr erzählt hat. Jedenfalls habe ich gesagt, dass du ihr Wickenham zeigen würdest, vorausgesetzt, der Aufruhr hat sich gelegt. Ich komme natürlich auch mit.“

„Das ist nicht nötig“, sagte Georgia. „Du denkst nicht klar. Natürlich ist es nötig.“ Luke mischte sich ein. „Du willst deinen Charme einsetzen, um sie zu einem Dann-Test zu überreden, nicht wahr?“

„Natürlich“, antwortete Peter mit Würde. „Sie wird nicht wollen, dass ihr Onkel in einem anonymen Grab liegt, oder?“

10. *Kapitel*

Georgia fuhr vorsichtig durch Wickenham. Jim Hardbent hatte ihr am Telefon versichert, dass es im Dorf relativ ruhig sei, wenigstens nach außen hin. Er konnte sich jedoch nicht vorstellen, dass es wieder „normal" werden würde, bevor jemand verhaftet war, und das war noch nicht der Fall. Aber was das Treffen mit Jean Atwater anging, so glaubte er, dass Georgia riskieren konnte, zurückzukommen. Es war Dezember geworden, und man merkte, dass Weihnachten näher rückte. In den Läden und rings um den Park prangten Lichter, das Fenster des Bäckers war mit Stechpalmenzweigen geschmückt und mit Kunstschnee besprüht, und in der Auslage des Lebensmittelladens sah man den Weihnachtsmann und Aufkleber mit Schlittenmotiv. Das Fest bedeckte alles mit dem Mantel der Liebe. Weihnachten war ein Waffenstillstand im Krieg des wirklichen Lebens. Sie nahm überall eine unnatürliche Ruhe wahr, aber vielleicht drückte ihr auch nur der graue Dezembermorgen auf die Stimmung. Sie war froh, dass sie sich dafür entschieden hatte, nicht über Nacht hier zu bleiben, sondern nach Haden Shaw zurückzufahren. Sie hatte von Jim erfahren, dass der Verkauf des Herrenhauses und des Anwesens geklappt hatte, dass aber das Schicksal der Sportplätze noch nicht bekannt war. Der Deal mit dem Supermarkt war gescheitert,

wie Trevor Bloomfield erwartet hatte, aber was das für
die Zukunft bedeutete – auch für die der Klage – würde
sich noch zeigen. Die Untersuchung lief offenbar nicht
mehr auf Hochtouren. Keine Spur mehr von dem Wagen der Spurensicherung, aber das hieß nicht, dass
keine Polizei mehr im Dorf war. Sie befragten immer
noch Zeugen, hatte Mike ihnen erzählt, einen Demonstranten nach dem anderen. Die gute Nachricht war, dass
man endlich fremde DNA gefunden hatte, und zwar ein
Haar, das unter Scraggs' Fingernägel hängengeblieben
war. Die schlechte Nachricht war, dass es bisher bei keinem von denen, die Terence nah genug gekommen waren, um ihn umzubringen, einen Treffer gegeben hatte,
ebenso wenig wie in der nationalen DNA-Datenbank.
Die Kosten für die DNA-Untersuchung stiegen, sagte
Mike ihnen, aber der Senior Investigating Officer ziehe
in Erwägung, noch tiefer in die Tasche zu greifen – für
eine Untersuchung durch den Forensic Science Service, falls sie beschließen sollten, den Radius zu erwei-
tern und Proben von praktisch dem ganzen Dorf zu
nehmen. Mike war nicht mehr offiziell mit dem Fall betraut, aber man hielt ihn auf dem Laufenden; vor allem
– so sein Verdacht –, weil Lockhart die Marshs im Auge
behalten wollte, besonders jetzt, da der Name Randolph vielleicht eine Verbindung zwischen Darenths un-
identifiziertem Skelett und dem ungelösten Mordfall
schuf. Georgias erster Besuch an diesem Morgen hatte
sie zu Lucy Todd geführt. Sie hatte vorsichtshalber erklärt, dass sie nur heute hier sei, für den Fall, dass man
sie im Dorf sah. Lucy war anfangs kühl und abweisend
gewesen, dann aber doch noch aufgetaut. „Hat sich die
Lage ein wenig beruhigt?", hatte Georgia gefragt. Es war

eine banale Frage, aber da der Mord noch in aller Munde war, würde es Lucy nicht so vorkommen. Lucy seufzte tief. „Noch nicht. Oliver ist außer sich, weil man ihm eine DNA-Probe abgenommen hat. Die Elgins behaupten, wir seien schuld an dem Mord, da wir den Protest organisiert haben. Ich frage Sie, was soll aus der Demokratie werden, wenn man nicht friedlich demonstrieren kann? Und Sie können bezeugen, dass es friedlich war, bis diese Neandertaler aufgetaucht sind!"

„Die Polizei hat doch sicher auch die Elgins im Visier?"

„O ja, und die Bloomfields. In dieser Hinsicht ist alles sehr demokratisch. Aber die Elgins wollen den Kopf aus der Schlinge ziehen und behaupten, vermummte Fremde hätten sich unter sie gemischt, Schlägertypen, die von den Todds angeheuert wurden, um Ärger zu machen. Verrückt! Natürlich war es ein Elgin oder einer dieser Bloomfields. Warum sollten wir den Mann ermorden wollen, der unseren Protest angeführt hat?! Armer Mr. Scraggs! Er hatte es nicht verdient, umgebracht zu werden." Da war Georgia ganz ihrer Meinung. „Es klingt unwahrscheinlich, aber es war nicht im Interesse der Bloomfields, ihn umzubringen. Dann wäre ihr Geschäft sofort vom Tisch gewesen."

„Vielleicht", stimmte Lucy finster zu. „Aber es kann ja auch ein Unfall gewesen sein", fügte sie hoffnungsvoll hinzu. „Wenn der Mörder ein Messer dabeihatte? Das ist unwahrscheinlich für jemanden, der an einem friedlichen Protest teilnimmt."

„Nicht, wenn es die Elgins betrifft." Lucys Miene hellte sich auf, als sie wieder auf vertrautem Gelände war. „Das können Sie Ihrem Freund von der Polizei

erzählen. Die Elgins haben meistens ein Messer dabei."
Georgia leuchtete das nicht ein. Außerdem, dachte sie
müde, als sie vom *Country Stop* wegfuhr, wollte sie die
Namen Todd oder Elgin am liebsten nie wieder hören.
Wenn man sich schon bekriegen musste, warum alle
anderen hineinziehen? Den Todds und den Elgins war
es gelungen, die ganze Gemeinde zu vergiften – wenn
auch, wie Georgia einräumte, unter ungewöhnlichen
Umständen. Woran es auch lag – hier, zurück in Wickenham, fand sie es wesentlich schwieriger, sich einen Weg durch das Dickicht zu Ada Proctor und den
Randolphs zu bahnen. In Frankreich hatte alles so un-
kompliziert gewirkt, aber jetzt hatte sie das Gefühl, wieder im Sumpf von Wickenhams Intrigen zu versinken.
Sie parkte den Wagen, ging ins Hotel zurück und er-
starrte, als sie sah, dass Peter sich liebenswürdig mit
Trevor Bloomfield unterhielt. Sie konnte sich diesen
Mann beim besten Willen nicht als Besitzer des Herrenhauses vorstellen. ER hatte mit dem Verkauf der Sportplätze Unfrieden in Wickenham gestiftet, nicht Georgia
mit ihren Nachforschungen über Ada Proctor. Jetzt
machte er Anstalten, den Schlamassel seelenruhig hinter sich zu lassen, sich seine Millionen zu schnappen
und sich häuslich einzurichten, wo immer es ihm gefiel. Ja, die Zeiten der Feudalherrschaft waren vorbei,
und Georgia weinte ihnen keine Träne nach, aber im
Namen von Wickenham nahm sie Trevor Bloomfields
Verhalten übel. Seine Familie hatte der Vergangenheit
viel zu verdanken, und deshalb sollte sie sich dem Dorf
verbunden fühlen. Wann war dieser Bund gebrochen
worden?, fragte sie sich. Zu Adas Zeiten hatte er offenbar noch Bestand gehabt, den Aufzeichnungen des

Arztes nach zu urteilen, und Jim zufolge auch noch während des Krieges. Sie erinnerte sich an das, was er ihr erzählt hatte – das Dorf und die Bloomfields hatten immer an einem Strang gezogen; während der Verdunkelung, der Rationierung, der Einberufung und in den düsteren Sommertagen der Luftschlacht um England, als der Himmel über Kent von Messerschmitts, Heinkels und den Flugzeugen der Royal Air Force übersät gewesen war. War der Bund erst brüchig geworden, als die Bloomfields ein Hotel aus dem Herrenhaus gemacht hatten, oder schon früher? Matthew Bloomfield war 1943 gestorben, und vielleicht war das der Anfang vom Ende gewesen. Vielleicht hatte die Wölfin ihren Sohn Bertram, den neuen Besitzer von Wickenham Manor, beeinflusst und ihm erfolgreich eingeredet, dass der Landsitz ein Geschäft wie jedes andere sei, welches keine Pflichten gegenüber dem Dorf mit sich brachte, außer denen eines Arbeitgebers gegenüber den Angestellten. Ein interessanter Gedanke, dass die Prophezeiung der Wölfin über die Rolle der Bloomfields in Erfüllung gegangen war. Wickenham war wirtschaftlich unabhängig von seinem Herrenhaus, aber seine Seele hegte immer noch Erwartungen. „Ich war froh zu hören, dass der Verkauf des Herrenhauses glatt gegangen ist." Sie brachte es fertig, das zu dem Enkel der Wölfin zu sagen, obwohl er sich nicht einmal die Mühe machte, aufzustehen und sie zu begrüßen. „Verblüffend, wie schnell sich Neuigkeiten herumsprechen. Ja, wenigstens das hat geklappt."

„Aber der Bau des Supermarktes nicht", legte sie nach. Sie würde es ihm nicht zu leicht machen. „Kein Problem. Der Deal ist gescheitert, wie ich es erwartet hatte.

Es hat keinen Sinn, die Felder gleichzeitig mit dem Herrenhaus zu verkaufen – die neuen Besitzer würden es mir kaum danken, wenn ich ihnen dieses Pulverfass übergebe. Ich habe noch nicht entschieden, was ich tun werde." Er grinste. „Ich muss zugeben, dass ich mir keine allzu große Mühe gegeben habe. Ich genieße es, Oliver Todd und George Elgin White mit langen Gesichtern herumlaufen zu sehen, während sie sich fragen, was passieren wird."

„Wie lange wollen Sie sie noch auf die Folter spannen?" „Sie werden sich noch eine Weile gedulden müssen. Vielleicht verkaufe ich an den Erstbesten, der mir ein Angebot macht. Vielleicht behalte ich die Sportplätze und werde Gutsherr in Abwesenheit. Vielleicht mache ich eine wohltätige Einrichtung daraus – für dieses Dorf, das so liebevoll an meiner Familie hängt. Wer weiß? Glauben Sie mir, ich weiß es nicht." *Und es kümmert Sie auch nicht,* dachte Georgia. *Keine Spur von väterlichem Interesse.* „Und bis dahin", bemerkte sie, „werden die Todds wegen der Petition nichts weiter unternehmen. Zur Zeit besteht keine direkte Gefahr, und sie wollen erst Geld für einen Anwalt ausgeben, bis etwas vorliegt, gegen das sie klagen können."

„Sie nehmen großen Anteil, Georgia", fauchte er sie an. „Diese Todds machen ihnen zu schaffen, nicht wahr? Sie haben meine Familie lange genug durch die Mangel gedreht, jetzt können sie im eigenen Saft schmoren. Ich würde mich an Ihrer Stelle nicht zu viel mit ihnen abgeben. Denken Sie daran, dass Sie eine Außenstehende sind."

„So wie Terence Scraggs. Ist das eine Drohung, Trevor?" Sie hatte diesen Angriff nicht erwartet und hielt ihren Groll nur mit Mühe im Zaum. „Lieber Himmel, nein", lachte er. Aber es klang immer noch spöttisch. „Wenn Sie allerdings meine Tochter wären, würde ich Sie jetzt nicht hier haben wollen." Da kam Leben in Peter. „Zum Glück", polterte er, „ist sie nicht Ihre Tochter. Georgias DNA besteht aus besserem Material als Silber, Euro und Dollar." Trevor stand auf. Das Lächeln war verschwunden. „Ich rate Ihnen, sich nicht zu sehr in die Angelegenheiten von Wickenham einzumischen. Schließlich wollen Sie ein Buch schreiben und damit Geld verdienen. Das ist im Dorf nicht unbemerkt geblieben." Das Gespräch hatte Georgia mitgenommen. Als Trevor von dannen gestiefelt war, sagte sie: „Mir scheint, dass die Fingerabdrücke auf der Zeit plötzlich Schlagringe geworden sind, die uns loswerden wollen."

„Lass dich nicht beirren", erwiderte Peter. „Wir haben den Ärger nicht verursacht. Der Protest wegen der Sportplätze hat nichts mit Ada Proctor oder dem Kalkhöhlenmann zu tun. Merk dir das, und frage dich, warum Wickenham – zumindest teilweise – unseretwegen so aufgewühlt ist. Allerdings", fügte er ehrlich zu, „kann ich mir das auch nicht erklären."

„Scraggs' Tod hat wenigstens mit dem Protest zu tun, wenn der Kalkhöhlenmann sich als der verschollene Randolph entpuppt."

„Das sehe ich nicht so. Das hätte er nur, wenn das der Grund war, aus dem er umgebracht wurde." Georgia starrte ihn an. „Warum sollte das der Grund sein? Es ist praktisch, aber wir haben nicht den geringsten Beweis dafür, nicht einmal eine Theorie. Netter Versuch, Peter, aber gehen wir lieber den Weg, der langsam, aber sicher ans Ziel führt. Wann kommt deine Mrs. Atwater?"

Sie hatte sich bei Freunden in East Sussex einquartiert und kam mit dem Auto. „Gegen elf.“

Georgia hatte sich Jean Atwater als Dame mit zerzaustem Haar und rosigen Wangen vorgestellt und war nicht auf die energische Frau gefasst, die mit festen Schritten in die Lounge des Hotels kam. Sie war um die siebzig, aber sie lebte zweifellos in der Gegenwart, nicht in der Vergangenheit ihrer Mutter. Sie trug einen Hosenanzug, hatte gepflegte, weiße Haare und sah nach Geschäftsfrau aus. Das war sie auch, wie sich herausstellte. Sie leitete eine lokale Wohltätigkeitseinrichtung und betrieb eine Blumenhandelskette. „Es ist nett von Ihnen, dass Sie mir die Heimat meines Vaters zeigen wollen, Peter.“ Jean begrüßte sie beide mit einem kräftigen Handschlag, und man nannte sich sofort beim Vornamen. „Ist Ihre Mutter nie hierher zurückgekommen?“, fragte Georgia. „Ich glaube nicht. Es war für sie und meine Großeltern mit schlechten Zeiten verbunden. Guy sei liebenswert gewesen, sagte sie, aber er habe zu Hause ständig Ärger gemacht. Mein Großvater war noch von der alten Sorte, und sie gerieten immer wieder aneinander. Ich glaube, als Guy starb, hat meine Großmutter sich schuldig gefühlt, auch wenn sie keinen Grund dazu hatte und auch nie darüber gesprochen hat.“

„Ihre Mutter auch?“

„Sie sagte, das Familienleben sei ohne Guy viel friedlicher gewesen, aber ein Licht sei daraus verschwunden. Deshalb wollte sie nie hierher zurück. Sie erzählte immer vom Herrenhaus und den Festen dort, vor allem vor dem Kriegsausbruch 1914, als sie noch ein Teenager war. Guy und sie waren dabei, die drei aus dem Herrenhaus, Matthew, Jack und Anne und Ada Proctor. Sie interessieren sich für Ada, nicht wahr? Sie war die Sechste in unserer Gruppe, dem harten Kern, aber natürlich gab es noch viele mehr, die kamen und gingen. Jack war genauso ein Spinner wie Guy, deshalb verstanden sie sich gut; Matthew war in Ada verliebt, wie Mum meinte, und sie waren nicht ganz so wild. Und Anne, die die Intelligenteste war, hat früh geheiratet und ist nach dem Krieg in die Staaten gegangen."

„Und Guy war offiziell mit Ada verlobt?"

„Von einer offiziellen Verlobung weiß ich nichts. Mum hat immer davon gesprochen, dass sie ein Paar gewesen seien, aber Guy war offenbar hinter jedem Rock her. Wir waren natürlich alle jung. Guy war dreiundzwanzig, als der Krieg ausbrach. Ich habe ein paar Fotos mitgebracht, falls Sie sie sehen wollen."

„Das ist sehr nett von Ihnen." Peter beugte sich eifrig vor und wirbelte in seinem Rollstuhl herum. Er beugte sich über den Tisch, und Georgia schaute ihm über die Schulter. „Ganz und gar nicht. Es ist einfach schön, sie jemandem zu zeigen, der Interesse daran hat, aus welchem Grund auch immer. Meine Kinder haben es nicht. Für sie sind es nur Namen. Wenn sie alt genug sind, um sich für die Vergangenheit ihrer Familie zu interessieren, bin ich längst tot und begraben." Jean holte Sepia-Bilder eines gutaussehenden, jungen Mannes hervor. Eins zeigte ihn als Kleinkind im Hemd auf dem Schoß seiner Mutter, das nächste war ein sehr schönes Familienbild, aufgenommen auf den Stufen eines Hauses, das Georgia als Hazelwood House erkannte. Nach der Kleidung und dem Alter der Kinder zu urteilen, stammte es aus der späten Zeit von König Edward VII. Guy musste auf diesem zweiten Bild ungefähr achtzehn oder neunzehn gewesen sein. Ein ausdrucksstarkes Gesicht? Nein – entschlossen, aber nicht ausdrucksstark. Sie konnte sich vorstellen, dass die Arbeit auf einem Bauernhof zu schwer für diesen jungen Mann gewesen war. *Interpretiere nicht zu viel in ein Bild hinein, Georgia*, ermahnte sie sich. Wir wissen nicht, ob dies der Kalkhöhlenmann ist, und wir wissen auch nicht, ob es der Guy Randolph vom Berthès-Hof ist. Dieser Fall war wie ein Windhund, der an seiner Leine zerrte und auf das Startsignal wartete. Vielleicht hatte Peter das gleiche Gefühl, denn er betrachtete die Fotos sehr eingehend. Ein weiteres Familienbild auf den Stufen von Hazelwood House stammte aus den frühen 1920er Jahren, und diesmal sah Gwendolen aus wie Mitte zwanzig, sehr elegant und sich dessen bewusst. Kein Guy natürlich. „Möchten Sie die Kalkhöhle sehen?“, fragte Peter Jean. „Nein, vielen Dank“, sagte sie schnell. „Ich habe Guy ja nicht gekannt. Das alte Haus und das Dorf bedeuten mir mehr als die Stelle, an der Guy vielleicht zu Tode gekommen ist. Es ist ein trauriger Gedanke, dass er nach dem Krieg hierher zurückgekommen ist – das heißt, wenn Sie richtigliegen sollten – und feststellen musste, dass keiner von uns mehr da war. Vielleicht ist er, nachdem er im Hazelwood House Fremde angetroffen hatte, ins Herrenhaus gegangen, um herauszufinden, wo wir geblieben waren, und ist dann irgendwie in die Kalkhöhle gefallen.“

„Das ist eine Möglichkeit“, stimmte Georgia zu. Aus ihrer Sicht jedoch ziemlich unwahrscheinlich. „Oder wurde er gestoßen?“, fragte Jean unumwunden.

„Darauf wollen Sie hinaus, nicht wahr, sonst würde es Sie doch nicht interessieren?“

„Auch das ist eine Möglichkeit.“

„Wenn ich Sie beide richtig verstehe, wimmelt es in der Gegend von Randolphs, die vielleicht mit mir verwandt sind, oder auch nicht. Dann ist da noch diese französische Familie, die vielleicht direkt von Guy abstammt, dann dieser arme Kerl, der vor kurzem ermordet worden ist, und ein Randolph, der in Beaconsfield wohnt und mit der französischen Familie verwandt ist. Aber Sie können nichts davon mit Sicherheit beweisen. Worauf setzen Sie Ihre Hoffnungen?“

„Es gibt eine Methode“, fing Peter an und wich Georgias Blick aus. *Zu früh, zu früh*, telegraphierte sie ihm stumm. Er verstand die Nachricht nicht, oder er wollte sie nicht verstehen. „Sie könnten sich einem DNA-Test unterziehen. Dem Skelett wurde eine Probe entnommen.“ Jean runzelte die Stirn und ließ sich Zeit mit der Antwort. „Ich bin mir nicht sicher. Ich werde darüber nachdenken. Wenn …“ „Es gibt immer ein Wenn“, sagte Georgia milde, um die Lücke zu füllen, als Jean abbrach. Sie wunderte sich über diesen Widerwillen, da Jean eine so bodenständige Frau zu sein schien. „Dadurch wird es zu wirklich“, erklärte Jean. „Es bringt es ins Hier und Jetzt. Und wozu? Damit Sie Ihr Buch schreiben können. Entschuldigen Sie, wenn das unhöflich klingt, aber es spielt eine Rolle.“

„Ja“, stimmte Peter zu. „Aber es hilft auch dabei, ein Skelett für den Rechtsmediziner zu identifizieren und später einem Grabstein einen Namen zu geben.“

„Es muss andere Wege geben, um herauszufinden, ob es Guy ist.“ Jean blieb hartnäckig bei ihrer

Entscheidung. „Aber ich verspreche Ihnen, darüber nachzudenken." Peter war klug genug, das Thema fallenzulassen, und nach dem Essen schlug Georgia Jean vor, mit ihr durch das Dorf zu fahren. Jean wollte lieber zu Fuß gehen, und Georgia war einverstanden. „Wenn ich mir Wickenham ansehe will, dann richtig", sagte Jean. Auf dem Spaziergang tat Georgia ihr Bestes, das Dorf so zu beschreiben, wie es zu Gwendolens Zeit gewesen sein musste. Sie ging so darin auf, die Vergangenheit wiederzubeleben, dass sie das Thema DNA völlig vergessen hatte, als Jean von sich aus später darauf zurückkam. „Ich fühle mich wie ein Feigling, weil ich den Vorschlag Ihres Vaters abgelehnt habe", gab sie zu. „Ich weiß, dass es Ihnen wie ein kleiner Schritt vorkommt, aber Sie haben im Fall des Skeletts nur Indizien. Gevatter Guy hat meiner Mutter viele Sorgen gemacht, obwohl sie gut miteinander auskamen. Er sei immer wieder zurückgekommen, sagte sie. Sobald man seine letzten Verrücktheiten ausgebügelt hatte, stellte er den nächsten Unsinn an. Immer, wenn alle glaubten, er wolle Ada heiraten, war er auf und davon und verliebte sich in eine andere Frau. Dann kam er wieder zurück. Ich habe das Gefühl, dass er das jetzt auch mit mir macht. Ich möchte ihn durchschütteln, ihm sagen, dass er mir das nicht antun kann. Er soll verschwinden." Das war ein Standpunkt. Manchmal haben die Toten mehr Macht als die Lebenden. „Ein unfairer Kampf für Sie", war alles, was Georgia einfiel. „Erzählen Sie mir von dieser Ada Proctor", bat Jean. Georgia kam dem Wunsch nach, so gut sie konnte. Sie zeigte ihr das Haus der Elgins – die spätere Teestube – und den zugewachsenen Pfad, der nach Crown Lea führte. „Hier stand The

Firs, wo Ada und ihr Vater gewohnt haben, und dort drüben Hazelwood House." Georgia wies auf die andere Straßenseite. Jean starrte die Häuser aus den 1960er Jahren lange an, und Georgia konnte ihre Enttäuschung nachvollziehen. „Man kann sich nur schwer vorstellen, wie es vor achtzig Jahren ausgesehen hat."

„Nicht unbedingt, wenn man genau hinsieht." Jean runzelte die Stirn und konzentrierte sich. „Ein paar von den Bäumen können schon hier gestanden haben. Nicht die vor uns, die sind zu jung, aber die dort drüben." Jean erkannte eine große Eiche wieder, es war der junge Schössling von den Fotos. Sie starrte sie eine Weile an, und Georgia stand schweigend neben ihr. „Sagten Sie nicht, Hazelwood sei in den 1950er Jahren abgerissen worden?", fragte Jean schließlich. „Es wurde im Krieg beschädigt, als eine Fliegerbombe The Firs getroffen hat, und ist mehr oder weniger von allein in sich zusammengestürzt."

„Ich glaube, das Haus muss hier gestanden haben", entschied Jean. „Die Veranda, auf der das Foto gemacht wurde, war an dieser Straßenecke." Mehr oder weniger auf der Einfahrt der Todds, erkannte Georgia. „Dieser Randolph, den Sie erwähnt haben – der im Zweiten Weltkrieg nach uns suchte und sich mit dem ehemaligen Dienstmädchen der Bloomfields getroffen hat", fing Jean an. „Ich frage mich, warum er zu ihr gegangen ist und nicht ins Herrenhaus?"

„Vielleicht ist er das." Georgia hatte nicht daran gedacht, und Jeans Frage war berechtigt. „Aber Matthew, der damalige Squire, ist 1943 gestorben. Vielleicht ist Randolph danach aufgetaucht und niemand konnte ihm etwas sagen."

„Aber Sie haben gesagt, seine Frau habe ihn überlebt. Dann hätte sie 1929 auch im Herrenhaus gelebt. Warum sollte man ihn zu dem Dienstmädchen schicken?"

„Ich habe keine Ahnung", gab Georgia zu. „Die Frau scheint eine energische Zeitgenossin und nicht allzu liebenswert gewesen zu sein. Vielleicht wollte man sie nicht damit belästigen, oder sie war nicht zu Hause und jemand anders hat ihn zu dem Dienstmädchen geschickt. Das ist das Problem mit diesen Fällen; es gibt immer störende Details, die man nicht einordnen kann. Sind sie wichtig oder nur die Stolpersteine des Alltags, die einfach nicht zum Rest passen? Wenn ich meine leeren Milchflaschen nicht vor die Tür stelle, heißt das, dass ich verletzt in der Wohnung liege oder habe ich es einfach nur vergessen? Bei Fällen aus der Gegenwart ist es leicht zu lösen, aber bei Geheimnissen aus der Vergangenheit ist es etwas ganz anderes."

„Das verstehe ich. Nun, mir scheint, dass der Besuch des französischen Piloten für eine Verbindung zwischen uns und dieser französischen Familie spricht. Also erzählen Sie, Georgia – wann sind Sie sicher, dass Sie richtig liegen?" Georgia dachte darüber nach. „Wenn wir finden, dass die Beweise reichen. Es ist wie das Urteil eines Richters, wenn auch nicht das der Geschworenen."

„Halten Sie es für falsch, dass ich keine DNA-Probe abgeben wollte?"

„In diesem Fall gibt es kein Richtig oder Falsch", erklärte Georgia entschieden, als sie ins Dorf zurückgingen. „Mein Vater brennt drauf, dem ausgegrabenen Skelett einen Namen zu geben, aber wie Sie schon sagten – es gibt andere Methoden, also lassen Sie sich nicht zu sehr von unseren Wünschen beeinflussen.“

„Er könnte DNA von der französischen Familie bekommen. Warum will er meine?“

„Weil Sie das sicherste Glied in der Beweiskette sind. Sie stammen zweifellos von Guy Randolphs Familie ab, die anderen nur *wahrscheinlich*.“ Sie fing an, die Verzwicktheiten mitochondrialer DNA, also der mütterlichen Linie, zu erklären. „Aber warum, Georgia, sind Sie beide so versessen darauf, diesem Skelett einen Namen zu geben? Ich verstehe, dass es Sie interessiert und Sie ein Buch schreiben wollen, aber es scheint mir noch etwas Persönlicheres zu sein.“ Georgia zögerte. Sie fühlte sich allmählich umzingelt. Blieb sie die objektive Ermittlerin, oder musste sie in die Tiefen ihrer eigenen Seele eintauchen, um die Frage zu beantworten? „Lassen Sie uns hier einen Tee trinken.“

The Green Man war nicht Wickenham Manor, aber sie bekamen Tee (mit etwas Überredungskunst). „Es ist die Ungewissheit“, fing Georgia an, um einen Einstieg in das Thema zu finden. Sie wollte nicht mehr sagen, als unbedingt nötig war. „Wenn die französische Familie nicht zustimmt oder nicht mit Guy verwandt ist, werden Sie – ebenso wie wir – nie mit Sicherheit wissen, ob das Skelett Ihr verschollener Onkel ist. Das sollte Ihnen klar sein – und auch, was es vielleicht bedeutet.“

„Aber das ist mir nicht wichtig“, wandte Jean ein. „Vielleicht wird es das noch. Vielleicht fragen Sie sich irgendwann, ob es sein Skelett war oder nicht; jetzt, da man Ihnen die Idee in den Kopf gesetzt hat. Die

Vorstellung von einem Grabstein, der keinen Namen trägt, ist sehr bildlich und wirkungsvoll."

„Damit kann ich leben. Warum haben Sie gesagt, *ebenso wie wir*?" Sie musterte Georgia aufmerksam. Georgia gab sich tapfer einen Ruck, weil sie keine Wahl hatte. „Wir", begann sie mühsam, „haben eine ähnliche Tragödie erlebt. Mein Bruder Rick ist auch verschwunden, so wie Guy, allerdings nicht im Krieg, sondern im Urlaub. Das hat Ihre Mutter durchlitten, genau wie wir. Ihre Großeltern können nicht ernsthaft gehofft haben, dass Guy aus dem Gemetzel der Schützengräben zurückkehren würde, so wie meine Eltern nicht hoffen können, dass Rick irgendwo noch am Leben ist. Aber im Traum ist die Ungewissheit – wann, was und wie? – eine Qual für mich, und für meinen Vater ist sie unerträglich. Selbst, wenn Ihre Familie geglaubt hat, Guy sei in einer Schlacht gefallen, konnten sie nicht wissen, ob er sofort tot war, ob er gelitten hat, ob er versucht hat, jemanden zu retten oder ob das Gegenteil der Fall war. Sein Tod hinterlässt ein Fragezeichen und dieses Skelett ist zumindest eine Chance für Sie, das Kapitel für Ihre Familie abzuschließen."

„Sie haben gesagt, dass vor allem Ada Proctor für Sie interessant sei. Was hat dieses Skelett mit ihr zu tun?"

„Der Mann in der Kalkhöhle ist wohl etwa zur gleichen Zeit gestorben wie sie. Wenn es Guy war, besteht die Möglichkeit, dass Ada sich mit ihm treffen wollte, und nicht mit dem jungen Mann, der für den Mord an ihr gehängt wurde."

„Wer war das?"

„Ein junger Mann, ein Gärtner namens Davy Todd. Seine Freundin, die vergebens geschworen hat, dass er den ganzen Abend bei ihr gewesen sei, lebt noch."

„Im Dorf?"

„Nein, in einem Altenheim in den Downs."

„Kann ich sie besuchen?"

„Wir können hinfahren und das Personal fragen, ob es ihr gut genug geht." Georgia hatte die Frage von Jean nicht erwartet und war erstaunt, weil sie den Grund nicht sofort verstand. Aber sie konnte Mary keine Besucher vorenthalten, schon gar nicht Gwendolen Randolphs Tochter. „Fahren wir gleich hin. Es fängt schon an zu dämmern."

„Meine Mutter hat Kent geliebt", bemerkte Jean, als sie in Richtung der Downs fuhren. „Schade, dass sie nie wieder hier war. Es ist sogar im Winter wunderschön. Das Licht ist interessant, und die Bäume sind sie selbst, wenn sie nicht vom Laub verhüllt sind. Ihre Skelette sind – ah", sagte sie ironisch, „womit wir wieder beim Thema wären, nicht wahr?" Georgia lachte. „Allerdings."

„Sie wollen, dass ich Ihrem Skelett eine passende Hülle gebe."

„Ja."

„Ich überlege noch." Die diensthabende Schwester in *Four Winds* blickte skeptisch, als sie zu Mary wollten. „Es geht ihr heute nicht gut – gar nicht gut."

„Sagen Sie ihr, dass Miss Gwendolens Tochter sie besuchen möchte", bat Georgia. Die Antwort kam prompt, auch wenn die Schwester immer noch ein bedenkliches Gesicht machte. Als sie das Zimmer betraten, sah

Georgia warum. Mary lag im Bett, ihr Gesicht war eingefallen, und man sah ihr ihr Alter an. Sie hatte die Augen geschlossen, aber sie schlug sie auf, als Georgia sich über sie beugte. „Sie haben Besuch, Mary", sagte sie leise. „Setzen Sie sich", befahl Mary heiser. Ein Funkeln in ihren Augen ließ erahnen, dass sie sich aufraffen würde. „Lassen Sie sich ansehen." Sie musterte Jean sehr eingehend. „Ihre Mutter war eine liebenswerte Dame, und sehr klug obendrein", sagte sie schließlich. „Sie wird sich nicht an mich erinnert haben. Ich war noch ein Kind."

„Ich habe Ihnen ein Foto mitgebracht", sagte Jean nüchtern. Sie kramte in ihrer Handtasche und holte das Bild aus den 1920er Jahren heraus, welches die Familie Randolph auf den Stufen von Hazelwood House zeigte. Marys Augen leuchteten auf. Sie kramte ihre Brille und eine Lupe heraus und sah es sich genau an. Schließlich gab sie es zurück. „Ich erinnere mich an sie. Sie war sehr hübsch. Sind Sie auch wegen meines Davys hier?" Sie sah hoffnungsvoll aus. „Nein, wegen meines Onkels Guy. Sie werden sich nicht an ihn erinnern. Sie müssen noch sehr klein gewesen sein, als er in den Krieg zog."

„Die Frau da versucht zu beweisen, dass mein Davy unschuldig war." Mary wies wegwerfend auf Georgia. „Sie lässt sich Zeit damit! Aber ich mache es nicht mehr lange. Sagen Sie ihr, dass sie sich beeilen soll."

„Wenn Sie sicher sind, dass er unschuldig war", gab Jean zu bedenken, „warum wollen Sie dann unbedingt wissen, was wirklich passiert ist?" Georgia nahm ein seltsames Einverständnis zwischen den beiden wahr. Zwei starke Charaktere, die einander auf Augenhöhe begegneten. „Es ist eine unerledigte Angelegenheit, nicht wahr?" Georgia schlich auf den Zehenspitzen hinaus und ließ die beiden allein, als Mary die Augen zufielen. Nach ein paar Minuten kam Jean ihr nach. „Georgia", begann sie, als sie zum Auto gingen, „selbst, wenn das Skelett wirklich Guy wäre, hätte Mary damit immer noch keine Gewissheit über Ada Proctor und Davy Todd, oder? Es würde nur noch mehr Fragen aufwerfen. Wie und warum ist Guy in der Höhle gelandet, und was ist dann passiert?"

„Das wird die Aufgabe von *Marsh & Daughter* sein – herauszufinden, ob die beiden Fäden zusammenhängen. Wir glauben es, aber wir brauchen Beweise, und das ist in diesem Dorf zum momentanen Zeitpunkt ziemlich heikel. Adas Grab wurde vor kurzem geschändet." Jean fiel aus allen Wolken. „Ein *Grab geschändet*? Ist das Zufall?"

„Weit gefehlt. Ein paar Leute in Wickenham wollen nicht, dass der Fall untersucht wird. Marys Wünsche sind ihnen egal." Jean nickte. „Für Grabschändungen habe ich nichts übrig. Ich sage Ihrem Vater, dass er den verdammte DNA-Test für mich organisieren kann."

***

„Alles in allem war es ein erfolgreicher Tag." Peter klopfte sich im Geiste selbst auf die Schultern, als sie wieder zu Hause waren und den Tag in seinem geliebten Arbeitszimmer Revue passieren ließen. „Gut gemacht", fügte er verspätet hinzu, als er Georgias eisigen Blick bemerkte. „Ich gebe es zu: Du hast die Dame umstimmen können, was mir vorher leider nicht gelungen ist."

„Aber haben wir das Richtige getan?"

„Natürlich. Das tun wir immer." Georgia streifte ihre Schuhe ab. „Ich werde das Gefühl nicht los, dass wir auf das falsche Pferd setzen. Wie laufen die Ermittlungen im Fall Scraggs?"

„Wir haben uns festgefahren", sagte Mike. „Die Kampfhähne waren alle so mit sich selbst beschäftigt, dass sie nicht mitbekommen haben, was anderswo geschah. Die Polizei versucht immer noch, Geld für einen Massen-DNA-Test bewilligt zu bekommen, deshalb kommen sie nicht weiter. Oliver Todd gibt den Elgins, die ganz vorn dabei waren, die Schuld, wohingegen die Elgins zuerst die Todds beschuldigt haben, dann sind sie zu den Bloomfields umgeschwenkt, und nun sind es Außerirdische, die mit dem Messer in der Hand aus dem Weltall aufgetaucht sind. Sogar dein Name ist gefallen", fügte er beiläufig hinzu. „Ich war zu Hause im Bett!" Georgia war entgeistert. „Kannst du das beweisen? Luke war bei dir, oder?"

„Ich arbeite allein, das weißt du ganz genau. Außer in Lille", gestand sie. Peter grinste. „Die Polizei nimmt die Beschuldigung nicht ernst."

„Gut." Sie wechselte das unangenehme Thema. „Mary baut rapide ab, und wir sind keinen Schritt weiter, was die Wahrheit über Davy angeht. Es ist, als habe Ada Proctor in einer anderen Welt gelebt als wir."

„Etwas", erklärte Peter in überzeugter Micawber-Manier, „wird auftauchen."

„Vielleicht das Abendessen, wenn du dich benimmst", sagte Georgia missmutig und ging hinaus, um es zuzubereiten. Das Rindergulasch von gestern war genau das Richtige. Sie fragte sich, ob sie mit Nudeln oder besser mit aufgetautem Gemüse davonkommen würde und entschied sich für Letzteres. Oder wenigstens würde sie es versuchen. Nächstes Mal würde sie Margaret nicht so leichtfertig zusagen, dass sie sich nicht um das Abendessen kümmern müsse. „Wie lange dauert es, bis das Ergebnis von Jeans DNA-Probe da ist? Es geht wohl nicht allzu schnell", fragte sie, als sie diese opulente Mahlzeit aufgetischt hatte. Peter beäugte das Essen misstrauisch, hielt aber heute Abend offenbar Zurückhaltung für angebracht. „Mike sagt, der Senior Investigating Officer habe einen Termin für nächste Woche gemacht und dringend empfohlen, als nächstes *mein* Blut zu vergießen, wenn der Test zu nichts führen sollte."

Als Georgia nach Hause kam, war sie immer noch schlechter Laune, obwohl es dafür keinen Grund gab; schließlich waren sie bei dem Kalkhöhlenmann einen Schritt weitergekommen. Sie hatte damit gerechnet, Ende des Jahres etwas in der Hand zu haben, aber das war jetzt unwahrscheinlich. Das Wohnzimmer, das sonst immer so einladend wirkte, sah heute Abend leer und freudlos aus. „Verdammt", sagte sie leise, „kann es sein, dass ich Luke vermisse?" Das war ein schlechtes Zeichen. Sie versuchte vergeblich, sich einzureden, dass sie nur deshalb niedergeschlagen sei, weil die Ermittlungen im Fall Ada Proctor so langsam vorwärtskamen, und nahm sich einen Stapel Weihnachtskarten vor, die noch geschrieben werden mussten. Überall gingen Lichter an, Truthähne wurden bestellt, Geschenke ausgesucht und Kinder warteten voller Spannung. Sie war vierunddreißig, die biologische Uhr tickte immer schneller, und wenn sie jemals erleben wollte, wie eigene Kinder sich auf Weihnachten freuten, musste sie handeln. Das war ein unheilvoller Gedanke, also wandte sie sich der Frage zu, wie Ada Weihnachten gefeiert hätte, wenn sie nicht an Allerheiligen ihrem Mörder begegnet wäre. Sie konnte es sich nicht vorstellen. Nach zehn Minuten schleuderte sie die Karten ärgerlich beiseite. Sie brauchte Kontakt zur Außenwelt, aber Weihnachtskarten waren ein umständlicher Weg. Nachrichten auf dem Anrufbeantworter? Keine. E-Mails? Sie sah sie gründlich durch, löschte Spam, Weihnachtsangebote von Supermärkten, Buchhandlungen und Geschenkläden, fand aber keine einzige, die von einem echten Menschen stammte. *Hätte Ada sich über E-Mails gefreut?*, fragte sie sich matt. Sie hatte nicht die leiseste Ahnung, und war das nicht eine Art Eingeständnis, versagt zu haben? Sie jagten Hirngespinsten über Skelette in Kalkhöhlen nach, während Mary Elgins Leben langsam verebbte, weil das lange Warten sie zermürbt hatte. Und dennoch wusste Georgia beim besten Willen nicht, wie es weitergehen sollte. Sie brauchte ein Licht, das sie durch das Dickicht führte, genau wie Ada, die eine Taschenlampe dabeigehabt haben musste. Plötzlich hatte sie das Gefühl, dass sie unbedingt mit jemandem reden musste. Sie versuchte, Luke anzurufen. Er war nicht da. Nun gut, dann würde sie eben den restlichen Abend mit Peter verbringen. Als sie durch den Flur ging, um ihre festen Schuhe anzuziehen, fiel ihr plötzlich auf, dass es eine Methode gab, die sie noch nicht angewandt hatten. Sie war so an

Werbung und Rechnungen gewöhnt, dass sie manchmal beinahe vergaß, dass es noch richtige Briefe gab.

***

„Peter!" Diesmal schrie *sie*, als sie seine Haustür hinter sich schloss, und er fuhr zusammen. Er war in ein Buch über Gesichtsrekonstruktionen von Skeletten vertieft. Guy Randolph war in diesem Haus und wohnte neben Ada Proctor. „Ich höre, dass du aufgeregt bist", bemerkte er. „Ein Lottogewinn?"

„So ähnlich! Jedenfalls, was Ada betrifft – und wahrscheinlich auch den Kalkhöhlenmann. Vielleicht bekommt er doch noch seinen Grabstein."

„Erzähl schon, verschwende keine Sekunde!"

„Ich habe einen Brief von Rose Sadlers Enkelin, Meg Watson, bekommen. Es wird dich nicht überraschen, dass Rose tot ist, aber ihre Tochter Angela, Megs Mutter, lebt noch. Allerdings erinnert sie sich nur noch dunkel an den Fall Ada Proctor. Sie hatte jedoch den Eindruck, dass Ada mit Rose befreundet war und nicht mit ihrem Vater, aber das ist natürlich nicht sicher." Peter verzog das Gesicht. „Und das hältst du für einen Durchbruch?"

„Geduld, Geduld, lieber Peter. Es kommt gleich. Meg, die Enkelin, ist Anwältin und spezialisiert auf Kriminalfälle. Deshalb hat sie immer die Ohren gespitzt, wenn ihre Großmutter davon sprach, dass sie bereit gewesen sei, im Fall Ada Proctor auszusagen, aber nicht als Zeugin aufgerufen worden sei. ‚Was hättest du aussagen können?', fragte sie. Ihre Großmutter hielt sich zunächst bedeckt und sagte, es sei nicht sehr wichtig gewesen, deshalb habe man sie auch nicht als Zeugin hören wollen. Ada war an jenem Tag in London, und Rose Sadler ist ihr begegnet, als sie gegen sechs Uhr vom Bahnhof nach Hause ging. Ada erzählte von ihrem Ausflug und fragte Rose, ob sie abends auf den Allerheiligen-Ball gehen würde. Rose sagte nein; sie und John hätten sich erboten, auf die Bloomfield-Kinder aufzupassen, damit der Squire, seine Frau und das Dienstmädchen alle auf den Ball gehen konnten. Aber als Rose ins Herrenhaus ging, um die Kinder abzuholen, sagte das Dienstmädchen ihr, es sei nicht nötig, weil Mr. und Mrs. Bloomfield unerwartet Besuch bekommen hätten – von einem Mr. Guy Randolph."

11. *Kapitel*

„Ein dreifaches Hoch auf Ada", rief Peter. „Auf wen?",
fragte Georgia wie gewohnt. „Auf *Ada*", dröhnte Peter.
„Ich finde, darauf müssen wir trinken!", schlug er vor
und sah überrascht aus, als Georgia aus vollem Herzen
zustimmte und den Gedanken in die Tat umsetzte. Ein
dreifaches Hoch auf Ada und auf Pu, den Bären. Als sie
und Rick klein gewesen waren, hatten ihre Eltern kurz
vor Weihnachten oft an Dezemberabenden mit ihnen
am Kamin gesessen und *Pu der Bär* gelesen. Sie und
Rick durften Pus „Summ"-Lieder anstimmen, wenn es
passte – und oft auch, wenn es nicht passte. Ricks Spe-
zialität war *„Ich frage mich seit Jahr und Tag"*. Das war
natürlich Nostalgie. Was war mit all den Abenden, an
denen Peter gearbeitet hatte oder Elena nicht zu Hause
war, weil sie irgendetwas zu organisieren hatte? Aber
es musste ein paar Abende mit Pu gegeben haben, sonst
würde ihr die Erinnerung nicht einen solchen Stich geben. Sie prostete Peter und vielleicht auch Ada zu. „Es
sieht aus, als hättest du bei dem Kalkhöhlenmann richtig gelegen."

„Warum hast du je daran gezweifelt? Und es bringt
‚*Bête Noir*‘ Bloomfield wieder ins Spiel."

„Langsam, langsam", lachte Georgia. „Ich weiß, es ist
spät, aber hat das Argument nicht einen kleinen

Haken? ‚*Bête Noir*‘ Bloomfield war 1929 noch nicht einmal geboren!“

„Dann eben seine Vorfahren! Die sind doch alle gleich!“

„Das ist sehr weit ausgeholt“, sagte sie. „Gerede am Abend! Zu Mike würde ich das nicht sagen.“

„Wirklich keine gute Idee.“ Die Vorstellung, dass der stets nüchterne Mike vergnügt zwischen ihnen saß und sich einen kleinen Whisky genehmigte, während sie in ihren Phantasien schwelgten, war schön. Und unrealistisch. „Natürlich“, erinnerte Peter sie, „müssen wir auf dem Teppich bleiben. Es ist nach wie vor nur eine Theorie.“

„Heute Abend amüsieren wir uns, morgen schuften wir wieder. Auf den Kalkhöhlenmann!“

„Im Ernst, Georgia“, fing Peter an und hielt ihr erwartungsvoll sein leeres Glas hin, „damit ist all dieser Unsinn widerlegt, dass sie reihenweise Liebhaber gehabt habe, und Luke wird sich freuen. Erlauben wir uns den Spaß, und spielen wir das Ganze durch?“ Er hatte Recht. Es war Zeit für eines ihrer Rituale – die Rekonstruktion eines Falles. „Ja“, sagte Georgia entschieden. „Es war eine dunkle, stürmische Nacht“, begann sie theatralisch, und ihr Blick begegnete dem ihres Vaters. Die beiden Todesfälle, mit denen sie es zu tun hatten, lagen über siebzig Jahre zurück, aber sie sollten ihnen genauso wichtig sein wie der von Terence Scraggs. Es war nur allzu leicht, in diese Falle zu tappen – ihre Fälle als „Geschichten“ zu betrachten, als Rätsel, die es zu lösen galt, und zu vergessen, dass es um Menschen ging, um die getrauert worden war. „Ada war an dem Tag gut gelaunt aus London zurückgekommen“, fing sie wieder an. „Sie hatte in Wickenham einen guten Ruf – außer bei den Klatschbasen –“

„Woher die Tratschgeschichten stammten, wissen wir noch nicht.“

„– und freute sich auf eine Dachsjagd und ein Nachtigallenkonzert mit Davy am nächsten Abend. Als sie aus dem Zug stieg, war sie froh, dass sie den Ausflug auf den nächsten Tag verschoben hatte, denn sie war müde nach dem Tag in London und sollte den Abend damit verbringen, die Haushaltsabrechnung und das Abendessen für ihren Vater zu machen, weil das Dienstmädchen vielleicht auf den Ball gehen wollte. Sie dachte daran, dass sie früher mit Guy und all den anderen auch gern getanzt hatte, aber das war in der guten alten Zeit gewesen, bevor der Krieg alles verändert hatte. Aber sie war zufrieden mit ihrem Leben. Ihr Vater brauchte sie, und sie konnte sich in der Praxis und anderswo nützlich machen.“

„Was hat sie in London gemacht?“, unterbrach Peter.

„Sie war bei einer Matinee“, fabulierte Georgia. „Mit einer Freundin aus Kriegstagen, in denen sie –“

„Hey“, unterbrach Peter wieder, „was hat sie während des Krieges gemacht?“

„Nehmen wir an, sie hat eine Ausbildung zur Krankenschwester beim Voluntary Aid Detachment gemacht, ja? Sie arbeitete in einem Krankenhaus, vielleicht ging sie sogar nach Frankreich, und als sie nach Kriegsende nach Hause kam, konnte sie gut gebrauchen, was sie gelernt hatte –“

„Als die Nachricht kam, dass Guy gestorben war, warum hat sie nichts aus ihrer Ausbildung gemacht? Sie hätte doch aus Wickenham weggehen und anderswo als Krankenschwester arbeiten können." Georgia runzelte die Stirn. „Darf ich spekulieren?"

„Heute Abend ja."

„Sie war sechsundzwanzig, als der Krieg zu Ende ging. Vielleicht fand sie, sie sei lange genug aus Wickenham weggewesen und wollte zu Hause leben. Vielleicht gab es jemand anderen, zu dem sie sich hingezogen fühlte. Oder vielleicht wollte sie in einem Krankenhaus in der Nähe arbeiten, ihre Fähigkeiten einsetzen, vielleicht in Gravesend, irgendwo, wo sie leicht mit dem Bus oder dem Zug hinkommen konnte. Landärzte sind nicht reich, und Autos waren damals ein teurer Luxus. Ada mochte ihre Arbeit oder hatte zumindest das Gefühl, ihre Pflicht zu tun. Wahrscheinlich lernte sie andere Männer kennen und ging gern unter Menschen. So kamen die Gerüchte über ihr Liebesleben auf. Sie nahm ihre Verehrer mit nach Hause und stellte sie ihren Eltern vor, wie alle ehrenwerten Mädchen zu jener Zeit."

„Ja", sagte Peter. „Da gebe ich dir Recht. Das ist wirklich eine Möglichkeit." Georgia fühlte sich ermutigt und fuhr fort. „Aber wieder änderte sich alles für die arme Ada. Bevor sie eine neue Beziehung eingehen konnte, ereignete sich eine Tragödie. Nach dem Tod ihrer Mutter brauchte ihr Vater jemanden, der den Haushalt führte und der, noch wichtiger, wie früher Winifred, Proctor in der Praxis half. Also kam Ada als pflichtbewusste Tochter zurück."

„Widerwillig?" Georgia dachte nach. „Wahrscheinlich nicht. Töchter taten meistens das, was von ihnen erwartet wurde, und es hatte Vorteile, zurückzukommen."

„Sogar, wenn die Liebe Einzug in ihr Leben hielt?"

„Vielleicht war das schon passiert. Vielleicht war sie froh, dass sie in den sicheren Hafen von The Firs zurückkehren konnte, sollte sie schon wieder eine Enttäuschung mit einem Mann erlebt haben.“

„Natürlich ist das alles nur Spekulation“, sagte Peter. „Ada kann auch die ganze Zeit in The Firs gelebt und Guy nachgetrauert haben.“

„Ich glaube nicht, dass Ada eine Frau war, die lange ihre Wunden geleckt hat. Etliche Männer ihrer Generation waren im Krieg gefallen, dieses Schicksal teilte sie mit vielen anderen Frauen. Wahrscheinlich ging sie davon aus, dass das Kapitel Liebe für sie abgeschlossen war. Daher die Aufregung, als Rose ihr erzählte, dass Guy zurück sei. Rose war erst in den frühen Zwanzigern ins Dorf gekommen, also ahnte sie nicht, dass sie für Ada eine Bombe platzen ließ.“

„Wirklich nicht?“, hakte Peter nach. „Mädchen waren damals genauso, wie heute. Sie werden über ihre verflossenen Verehrer gesprochen haben.“

„Nicht unbedingt. Ada war eine praktisch denkende Frau. Sie hat vielleicht einen Verlobten erwähnt, der im Krieg gefallen war, aber sie muss nicht ins Detail gegangen sein. Die Randolphs waren 1921 schon nicht mehr da, also kann Rose sie auch nicht gekannt haben, sie hatte höchstens von ihnen gehört.“

„Hmpf“, bemerkte Peter. „Da stimme ich dir mehr oder weniger zu. Was geschah also an jenem Abend, nachdem sich Ada von Rose verabschiedet hatte?“

„Sie freute sich umso mehr, dass sie sich nicht mit Davy Todd verabredet hatte; auch wenn es leicht gewesen wäre, das Treffen abzusagen, weil er ja noch da war. Sie eilte in den Garten, immer noch in den

Sonntagskleidern für London, gab Davy ein paar Anweisungen für den nächsten Morgen –"

„Warum? Sie dachte doch, dass sie da sein würde."

„Für den Fall, dass er früh kommen würde, während sie noch in der Praxis war", fuhr Georgia unbeirrt fort, „und dann rannte sie zurück ins Haus, um die überwältigende Neuigkeit zu verdauen, die sie gerade gehört hatte. Ihr Vater war in der Praxis, und sie ging nicht gleich an den Medizinschrank, um die Arzneien der Patienten zu holen, sondern stürzte vorher zum Telefon, um die Neuigkeit zu bestätigen, die sie gerade gehört hat."

„Sie rief im Herrenhaus an."

„Ja."

„Wer ist ans Telefon gegangen? Das Dienstmädchen?"

„Es spricht alles dagegen – das wäre bei der Beweisaufnahme herausgekommen. Das Dienstmädchen hätte sich daran erinnert und vielleicht sogar in späteren Jahren Alice davon erzählt. Dass sie es nicht erzählte, heißt natürlich nicht, dass es nicht passiert ist. Jedenfalls wollte das Dienstmädchen auf den Ball, die Bloomfield-Kinder waren wohl schon im Bett, sie hatte wahrscheinlich ein schnelles Abendessen für Matthew, die Wölfin Priscilla und Guy gemacht, und dem Ballbesuch stand nichts mehr im Weg. Also hat entweder Matthew oder Isabel den Anruf beantwortet – oder sogar Guy selbst, aber das ist unwahrscheinlich."

„Warum haben Matthew und Priscilla das dann nicht ausgesagt?"

„Vielleicht haben sie das. Es kann in den Aussagen gestanden haben, die zu Protokoll gegeben wurden, aber aus Sicht der Polizei war es wohl nicht wichtig für Adas

Tod, weil das Feld am Waldrand, wo sie wahrscheinlich umgebracht wurde, nichts mit dem Herrenhaus zu tun hatte.“

„Aber hast du nicht gesagt, dass dieser Fußweg über Crown Lea durch den Wald führt, an der Kalkhöhle und an Wickenham Manor vorbei?“

„Ja. Er führt bis nach Wickenham Forstal.“

„Mit anderen Worten, es ist eine Abkürzung zum Herrenhaus, wenn man nicht den ganzen Weg durch das Dorf zurücklegen will.“

„Ja, aber –“

„Für eine Dame, die keine Zeit verschwenden wollte.“

„Gib mir noch eine Minute“, sagte Georgia. „Sie hatte schon drei Stunden verschwendet, als sie sich auf den Weg machte.“

„Vielleicht hatte man sie gebeten, um diese Zeit zu kommen.“

„Merkwürdiger Zeitpunkt. Der Abend war dann schon fast vorbei.“

„Stimmt. Vielleicht wollte der Deserteur Guy Randolph nicht gesehen werden.“

„Das brauchte er nicht, er war im Herrenhaus.“

„Aber wo hat er die Nacht verbracht? Sag jetzt nicht, in der Kalkhöhle.“

„Das hatte ich nicht vor. Vielleicht wollte er zu Fuß zum Bahnhof zurückgehen und schlug ihr vor, ihn zu begleiten.“

„In der Winterdunkelheit durch die Felder? Sehr passend für Liebende. Wie auch immer, im Herrenhaus hatten sie doch sicher Autos. Mach weiter, Georgia, erzähl die Geschichte zu Ende.“

„Aus irgendeinem Grund, den wir noch nicht kennen –“

„Pfui!“, unterbrach Peter. „Den wir noch nicht kennen“, wiederholte sie mit Würde, „hat Ada irgendwo auf diesem Weg Guy getroffen, oder sie war zuerst im Herrenhaus und wollte zu Fuß nach Hause. Elf Uhr – ob richtig oder falsch – wurde offenbar als spätester Todeszeitpunkt angenommen. Es war wahrscheinlich falsch, aber wir müssen es hinnehmen. Also, zwischen dem Augenblick, in dem Davy Ada sah, und ihrem Tod lag ungefähr eine Stunde, was hat sie in dieser Zeit gemacht? Wir können nur vermuten, dass sie mit Guy Randolph zusammen war, entweder im Herrenhaus oder wohl eher im Wald, um mit ihm zu reden. Hatte es in der Nacht geregnet?“

„Ich weiß nicht, aber warum sollte Guy sie umbringen und dann in die Kalkhöhle springen?“

„Ein Unfall.“

„Das kannst du besser.“

„Schon gut.“ Georgia tat ihr Bestes. „Nehmen wir an, sie trifft Guy und ist entsetzt – ja, das ist es –, als er ihr gesteht, dass er desertiert war und noch dazu –“

„Verheiratet war und Kinder hat.“

„Die aufrichtige, ehrenwerte Ada ist schockiert und droht ihm …“

„Ja?“, hakte Peter nach, als sie innehielt, um nachzudenken. „… seiner Familie, mit der sie noch Kontakt hat, zu erzählen, dass er noch lebt, wo er wohnt und was er ist.“

„Ein Problem“, fiel Peter sofort ein. „Genau deshalb war er ja nach Wickenham gekommen – um seine Familie zu finden.“

„Stimmt." Dann der Triumph. „Er hätte dem Major nicht erzählt, dass er desertiert war. Er hätte gesagt, er habe sein Gedächtnis verloren und so weiter."

„Nichts da. Das akzeptiere ich nicht. Warum sollte er dann Ada die Wahrheit sagen?"

„Vielleicht hat sie es erraten, sie kannte ja ihren Guy."

„Konnten Deserteure 1929 noch vor das Kriegsgericht gestellt werden?"

„Ich weiß nicht, aber vielleicht dachte er das. Nehmen wir an, dass sie sich wegen seiner Fahnenflucht gestritten haben, und darüber, dass er verheiratet war. Ihre Drohung, der Familie Randolph alles zu erzählen, passt Guy nicht ins Konzept. Ada ist nicht mehr das sanfte, versöhnliche Mädchen von einst; sie ist eine verschmähte Frau. Er verwünscht die Tatsache, dass sie ihn hier aufgestöbert hat. Dann fällt ihm ein, dass niemand weiß, dass er sich mit ihr getroffen hat. Er muss sie nur zum Schweigen zu bringen – und dann schnell zurück nach Frankreich."

„Wie soll er das bewerkstelligt haben?", fragte Peter zynisch. „Nun, es stimmt wahrscheinlich. Er bat Ada, keinem von seiner Rückkehr zu erzählen, und dachte, dass sie sich daran halten würde. Der Name würde dem Dienstmädchen oder Rose Sadler nichts sagen, nur die Bloomfields hätten ihn erkannt. Er ist vom Bahnhof direkt zum Herrenhaus gegangen." „Aber liebste Tochter, das kann nicht sein. Weißt du nicht mehr? Er wusste nicht, dass die Familie weggezogen war."

„Der Bahnhofbeamte kann es ihm erzählt haben", sagte Georgia aufmüpfig. „‚Sieh einer an, wen haben wir denn da? Master Guy ist aus dem Krieg zurück. Ein Jammer, dass die alten Leute das Haus verkauft haben.'

‚Wie bitte?‘ Schock und Entsetzen. Er wird ins Herrenhaus gegangen sein, um herauszufinden, wo sie geblieben waren.“

„Was ist mit seiner lieben kleinen Ex-Freundin Ada?“ Georgia dachte rasch nach. „Er ist nicht bereit, sich ihr zu stellen. Er wäre ihr wohl gar nicht gegenübergetreten, wenn sie es nicht herausgefunden und im Herrenhaus angerufen hätte, und dann sorgte er dafür, dass niemand sie mit ihm sah. Er will nicht gesehen werden; er ist ein Deserteur und gilt als tot.“

„Dann schlucke ich das mit dem Bahnhofbeamten nicht. Guy wäre über einen Zaun gesprungen, um nicht erkannt zu werden.“

„Akzeptiert“, sagte sie widerwillig. „Also geht er vom Bahnhof zum Hazelwood House, und die neuen Besitzer sagen ihm, dass die Randolphs weggezogen sind. Sie kennen ihn natürlich nicht. Er nimmt den kürzesten Weg zum Herrenhaus, macht einen Bogen um The Firs, um herauszufinden, was aus seiner Mutter, seinem Vater und seiner Schwester geworden ist.“

„Ich stimme dir zu, mein Töchterchen. Und was macht er, als er merkt, dass seine Geschichte bei Ada nicht gut ankommt?“

„Er erwürgt sie, damit sie nicht redet.“

„Ja. Was dann?“

„Er begreift, dass er ein Idiot war. Er hätte einfach den nächsten Zug nehmen und so schnell wie möglich nach Frankreich zurückkehren sollen. Stattdessen steht er mit einer Leiche da. Er schleift sie ins Feld, damit die Bloomfields, die ja von seinem Besuch wissen, nicht sofort kapieren, was passiert ist. Dann geht er zurück, um alle Spuren zu beseitigen, und stürzt aus Unachtsamkeit in die Kalkhöhle."

„Bravo", sagte Peter mit echter Bewunderung. „An einigen Stellen knirscht es etwas, aber es ist glaubhaft. Aber lass uns für den Moment annehmen, dass Randolphs Tod in der Kalkhöhle kein Unfall war. Es ist immerhin unwahrscheinlich; du hast mir ja erzählt, dass die Kalkhöhle fast zehn Meter vom Pfad entfernt liegt, und er hätte wohl Adas Taschenlampe gehabt – oder eine eigene. In der Kalkhöhle war keine, jedenfalls wurde bisher keine gefunden."

„Verdammte Taschenlampe!"

„Heißt das, dass Guy selbst in die Höhle gestoßen wurde – oder vorher umgebracht und dann hineingeworfen? Oder wir sind wieder bei einem Verrückten, der sie beide umgebracht hat, oder einem anderen Geliebten – John Sadler, der sich vom Ball davonschleicht." Georgias Erinnerung wurde plötzlich lebendig. Das musste am Whisky liegen, dachte sie dankbar. „Jean Atwater hat uns erzählt, Matthew Bloomfield sei in Ada verliebt gewesen – meinst du, er könnte der andere Geliebte gewesen sein?" Peters Interesse war geweckt. „Das könnte erklären, warum die Wölfin ihre Zähne gezeigt hat. Okay, denk dir eine neue Geschichte aus, und vergiss nicht, dass du keinen Obduktionsbericht hast, der dafür oder dagegen spricht."

„Es war verschmähte Liebe", entschied Georgia. „Ada wies Matthew nach dem Krieg zurück, weil sie noch um Guy trauerte, also ging Matthew seiner Wege und heiratete die Wölfin. Er merkte bald, dass er einen großen Fehler gemacht hatte, und sehnte sich still und heimlich immer noch nach Ada. Oder vielleicht nicht ganz so heimlich. Als Krönung ersteht Guy Randolph von den Toten auf und ist noch der gleiche unsympathische Taugenichts wie eh und je. ‚Hallo‘, sagt er, ‚ist Ada noch da? Vielleicht gehe ich mal zu ihr.‘ Matthew verliert die Beherrschung. Ada hat die Neuigkeiten gehört und ruft im Herrenhaus an. Matthew geht ans Telefon. Mit Bauchschmerzen reicht er den Hörer an Guy weiter und hört, wie er sich mit Ada verabredet. Er folgt Guy und ermordet ihn, damit er Ada nicht bekommt.“

„Bekommt?“ Peter nahm das Stichwort auf. „In welchem Sinn? Vergewaltigung? Verführung? Im Oktober? Und dann erwürgt Matthew auch noch Ada? Wozu?“

„Vielleicht hat sie gesehen, wie er Guy umgebracht hat.“ „Ich kann das Wort ‚vielleicht‘ nicht mehr hören – ‚eventuell‘ noch weniger!“, beschwerte sich Peter. „Wir brauchen Beweise! Tut mir leid, aber nichts davon überzeugt mich, auch wenn ich zugeben muss, dass wir ein großes Stück weitergekommen sind. Wir sind uns einig bis zu dem Punkt, an dem Ada sich auf den Weg zum Herrenhaus macht. Danach tappen wir im Dunkeln, genau wie Ada. Noch einen Whisky bitte, wenn es dir nichts ausmacht.“

***

In der Nacht ging Georgia im Traum jeden Schritt von Crown Lea bis Wickenham Manor mindestens zwanzig Mal. Sie kam bis zu der Stelle, an der Ada vielleicht stehengeblieben war und den Weg beleuchtet hatte, der vor ihr lag. Und wen sah sie? Kurz bevor Georgia ihn erkennen konnte, fand sie sich am Anfang des Weges wieder. Sie war erleichtert, als sie aufstand und unten nichts Schlimmeres auf sie wartete als der schmutzige Kochtopf von gestern Abend. Damit wurde sie fertig, und kräftiges Schrubben beseitigte die letzten Spuren des Gulaschs, sogar die angebrannte Soße am Rand. Sie zog die Gardinen im Wohnzimmer zur Seite und sah ein bekanntes Zivilfahrzeug der Polizei vor Peters Tür. Was in aller Welt machte Mike um halb acht hier? Margaret kam um acht, also war Peter wohl noch nicht aufgestanden. Sie fühlte sich unbehaglich und ging nachsehen, nachdem sie sich eine Schüssel Müsli und einen Becher Tee einverleibt hatte. Ihre Unruhe legte sich, als sie Mike und Peter bei einem gemeinsamen Frühstück antraf. Mike fühlte sich offenbar wie zu Hause, und Margaret umsorgte beide. „Tee, Georgia?", bot Mike an. „Ich hatte gerade einen, danke. Ist das hier offiziell oder schaust du nur so vorbei?"

„Offiziell", sagte er zu ihrer Überraschung. „Der Superintendent von Darenth interessiert sich nun sehr für die Randolphs. Er will alles von euch wissen." Georgia fand das sehr amüsant. Es war ungewohnt. Normalerweise tat das Kent County Council alles, um sich Peter vom Leib zu halten. Sie meinten es nicht persönlich, versicherten sie ihm, aber sie würden ohne ihn fertig. „Gutes Timing!", bemerkte sie. „Guy Randolphs Nichte hat eine DNA-Probe abgegeben – ich bin sicher, dass Peter dir von unserem Triumph erzählt hat." „Lang und breit", bestätigte Mike düster. „Aber fangen wir mit Scraggs an. Eigentlich hast du das Ganze ins Rollen gebracht, Georgia", fuhr er fort. „Weißt du noch, dass du mich gebeten hast, seine Habseligkeiten noch einmal durchzusehen – nach den Sachen aus dem Krieg, von denen die Franzosen gesprochen haben?“

„Ja.“ Sie hatte es fast vergessen, denn es schien hoffnungslos, dass François etwas Interessantes aus dem Krieg behalten und es an seinen Enkel weitergegeben hatte. In der Theorie klang es wunderbar, aber in der Praxis wirkte es sehr weit hergeholt. „Die Polizei in Buckinghamshire hat sich gemeldet. Scraggs' Eltern haben die Wohnung ausgeräumt und seine Sachen mitgenommen, aber sie waren damit einverstanden, dass die Polizei sich alles ansieht. Keine Medaillen, da haben sich eure französischen Freunde geirrt, aber ein paar andere kleine Schmuckstücke, darunter auch –“

„Ein Bild von Ada?“, fragte sie hoffnungsvoll. „Viel besser. Eine Erkennungsmarke.“ Peter machte einen Satz in seinem Rollstuhl vor Begeisterung. „Wie sie Soldaten im Krieg getragen haben? Die bestanden meistens aus zwei Hälften, und jede Hälfte enthielt die wichtigsten Angaben über den Träger – Namen, Nummer usw. Man nahm sie mit in die Schlacht und wenn man fiel, wurde eine Hälfte bei der Leiche gelassen und die andere zurückgeschickt, um den Tod offiziell zu bestätigen.“

„Richtig!“, bestätigte Mike. „Diese war aus Metall und sein Besitzer –“

„Guy Randolph“, triumphierte Peter. „Nicht überraschend, aber es bestätigt Georgias Geschichte über die Verbindung zu Frankreich. Also, wenn die *Frösche* Recht haben, hat Guy die Marke zurückgelassen, als er kam, um sein Erbe zu fordern. Er hielt es wohl für unnötig, weil seine Familie ihn erkannt hätte, und er sowieso nach Frankreich zurück wollte.“

„Das denke ich auch." Georgia fand es trotzdem seltsam. „Angenommen, Guy ist der Kalkhöhlenmann, dann ist er hergekommen, um herauszufinden, ob Geld für ihn abfällt. Sein Vater wurde alt und Guy wollte seinen Anteil. Auch wenn Hazelwood House verkauft worden war, wäre Guy davon ausgegangen, dass seine Eltern einen anderen Besitz gekauft hätten. Wenn er sie erst einmal ausfindig gemacht hätte, wäre er zu der reizenden Rosanne zurückgekehrt, um sein Vermögen mit ihr zu teilen. Nur tat er das nicht – und François fand die Marke später."

„Gut", sagte Mike ohne Ironie. „Aber der Superintendent interessiert sich mehr für Scraggs, weil der vielleicht auch glaubte, das Skelett sei Guy Randolph. Ich bin halbwegs wieder an dem Fall dran und kann offiziell mit euch zusammenarbeiten."

„Ein bisschen spät", bemerkte Peter hochnäsig. „Wir reden schon ewig über den Kalkhöhlenmann und darüber, was Randolph damit zu tun hat."

„Aber ihr habt mir keine Beweise geliefert. Der Superintendent dagegen schon", sagte Mike und keiner konnte ihm widersprechen. „Außerdem ist er mein Arbeitgeber. Nicht wahr? Manchmal denke ich, du glaubst, *du* seist es."

„Was gibt es denn Neues im Fall Scraggs?", fragte Peter ablenkend. „Erinnerst du dich an die Zeichnungen, die wir uns angesehen haben, Georgia?" Mike wandte sich an sie. „Ich habe dem Superintendenten von der Skizze erzählt, die Wickenham Manor zeigt. Hast du mir nicht erzählt, dass Scraggs wegen eines Auftrags bei Bloomfield war?"

„Glaubst du“, unterbrach Peter mit Pokermiene, „Scraggs hatte herausgefunden, dass der Kalkhöhlenmann von einem Bloomfield ermordet wurde?“ Wenig überraschend sah Mike völlig entgeistert aus. „Wovon redest du jetzt, Peter?“ Georgia erklärte es, aber Mike schüttelte den Kopf. „Das leuchtet mir nicht ein. Ihr wollt mir weismachen, der alte Squire Matthew habe Guy Randolph ermordet, wenn er es denn war, weil dieser wieder ein Auge auf Ada geworfen hatte. Nichts da. Und wenn ihr glaubt, dass Trevor Bloomfield danach Scraggs beseitigt hat, um den guten Namen der Familie zu schützen – das kann auch nicht sein. Die Bloomfields sind sowieso aus dem Schneider.“

„In Bezug auf was?“, fragte Georgia. „Den Mord an Scraggs. Der Senior Investigating Officer hat den Zeitablauf rekonstruiert. Sie schätzen, dass alles innerhalb von acht Minuten passiert ist, zwischen 22.46 Uhr und dem Eintreffen der Polizei um 22.54 Uhr. Das Team hat eine Analyse aller Aussagen der Elgins, Todds und Bloomfields erstellt; es sieht aus wie ein wucherndes Labyrinth. Wollt ihr es sehen?“

„Ich schon. Ich will auch eine Kopie davon, geht das? Du machst mir eine, nicht wahr, Mike? Der Kopierer steht da drüben.“

„Sehr wohl, Sir“, erwiderte Mike säuerlich. „*Und* von dem Video?“ Eine Pause. „Ich versuche es. Dir zuliebe.“

„Gut.“ Peter nahm die Kopie der Analyse entgegen und las sie Georgia vor. „22.46 Uhr: Ankunft der Todds beim Haus der Bloomfields. Gleichzeitig geht die Tür zum Haus der Bloomfields auf und drei von ihnen kommen heraus, der Vater flankiert von seinen Söhnen. Sie erreichen die Vorderfront der Todds, Scraggs ist weit links, ganz in der Nähe eines Handgemenges gegen 22.46 Uhr. Und die Elgins werden um 22.47 Uhr gesehen. Irgendwann kurz danach hat die erste Reihe der Elgins den wilden Haufen aus Todds und Bloomfields erreicht. Scraggs steht mit dem Rücken zu den Elgins, eingeklemmt zwischen dem älteren Bloomfield Junior und Oliver Todd. Der erste Haufen der Elgins trennt die Gruppe, Bloomfield Senior und der jüngere Junior werden an den Rand getrieben und ihre Plätze von Todds eingenommen, die von hinten nach vorne streben. Die andere Seite der Gruppe drängt Scraggs zurück, auf die Büsche zu, zusammen mit dem älteren Bloomfield Junior, Oliver Todd und Lucy Todd – die Reißaus nimmt. Die rechte (aus Sicht der Elgins) Flanke walzt nach vorn und um sie herum. Nun kehren die beiden Bloomfields, die dem Haus am nächsten sind, um und rennen darauf zu – Trevor und Crispin. Das haben jede Menge Todds *und* Elgins bestätigt und gegen 22.50 Uhr ist die Schlacht in vollem Gang. Zu diesem Zeitpunkt – darin sind sich alle einig – hatte Scraggs noch sein Plakat, fuchtelte damit herum und schrie aus vollem Hals. Gegen 22.51 Uhr (mit ein paar Sekunden Spielraum) hat Bloomfield Junior der Ältere ihm das Plakat entrissen, mit Hilfe des jungen Max White, der sich ins Getümmel stürzte, um Oliver oder Scraggs anzugreifen, je nachdem, wen er zuerst zu fassen bekam, und das Plakat wurde zu Boden geworfen. White hebt das Plakat auf, um damit Mark Todd, Olivers Sohn, zu verprügeln, der gerade auf Whites Bruder Nigel losgeht. Diesbezüglich stimmen alle überein. Danach wird es undurchsichtiger. Bloomfield Junior der Ältere bekam von George Elgin einen Schlag ins Gesicht und zog sich sofort aus dem Tumult zurück. George White bestätigt das. Zu diesem Zeitpunkt, da sind sich die Elgins aus der ersten Reihe und die Todds mehr oder weniger einig, war Scraggs noch da und wehrte sich aus Leibeskräften gegen die Schläge, die ihm ein anderer junger Elgin versetzte – Paul White, Toms Enkel. Gegen 22.52 Uhr wurde Paul von einem Todd weggelotst. Dessen Unterstützer umzingeln Scraggs, als die Elgins ankamen, um ihre eigenen Leute zu retten – und um vielleicht Scraggs noch einmal zu verprügeln. Da wurde Scraggs zum letzten Mal gesehen, bis seine Leiche kurz nach 22.54 Uhr von der Polizei gefunden wurde, als sich das Gewühl lichtete.“

„Und was macht ihr jetzt? Überprüft ihr immer noch alle Elgins und Todds?“

„Der Superintendent ist für einen Massengentest – auch ein Grund dafür, dass ich noch für Darenth arbeite. Das Haar, das wir unter Scraggs’ Fingernagel gefunden haben, stammte vielleicht von der Sturmmütze eines Elgin und ist hängengeblieben, als Scraggs einen Schlag oder einen Messerstich abwehrte. Es wurde auch eine Faserspur gefunden. Oder vielleicht griff er nach der Mütze, als er zu Boden ging.“ Georgia schwieg für einen Moment und sah die Szene allzu lebhaft vor sich. Dann schüttelte sie die Gedanken ab und konzentrierte sich auf das, was Mike gesagt hatte. Sie mochte Mikes „*Wir* haben etwas gefunden“. Die Vorstellung, dass er mit seinen riesigen Pranken in einem rechtsmedizinischen Labor mit Pinzetten und Mikroskopen hantierte, war sehr amüsant. Wenn das Labor jedoch keine Ergebnisse liefern konnte, sagte er natürlich „sie“ und nicht „wir“. Aber so war das Leben eben.

***

Der Medway war ein ruhiger Fluss; er hätte der Ratte und dem Maulwurf gefallen. *Der Wind in den Weiden* hätte an diesem Ort geschrieben sein können. Auch wenn sie sich im Dezember eher versteckten, spürte man, dass hier reges Leben durch Vögel und andere Tieren herrschte. Georgia hatte an diesem Sonntag beschlossen, dass sie ein bisschen Abstand brauchte, und Luke bedeutete sowohl Abstand als auch Freude. Es waren nur noch elf Tage bis Weihnachten, und das heikle Thema, ob er die Feiertage mit ihnen, seinen Eltern oder seinem frisch verheirateten Sohn verbringen würde, musste entweder zur Sprache gebracht oder durch stillschweigende Übereinkunft vermieden werden. Ein Sonntagsspaziergang war genau das Richtige. Georgia hatte vor einer Woche ihren Truthahn beim Schlachter bestellt, aber wenn sie und Peter Weihnachten mit Luke verbringen sollten, konnte sie sich wie Bob Cratchit den Puter unter den Arm klemmen und ihn mitnehmen. Aber Bob hatte eine Gans gehabt, wenn sie sich richtig an Charles Dickens' *Eine Weihnachtsgeschichte* erinnerte. „Gott segne uns alle", sagte sie zu Luke. „Vor allem die, die jeden Tag mit Peter zu tun haben." Zur Zeit war ihr Vater außergewöhnlich schlechter Laune. Nein, er wollte nicht ins Herrenhaus oder mit den Bloomfields reden, nein, er war nicht daran interessiert, Guy Randolphs Armeebericht zu durchforsten. Er war desertiert, mehr mussten sie nicht wissen, ausgenommen natürlich das Ergebnis von Jeans DNA-Probe. Die Untersuchung hatte nicht die höchste Priorität, und da nun auch noch Weihnachten dazwischenkam, würden sie das Ergebnis nicht vor Neujahr erfahren. Bis dahin hing alles in der Schwebe, und ihnen blieb nur die übliche Routine – Notizen machen, Tatsachen prüfen und sich um Informationen kümmern, die sie erst nach der Veröffentlichung ihrer früheren Bücher bekommen hatten. Wenn sie noch nicht einmal eine Kernthese für ihr Buch über Wickenham hatten, hatte es wenig Sinn, seinen Aufbau zu planen. „Und vor allem dich, mein Liebling." Luke legte den Arm um sie, als sie am Flussufer entlang gingen und sich gegen den Wind stemmten. Georgia lachte. „Und alle Verleger. Wie läuft der Verkauf?" Sie wusste, es war ein Privileg, dass er sich ausgerechnet jetzt freigenommen hatte, obwohl es für ihn die hektischste Zeit des Jahres war. Wochenende hin oder her, im Weihnachtsgeschäft hatte die Arbeit Vorrang. „Es wird weniger, jetzt, da Weihnachten unmittelbar vor der Tür steht. Die Händler sind zufrieden. Ich habe die Zahlen für November, und die sind ganz gut. Besser als letztes Jahr."

„Das muss an *Der Forest Gate Mord* liegen", sagte Georgia augenzwinkernd. „Natürlich. Jetzt, da du das Manuskript über den Mord aus den 1940er Jahren eingereicht hast, sollte ich dich gleich wegen des nächsten löchern. Ich brauche ein Buch pro Jahr!"

„Demnächst müssen wir selbst Morde begehen, um deinen Plan zu erfüllen."

„Was macht die gute Ada – aber bitte, bitte, erzähl mir nicht jede Einzelheit. Ich habe gestern Abend schon alles von Peter gehört." „Wir haben nur eine Theorie, aber die ist vertretbar. Momentan liegt alles auf Eis. Das Problem mit Theorien ist, dass immer ein paar

Einzelheiten nicht passen. Es wäre ein schöner Gedanke, wenn die Randolphs, Proctors und Scraggs alle miteinander zu tun hätten. Die Bloomfields sind verdächtig, auch wenn sie den Mord an Scraggs nicht begangen haben können. Darüber hinaus haben wir sehr wenig – bis auf Hörensagen, dass Matthew einmal in Ada verliebt gewesen sei –, um sie mit dem Mord an Ada Proctor in Verbindung zu bringen, auch wenn wir annehmen, dass sie auf dem Weg zum Herrenhaus war, als sie starb.“

„Das ist wenigstens ein kleiner Schritt nach vorn“, stimmte er zu, duckte sich unter einem Ast weg und hielt ihn für sie beiseite. „Und die Rückkehr des verlorenen Sohnes ist immer noch eine Lieblingstheorie, mit der Möglichkeit, dass der Sturz in die Kalkhöhle ein Unfall war.“

„Das gefällt mir nicht“, erklärte er unumwunden. „Es verkauft sich nicht gut. Die Leute brauchen immer einen Schuldigen. Kannst du nicht jemanden finden, dem man den Mord anhängen kann?“ Sie drohte ihm mit der Faust und er zog den Kopf ein. „Ernsthaft, was ist mit dieser Wölfin von Wickenham?“ fragte er. „Sie klingt furchterregend. Vielleicht hat sie Ada aus Eifersucht erwürgt, und da Guy die Tat mitangesehen hatte, stieß sie ihn in die Kalkhöhle?“

„Was ist mit dem Motiv? Wir wissen nichts über diese Dame, abgesehen von der Aufnahme, die wir gehört haben, und dass sie als Drachen galt. Das ist zu dünn, um ihr zwei Morde anzulasten. Oh, und anscheinend schwärmte sie für den Pfarrer. Ist sie damit schuldig?“

„Der Pfarrer, der angeblich um die Ecke gebracht wurde?“ „Ja. Glaubst du, dass sie das getan hat? Sich in ihn verliebt und ihn – da er sie als anständiger Pfarrer zurückgewiesen hat – umgebracht?“

„Wie war ihr Mann Matthew? Ein Pantoffelheld?“

„Wenn man danach geht, wie oft der Arzt bei ihm war – mein einziger Beweis –, war er kränklich und starb früh.“

„Vielleicht hat sie ja auch ihn beseitigt. Wann ist der Pfarrer gestorben?“

„Das weiß der Himmel, aber Matthew starb 1943.“

„Eines natürlichen Todes?“

„Ich weiß nicht. Habe mich noch nicht damit beschäftigt.“

„Warum, liebste Georgia, schlägst du die Zeit bis zum Ergebnis der DNA–Probe nicht damit tot, diesen interessanten Fragen nachzugehen?“

„Ich schlage die Zeit damit tot, wie du es nennst, Weihnachten zu planen, wie es für Frauen üblich ist.“

„Ah. Könnte dieses Weihnachten mich einschließen? Ich besuche meine Eltern am zweiten Weihnachtstag, aber sie würden dich und Peter gern sehen, und Mark fährt mit seiner Frau zu ihrer Familie in Yorkshire. Am Heiligabend ...“

„Es wäre wunderbar, wenn du zu uns kommst.“ Weihnachten bekam plötzlich den einen Zauber, der ihr bisher gefehlt hatte. „Unter einer Bedingung: Kein Wort über Ada Proctor, die Randolphs oder die Bloomfields. Abgemacht?“

„Nur zu gern.“

***

Georgia fuhr am nächsten Morgen nach Hause. Sie fühlte sich wie neu geboren und hielt sogar bei einem Supermarkt an, um unterwegs ein paar Einkäufe zu machen. Geschenke, Karten, Weihnachtsgebäck und Essensvorräte, all die Traditionen machten ihr plötzlich Freude, und sogar die plärrende Weihnachtsmusik im Kaufhaus gefiel ihr. Sie kaufte einen kleinen Weihnachtsbaum, stopfte ihn vergnügt in den Kofferraum und stellte sich vor, wie sie ihn schmücken würde. Irgendwo war noch der alte Christbaumschmuck, den sie in ihrer Kindheit verwendet hatten. Es würde Spaß machen, ihn auf dem Dachboden ihres Vaters aufzustöbern und den Baum damit zu dekorieren. Der Schmuck verstaubte dort schon seit Jahren, seit ihre Mutter nicht mehr da war – er erinnerte zu schmerzlich an zwei Familienmitglieder, die fehlten. Aber jetzt hatte sie das Gefühl, dass sie sich sogar dem Zinnsoldaten, den Rick so geliebt hatte, stellen konnte, doch das wäre vielleicht zu viel für Peter. Weihnachten war eine schwere Zeit, und Lukes Anwesenheit würde sie beide aufheitern. Sollten sie die Nachbarn zu einem Umtrunk einladen? Morgens in den Weihnachtsgottesdienst gehen? Sie hing noch diesen angenehmen Gedanken nach, als sie das Auto auslud, ihre neuen Schätze ins Haus brachte, den Weihnachtsbaum für ein paar Tage in den Garten hinter das Haus stellte und zu ihrem Vater hineinging. Sie wollte ihm die frohe Botschaft über Luke mitteilen. Ein Blick auf Peters Gesicht jedoch und sämtlicher Gedanke an gute Nachrichten war wie weggeblasen. Er sah völlig geknickt aus und saß zusammengesunken da. „Dad, was ist los?" Sie eilte zu ihm. „Bist du krank?" Er schüttelte ungeduldig den Kopf. „Schlechte

Nachrichten, das ist alles. Ich habe das Ergebnis der DNA-Probe. Sie haben sich beeilt, weil Darenth seine Meinung geändert und die Priorität erhöht hat. Wer auch immer das arme Skelett in der Leichenhalle ist, es ist nicht Guy Randolph."

12. *Kapitel*

Der Abend zog sich unangenehm in die Länge, und beim Essen war kaum ein Wort gefallen. „Wollen wir lieber erst morgen weitermachen?", schlug Georgia vor. „Der Wein ist meinem Denkvermögen sicher nicht gut bekommen."

„Bringen wir es lieber gleich hinter uns, sonst mache ich die ganze Nacht kein Auge zu", sagte Peter pragmatisch. Sie fand, dass er Recht hatte, also gingen sie in sein Arbeitszimmer, nachdem sie den Tisch abgedeckt hatte. Im Rest des Hauses waren zumindest theoretisch Gespräche über die Arbeit tabu. Vor allem solche unerfreulichen Diskussionen wie eben diese. Sie hoffte, dass ihr Hirn inmitten von Peters Büchern, Computern und Büro-Krimskrams diesen Rückschlag besser verkraften würde – auch wenn das Wort eine Untertreibung war. Georgia machte sich Vorwürfe, weil sie sich von der scheinbaren Sicherheit hatte blenden lassen, das Skelett sei Guy. Sie hörte beinahe, wie ihre und Peters Freunde in der Rechtsmedizin vor Lachen prusteten und sie daran erinnerten, dass man bei Skeletten nie ganz sicher sein konnte, aus welcher Zeit sie stammten. Aber das war ihnen in diesem Fall so unwahrscheinlich vorgekommen, dass sie es nicht ernsthaft in Betracht gezogen hatten. Aufgrund von Beweisen zu einer These zu kommen, war an sich richtig, aber bei diesem Skelett hatte man eine französische Uhr und Münzen gefunden, und die waren wahrscheinlich nicht später in die Höhle geworfen worden. Diese Fundstücke hatten sehr dafür gesprochen, dass der Besitzer aus Frankreich gekommen war. 1929 hatten wohl nicht allzu viele Franzosen Wickenham als Touristen besucht, und sicher war auch kein Gelegenheitsarbeiter aus Frankreich gekommen, um Kalkhöhlen zu erforschen. Das Schicksal hatte *Marsh & Daughter* übel mitgespielt. „Wenn es nicht Guy Randolph war, wer dann?", fing sie an und fügte schnell hinzu: „Sag nicht, dass es ein Landstreicher war."

„Es *war* ein Landstreicher", murmelte Peter giftig. „Sonst hätte er auf der Liste der Vermissten in der Umgebung von Wickenham gestanden."

„Und dieser Landstreicher hat Ada umgebracht?"

„Dafür haben wir keinerlei Beweise." Peter blieb in dumpfes Brüten versunken. „Wir können das Skelett nicht genau datieren. Wir stehen wieder da, wo wir angefangen haben. Wir waren uns einig, dass es in Wickenham unerledigte Angelegenheiten gab oder gibt, und sind davon ausgegangen, dass es mit Ada Proctor und Davy Todd zu tun hatte. Wir haben die Möglichkeit aus den Augen verloren, dass das Skelett oder ein anderes Problem, wie zum Beispiel die Fehde, die unerledigte Angelegenheit war, und *nicht* Ada Proctor."

„Was sagt dein sechster Sinn dazu?"

„Ich muss gestehen, Georgia, dass mein sechster Sinn gerade brachliegt. Es ist schwierig, umzukehren und die Dinge so zu sehen, wie am Anfang."

„Da bin ich nicht so sicher. Wir haben entschieden, dass Mary Elgin diese Fingerabdrücke hinterlassen hat, und Mary Elgin hat auf jeden Fall mit dem Fall Ada Proctor zu tun. Und", rief Georgia ihm ins Gedächtnis, „wir können sie jetzt nicht im Stich lassen. Wir müssen weitermachen. Sie besteht darauf, dass Davy bei ihr war, wir wissen, dass Ada an dem Abend telefoniert und dem Dienstmädchen in The Firs gesagt hat, dass sie mit jemandem verabredet sei, und wir sind sicher, dass sie für eine Dachsjagd oder sogar ein Rendezvous mit Davy Todd nicht ihre besten Sachen angezogen hätte. Nein." Georgia runzelte die Stirn. „Ich habe immer noch das Gefühl – ist das erlaubt?" „Heute Abend ist alles erlaubt."

„– dass Guy Randolph an dem Abend in der Nähe war. Wir haben dafür auch Beweise, denn er ist zum Herrenhaus gegangen." „Dünne Beweise. Es wurde nicht vor Gericht ausgesagt und basiert auf Hörensagen."

„Ja, aber es ist auch nicht von der Hand zu weisen."

„Also haben wir nur eine akzeptable Theorie, die noch nicht bewiesen ist – deine Vermutung, dass Guy Randolph Ada umgebracht hat, um sie zum Schweigen zu bringen, und sich dann aus dem Staub gemacht hat. Sind wir glücklich damit? Ich jedenfalls nicht. Warum hat er nicht auch noch das Dienstmädchen des Herrenhauses ermordet, damit es nichts an Rose Sadler und ihresgleichen weitergetratscht hätte?"

„Ich weiß nicht", sagte Georgia ärgerlich. „Wir müssen", die Aussicht lag vor ihr wie eine lange Durststrecke, „mit der Routine weitermachen und sehen, ob etwas dabei herauskommt. Zum Beispiel Guys Kriegsbericht. Es scheint unwichtig, aber man weiß es nie. Wir können prüfen, ob er noch existiert, und ich kann nach Kew fahren. Ich kann die Lokalzeitungen von 1929 noch einmal lesen und sehen, ob mir etwas ins Auge springt, jetzt, da wir so viel mehr wissen. Ich kann – oh, Himmel." Sie sackte auf ihrem Stuhl zusammen, geistig ebenso wie körperlich. „Vielleicht sieht morgen alles besser aus."

„Das wird es nicht", bemerkte Peter. „Einer von uns muss Jean anrufen und ihr die schlechte Nachricht überbringen." Georgia sank das Herz noch tiefer. Das war das Schlimme an Fällen, die schiefgingen. Sie wirbelten jede Menge Schmutz auf und vergaßen über ihrer eigenen Enttäuschung nur allzu leicht, dass sie andere Menschen hineingezogen hatten. Jemand musste die Wogen wieder glätten. „Soll ich es tun?"

„Das ist lieb von dir, aber diese verrückte Theorie über Guy Randolph ist auf meinem Mist gewachsen. Ich habe uns die Suppe eingebrockt, also sollte ich sie auch auslöffeln."

„Wollen wir es jetzt gleich machen?", fragte sie. „Es ist erst neun Uhr, und dann haben wir es hinter uns."

„Halte meine Hand, liebste Tochter, das tun wir."

Soweit Georgia es aus Jeans Stimme am anderen Ende der Leitung heraushören konnte, nahm sie die Nachricht recht gelassen auf. Peters Entschuldigungen klangen weder über- noch untertrieben. Er sprach eine Weile über das Pro und Contra und darüber, wie die Situation jetzt war, und Jean versuchte offenbar nicht, ihn zu unterbrechen. Schließlich tat sie es aber doch und ihre Worte schienen Peter zu verblüffen. „Wir werden daran arbeiten, Jean", sagte er und klang sehr zuversichtlich, aber Georgia kannte diesen Ton gut genug, um zu wissen, dass er aus dem Konzept gebracht worden war. Sie versicherten einander, dass man in Kontakt bleiben würde und dass Guy, auch wenn das Skelett nicht seines war, vielleicht trotzdem eine Rolle in der Geschichte spielte (der taktvolle Peter erwähnte nicht, dass es die des Mörders sein konnte). Dann legte er auf und fing zu Georgias Ärger an zu lachen. „Was", fragte sie missmutig, „ist denn so lustig?"

„Manchmal braucht man einen Außenstehenden, der die richtige Frage stellt."

„Da vertraue ich eigentlich auf Luke."

„Jean hat sie gestellt. Sie sagte: ‚Guy war also nicht der Mann aus der Kalkhöhle. Aber er war an dem Tag in Wickenham, also was ist mit ihm passiert?' Wenn er sich aus dem Staub gemacht hat, Georgia – wo ist er hingegangen?"

* * *

Das hatte sie nun davon, dass sie Probleme kurz vor dem Schlafengehen lösen wollte. Jetzt würde sie die ganze Nacht von Guy Randolph träumen. Georgia hätte sich ohrfeigen können, weil sie die Theorie, dass er Ada erwürgt hatte, nicht zu Ende gedacht hatte. In der Gewissheit, dass Guy an jenem Abend im Herrenhaus gewesen war, hatten sie die Rolle von Adas Mörder mit ihm besetzt und dabei übersehen, was als nächstes passiert war, abgesehen davon, dass er „sich aus dem Staub gemacht" hatte. Wenn er Ada umgebracht hatte, sagte sie sich (denn sonst war es ein sehr sonderbarer Zufall, dass er an dem Tag dort gewesen war), hatte er es aus Sorge um seine Finanzen getan, und sein Verschwinden sprach auch dafür. Er wollte unbedingt seine

268

Familie finden, also warum war er nicht in deren neuem Zuhause erschienen? Die Antwort lautete für Georgia: Sobald Adas Leiche gefunden wurde, hätten die Bloomfields ausposaunt, dass er bei ihnen gewesen war, und er konnte nicht wissen, dass ein passender Sündenbock in Gestalt von Davy Todd auftauchen würde. Okay, er konnte seine Familie nicht gleich finden, aber er konnte nach Frankreich zurück und wieder untertauchen. Er musste nicht einmal zu Rosanne zurückgekehrt sein, vielleicht war er einfach zeitweise in der Unterwelt von Europa abgetaucht. Irgendwann hätte er erkannt, dass die Hauptdarsteller des Dramas tot waren und dass man ihn nicht in Verbindung mit dem Fall Proctor jagte. Warum also war nie wieder ein Wort über Guy Randolph gefallen? Vielleicht, weil er auch schon tot gewesen war? Jetzt war er es mit Sicherheit. Sie hatten richtig gelegen, dachte sie im Laufe der Nacht verwirrt, sie mussten mehr über Guys Hintergrund erfahren. Peter würde im Internet den Katalog des Public Record Office durchforsten, und wenn die Ergebnisse gut waren, würde sie nach Kew fahren. Diese Recherche war sowieso für das Buch nötig, egal, ob sie Guy den Mord an Ada nachweisen konnten, oder nicht. *Nachweisen?* So durfte man es nach heutigen Maßstäben nicht nennen. Erstens waren beide tot. Das bedeutete, dass eine offizielle Aufklärung unmöglich war, weil es keinen Prozess gegeben hatte. Zweitens konnte jetzt nur noch DNA inoffiziell die Schuld belegen – sie erinnerte sich, dass erst vor kurzem ein Vergewaltiger und Mörder überführt worden war, weil sein DNA-Profil zu der Spur gepasst hatte, die man fast dreißig Jahre zuvor an der Kleidung eines Opfers gefunden hatte. Aber es bestand keine Aussicht, dass Adas Kleidung oder andere Sachen von ihr noch existierten; nur bei einer Exhumierung ihrer Leiche konnte vielleicht brauchbare DNA entdeckt werden. Und die Chance, dass die Polizei dafür zahlen würde, war gleich null. Der Name *Marsh & Daughter* stand bei der Polizei von Darenth auf der schwarzen Liste.

Georgia stand am nächsten Morgen früh auf. Sie hatte den Verdacht, dass Peter schon am Computer saß und schuftete. Margaret half ihm um acht Uhr beim Aufstehen und Anziehen, und eigentlich sollte er frühstücken, bevor er anfing, zu arbeiten. Wenn er jedoch laut genug protestierte, kapitulierte sie dann und wann und erlaubte ihm, sich gleich an den Computer zu setzen und erst zu gegebener Zeit zum Frühstück zu kommen. Heute war einer dieser Tage. „Nehmen wir an, dass unser Guy Offizier war?", rief er ihr über die Schulter zu, als sie hereinkam. Seine Augen waren trübe, er hatte schlecht geschlafen. Sie versuchte, sich zu konzentrieren. „Ich würde sagen, das ist so gut wie sicher, weil sein Vater Major war. Er wird eine öffentliche Schule und die Universität besucht haben, um in Dads Fußstapfen zu treten – so hatte sein Vater es vorgesehen. Dann kam der Krieg, und von jedem Mann wurde erwartet, dass er seine Pflicht tat und sich freiwillig zur Armee meldete; ich wette, dass er Offizier war. Und er muss sich tapfer geschlagen haben, um drei Jahre zu überleben."

„Ach ja? Aber *wie* hat er überlebt? Durch Desertion? Oder andere Tricks?"

„Das können wir nicht wissen. Vielleicht war er ein brillanter Anführer für seine Männer, bevor er die Nerven verlor.“

„Davon musst du mich überzeugen.“

„Ich sage nur *vielleicht.* Also, wie kommst du voran?“

„Ganz gut. Nicht alle Akten des Public Record Office haben den Bombenhagel von 1940 überlebt, wie du weißt, aber die Unterlagen über Offiziere sind vollständiger als die über andere Dienstgrade. Es gibt einen kleinen Haufen Randolphs, darunter auch einen Leutnant T.G., der 1920 entlassen wurde. Offenbar nicht unser Mann. Aber es gibt auch einen G.H., dem müssen wir nachgehen. Es ist Ordner W0339. Keiner der anderen passt. Ich habe dir die Referenznummer aufgeschrieben. So bekommst du zumindest die Nummer des Regiments und die der Erkennungsmarke.“

„Bin schon unterwegs.“

Georgia fuhr nicht sofort mit dem Zug und der U-Bahn nach Kew, sondern erst am nächsten Tag. Es war ein Mittwoch. Mit Kew verband sie schöne Erinnerungen. Sie liebte Kew Gardens schon seit vielen Jahren; von der chinesischen Pagode, die sie als Kind fasziniert hatte, bis zu den schwülen Gewächshäusern mit tropischen Pflanzen. Hier konnte man von einer größeren Welt als Großbritannien träumen, viel besser als vor dem Fernseher oder in den historischen Häusern, die für England standen. Und dann die Gärten selbst, die so groß waren, dass man zu jeder Jahreszeit in irgendeiner Ecke Ruhe und Frieden fand. Auch der neue Name des Public Record Office – National Archives – änderte nichts daran. Man hatte das gute Gefühl, dass man, wenn man nur tief genug grub, zur Wahrheit vorstoßen konnte. Natürlich war das eine Illusion. Es lag in der Natur der Wahrheit, dass sie manchmal auch dem eifrigsten Forscher entging. Am nächsten kam man ihr, darin waren sie und Peter sich einig, wenn man alles an Beweisen zusammentrug und dann ein Urteil fällte. Aber war nicht genau das eigentlich die Aufgabe eines Gerichts? Doch selbst dort konnte die Wahrheit sich davonstehlen, zurück zum Allmächtigen, in dessen Reich sie gehörte. An diesem Morgen gab das Public Record Office seine Schätze kampflos preis und lenkte sie nicht mit falschen Spuren ab. Es war nicht so wie an dem Tag, als sie wegen der Berichte über Ada Proctor hier gewesen war; diesmal kam sie leicht an die Informationen. Guy Henry Randolph war 1914 als Zweiter Leutnant in den Ersten Weltkrieg gezogen und hatte sich dem Royal West Kent Regiment angeschlossen. Verschwunden war er am 26. Oktober 1917 während der Dritten Flandernschlacht. Zu diesem Zeitpunkt war er Oberleutnant beim Ersten Bataillon gewesen. Natürlich in einem Regiment aus Kent, dachte sie. Die ‚Buffs‘ wären naheliegender gewesen, aber vielleicht war sein Vater in der Truppe aus West Kent gewesen, nicht aus East Kent. Das würde passen, auch wenn er in drei Jahren nur vom Zweiten Leutnant zum Oberleutnant befördert worden war – offenbar war er nicht in die glanzvollen Fußstapfen seines Vaters getreten. Ihr nächstes Ziel war die London Library. Auch hier war das Glück ihr hold und bescherte ihr einen gewaltigen Band Regimentsgeschichte. Sie setzte sich damit in den Lesesaal. Die Dritte Flandernschlacht, bei der die Front einen Ring um die Stadt bildete, hatte Ende Juli 1917 angefangen, in einem Gebiet, das nur noch Schlamm war. Im Oktober hatte das Erste Bataillon der Royal West Kents – o ja, das passte zu dem, was sie bisher von Guys Geschichte wussten – weiter hinten gekämpft und war am vierundzwanzigsten an die Front zurückgekehrt, die in der Nähe des Dorfes Gheluvelt verlief und von Ypern bis Menin reichte. Das nächste Angriffsziel war nicht Gheluvelt selbst, sondern lag in dessen Norden, und für das Dorf war die Siebte Division zuständig. Aber die West Kents standen vor einem großen Problem. Drei Wochen zuvor hatte das Bataillon um das gleiche Gebiet gekämpft und sich eine Stellung erobert, die nicht weit hinter der jetzigen lag. Um eine vorteilhafte Position zu erreichen, musste das Bataillon sich ein Stück weit zurückziehen, und als die Deutschen davon Wind bekamen, beeilten sie sich, vorzurücken. Deshalb musste das Bataillon sich seine alte Stellung neu erkämpfen, und diese Last fiel zwei Kompanien zu. Sie eroberten das Gebiet zurück, zahlten aber einen hohen Preis. Als sie die Stelle erreichten, waren die rechte Flanke und die Nachhut ungeschützt. Die Einheit, die das Dorf einnahm, war in einen Gegenangriff geraten, und die Überlebenden zogen sich auf die alte Stellung zurück. Damit waren die beiden Kompanien aus West Kent dem Feind ausgeliefert. Beinahe alle fielen, denn sie waren zu weit von der Front entfernt, um von den Krankenträgern gerettet zu werden, und in jedem Fall war der Schlamm an diesem Tag der ärgste Feind. Er behinderte den Vormarsch, verstopfte die Waffen und brachte die Verständigung zum Erliegen. Sie gewannen keinen Boden, und über zweihundert Mann aus dem Bataillon fielen oder wurden vermisst. Georgia konnte nicht sicher sein, in welcher Kompanie Guy Randolph gewesen war. Wahrscheinlich in einer der beiden, die fast ganz ausgelöscht worden waren. Sie waren allein gewesen, Männer waren für immer im Schlamm verschwunden, und in einem Gebiet, um das über drei Jahre erbittert gekämpft worden war, hatten sich die Überlebenden kaum noch orientieren können. Guy Randolph hatte wahrscheinlich nicht einmal gewusst, in welche Richtung er ging. Der Landkarte nach zu urteilen, hatte es drei Möglichkeiten gegeben – Richtung Nordwesten in den Wald von Polygon, Richtung Norden nach Polderhoek Château oder Richtung Westen in den Wald von Glencorse. Aber woher hätte er das wissen sollen? Und woher wollte *sie* wissen, ob er überhaupt desertieren wollte? Vielleicht hatte er geglaubt, er sei auf dem Rückweg zu seinem Regiment? Es war eine schaurige Geschichte, egal, ob Guy nun ein Lump oder ein Held war. Noch wenige Monate zuvor waren in Ypern Männer als Deserteure erschossen worden. Es war vielleicht nicht offiziell bekanntgegeben worden, aber Gerüchte waren in Umlauf, und die Hinrichtungen dienten der Abschreckung. Aber Fahnenflucht konnte nur bedeuten, dass man ziellos herumirrte und von Erschöpfung, Angst und Schrecken übermannt wurde. Andererseits gab es immer Leute, die bewusst die Chance zur Flucht nutzten, und sich mit Überredungskunst den Weg in ein neues Leben bahnten. Also, wie weit waren sie jetzt? Georgia kam nach Hause und hatte das Gefühl, dass ihr Puzzle ein weiteres Teil bekommen hatte, jedoch keines, das Davy Todd half. Sie hatte herausgefunden, wo Guy gewesen war und dass die Geschichte, die er Familie Berthès erzählt hatte, wahrscheinlich stimmte – vor allem, weil seine Erkennungsmarke zu der passte, die Mike ihnen gegeben hatte. Aber dieser Hintergrund war nur eine interessante Nebenhandlung für Adas Geschichte, es sei denn, man hielt Guy für den unentdeckten Mörder. Damit war Georgia wieder bei der Frage, was mit ihm passiert war. Es konnte niemand mehr am Leben sein, der bezeugen würde, dass Guy Ada ermordet und dann den Zug nach Chatham und Dover genommen hatte; niemand, der ihnen erzählen konnte, dass er in jener Nacht einen Anhalter mitgenommen oder später jemanden als Gelegenheitsarbeiter eingestellt hatte. Außerdem quälten die Uhr und die Münzen sie immer noch. Es waren nur noch acht Tage bis Weihnachten, und Georgia musste sich zwingen, wenigstens etwas Zeit für die letzten wichtigen Vorbereitungen abzuzweigen. Wenigstens dieses Ziel war erreichbar, sagte sie sich zum Trost.

„Wann entscheiden wir, ob wir die Geschichte aus unserer Sicht schreiben?", fragte Peter am nächsten Morgen und ging die Sache ausnahmsweise einmal nüchtern an. Ein Blick sagte ihr, dass er nach ihrem Bericht die Nacht mit Büchern über den Ersten Weltkrieg und Landkarten verbracht hatte. Er hatte über Bildern von Gheluvelt und Guys möglicher Route gebrütet – sie lagen immer noch herum. Es war offensichtlich, dass er weiterhin versuchte, eine vertretbare ‚Guy-Randolph-Theorie‘ zu retten. Das galt auch für sie. „Wir müssen erst sehen, ob Luke findet, dass sich das Buch noch lohnt, Peter. Vielleicht ist ihm eine halbgare Lösung nicht gut genug. Unsere Geschichte besteht nur aus losen Fäden und hat keinen runden Schluss. Damit geben sich die Leser nicht zufrieden. Ich weiß, es gibt immer Fragezeichen in unseren Büchern, aber hier haben wir mehr Fragen als Antworten, und es wird immer vertrackter."

„Es ist aber wie aus dem Leben gegriffen."

„Luke wird es nicht so sehen."

„Ich fürchte, da hast du Recht." Peter warf einen Blick auf einen Stapel von Ausgaben ihrer früheren Bücher. „Hatten wir dieses Gefühl auch bei irgendeinem unserer anderen Fälle?"

„Ich glaube schon." Man vergaß nur allzu leicht, und die Erinnerung an die mühsame Recherche verblasste nach der Veröffentlichung. „Weißt du noch, der Fall in Cornwall? Als die Blutgruppen nicht zusammenpassten?"

„Ja."

„Wir könnten mit einem neuen Fall anfangen", sagte Georgia hoffnungsvoll. „Vielleicht kommt uns dabei ein Geistesblitz." Peter warf ihr einen vernichtenden Blick zu. „Mit Geistesblitzen erreicht man gar nichts, nur mit harter Arbeit und etwas Glück."

„Dann müssen wir hoffen, dass das Glück unseren Weg kreuzt." „Wir hatten unseren Anteil – jedenfalls dachten wir das – in Gestalt von Rose Sadlers Enkelin."

„Vielleicht haben wir noch mehr."

„Lass uns bis Neujahr abwarten. Dann überlegen wir es uns noch einmal."

„Einverstanden." Nichts würde passieren, aber es war eine Erleichterung, die Entscheidung zu verschieben. Dieses Gefühl währte jedoch nicht lange. Das Telefon klingelte und Peter nahm ab. „Was gibt es Neues,

Mike?“ Offenbar eine ganze Menge, denn Peter hörte aufmerksam zu und schwieg. Er hob sogar den Daumen in Georgias Richtung. Schließlich legte er auf. „Die gute Nachricht ist, dass die Dorfbewohner mit Feuereifer DNA-Proben abgeben.“

„Und die schlechte?“, fragte Georgia resigniert. „Bisher noch kein Treffer für die DNA aus dem berühmten fremden Haar, angefangen bei denen, die mit Sicherheit in seiner Nähe waren, bis hin zu den Bloomfields, Todds und Elgins.“

„Aaaaarrgh!“

„Sehr eindrucksvoll. Sie sind natürlich noch nicht fertig. Bei weitem nicht.“

„Aber vielleicht stammte Scraggs’ Mörder gar nicht aus dem Dorf.“

„Sie gehen davon aus, dass alle Fremden Berufsdemonstranten waren, und prüfen die nationale Datenbank auf einen Treffer.“

„Da werden sie vielleicht fündig“, sagte Georgia hoffnungsvoll. „Bei unserem Pech würde ich mich nicht darauf verlassen.“

„Ich nehme an, Darenth hat Mike die schlechten Nachrichten über das Skelett mitgeteilt?“

„Ja. Er war natürlich nicht begeistert, aber glücklicherweise ist wenigstens Lockhart nicht so demoralisiert wie wir befürchtet haben. Für ihn war Scraggs ein Randolph und hatte deshalb etwas Bestimmtes im Dorf vor – und zwar nicht, zu protestieren oder zu malen. Das Skelett war nur ein Anhaltspunkt.“

„Ich rufe Mike an und sage ihm, dass wir die Diskette mit den Unterlagen aus dem Public Record Office abgeglichen haben.“

„Und was dann, Georgia?“

„Dann mache ich ein paar Mince Pies.“

„Deine Mutter war gut darin.“

„Ja, ich erinnere mich.“ Eine Stille trat ein. Sie wollte sie unbedingt unterbrechen und sagte: „Ich glaube nicht, dass sie in Frankreich viel Gelegenheit dazu hat. Sie halten unsere Pasteten und unsere schweren Puddings für einen riesigen Witz.“ Zu ihrer Erleichterung lachte Peter. „Sie können ihr Entenconfit und ihre Gänseleber behalten! Mir sind Truthahn und Weihnachtspudding lieber, dir nicht auch?“

„Viel lieber“, stimmte Georgia eifrig zu. Ihre Blicke trafen sich, und sie schaute weg. Vergangenheit war Vergangenheit. Sie konnten Elena nicht zurückholen – Peter würde sie auch gar nicht mehr wollen –, aber die Wunde heilte nie ganz. „Und eine gute Flasche Weißwein aus Kent!“ „Burgunder“, rief Peter laut aus. „Englischer Wein ist ein Widerspruch in sich!“

„Unsinn, du bist von gestern! Geh mit der Zeit. Probier mal welchen!“

„Nie!“

„Du bist verbohrt. Hast wohl Angst, wie?“ Wieder fester Boden unter den Füßen. Zu Hause und in Sicherheit, jedenfalls für den Augenblick. „Um deine Frage richtig zu beantworten“, fuhr sie fort, „als nächstes werde ich alles lesen, was in den Lokalzeitungen über Ada Proctor stand. Vielleicht habe ich etwas übersehen.“

„Das wäre aber nicht typisch für dich.“

„Danke für das Kompliment, aber vielleicht ist mir etwas Wichtiges entgangen. Ich habe sie zu Beginn dieser Untersuchung gelesen, und ganz am Anfang kennt man noch nicht alle Einzelheiten.“

Sie war mittlerweile fast der Meinung, dass sie am Freitag im Zeitungsarchiv ihre Zeit verschwendet hatte, als sie die Berichte über den Prozess um den Mord an Ada Proctor gelesen hatte, denn sie brachten nicht viel mehr als die der *Times.* Der Mord, die Verhaftung von Davy Todd am nächsten Tag, sein Auftritt vor Gericht, die Beweisaufnahme, der Prozess. Sie entdeckte nichts Neues. Es war vor der Zeit der Interviews mit Angehörigen und Zeugen gewesen. Ihr Besuch ergab nichts, nur eine kurze Stellungnahme von Alfred Todd, Olivers Großvater, dass Davy unschuldig gewesen sei, und er es beweisen würde, aber mehr konnte sie nicht finden. Die *Times* hatte wenigstens einen Index. Hier musste man wirklich jede einzelne Ausgabe lesen. Sie sah sich noch einmal die Todesanzeige von Adas Vater und dann – nach einer plötzlichen Eingebung – die des alten Squires von 1929 an. Gerald Bloomfield war im Juli des gleichen Jahres gestorben. Unter den Trauernden waren natürlich Matthew und Priscilla, ebenso ein Ehepaar aus den USA, wahrscheinlich Schwester Anne mit Mann. Den Trauergottesdienst hatte Reverend Percy Standing zelebriert. Armer Kerl. Ihm waren auch nur noch vierzehn Jahre geblieben. Wieder kam ihr ein spontaner Einfall, und sie beschloss, nach seiner Todesanzeige zu suchen. Das war nicht einfach, es dauerte fast eine Stunde, aber schließlich fand sie sie. Reverend Percy war am achtzehnten November 1943 ganz plötzlich an einer Magen-Darm-Grippe gestorben, neunundsechzig Jahre alt. So musste das Gerücht über eine angebliche Vergiftung aufgekommen sein. Die Wölfin hatte sicher nicht allzu viel für ihn übrig gehabt, auch wenn er als „der sehr beliebte Pfarrer von Wickenham" bezeichnet wurde. Seine Witwe und seine Kinder waren natürlich auf der Beerdigung gewesen, und die Wölfin hatte sicher noch Trauer um ihren eigenen Mann getragen, der auch 1943 gestorben war. Ein ereignisreiches Jahr in Wickenham, dachte Georgia. Ein neuer Squire, ein neuer Pfarrer, und dann war auch noch François aufgetaucht. Sie wandte sich wieder dem Begräbnis des armen, alten Matthew zu, des Ehemanns, der unter dem Pantoffel seiner Frau gestanden hatte, und stellte fest, dass er im Juli an Herzversagen gestorben war. Sie wusste nicht, zu welcher Jahreszeit François gekommen war, aber mit großer Wahrscheinlichkeit hatte der Pfarrer da noch gelebt – wäre er nicht zu ihm gegangen, um nach dem Verbleib der Randolphs zu fragen, wenn er im Herrenhaus kein Glück hatte? Vielleicht hatte er es getan, aber offenbar hatte er keine Auskunft bekommen, denn sonst hätte Jean sicher von der Familie in Frankreich gewusst. Aus irgendeinem Grund hatte François anscheinend keine weiteren Nachforschungen angestellt. Wenn Guy nicht hier gestorben war, was war dann aus ihm geworden? Jeans praktische Frage ließ ihr immer noch keine Ruhe.

***

„Peter, was machst du da?" Bei ihrer Rückkehr fand Georgia ihn am Computer vor. Mit einer Hand aß er ein spätes Mittagessen, mit der anderen bediente er die Maus. „Ich sehe unsere Notizen durch. Uns muss etwas entgangen sein."

„Vielleicht, aber jetzt ist nicht die richtige Zeit. Schlecht für die Verdauung.“

„Genau wie diese Spaghetti. Guy Randolph muss beteiligt sein“, fuhr er ohne Pause fort. „Warum?“ Sie konnte auch gleich nachgeben, dann hatten sie es schnell hinter sich. Wenn sie Randolph nicht loswurden, würden sie Ada Proctor vielleicht nie deutlich sehen. „Er hat sie erwürgt und ist dann verschwunden, um ein neues Leben anzufangen, so wie er es in Gheluvelt getan hatte.“

„Jetzt geht es wieder los. Die Geschichte hat zu viele Löcher.“

„Zum Beispiel?“

„Wenn er sie in einer Kurzschlusshandlung erwürgt hat, war seine Chance dahin, von seiner Familie Geld zu bekommen – und er war ja vor allem deshalb gekommen.“

„Eine Kurzschlussreaktion auf Adas Drohungen. Was noch?“

„Warum ist François Randolph nicht zum Pfarrer gegangen – und wenn doch, warum dann noch zum Dienstmädchen?“

„Vielleicht war der Pfarrer nicht zu Hause.“

„Kann sein. Aber warum hat François nicht noch einen Besuch gemacht? Der Pfarrer hätte sicher den Kontakt zu den Randolphs herstellen können.“

„Vielleicht hat er das, aber es war Krieg, und François war aktiver Soldat. Vielleicht wollte François der Sache nach dem Krieg nachgehen.“

„Aber das hat er nicht getan!“ Sie schrie beinahe vor Frustration. „Das wissen wir nicht. Major und Mrs. Randolph waren damals wahrscheinlich schon tot, und vielleicht konnte er die Tochter nicht ausfindig machen." Sie kamen nicht weiter. Sie drehten sich im Kreis – wie beim Tanz in den Mai, nur dass der Maibaum Randolph hieß –, ohne je ein Ziel zu erreichen. Georgia wusste, dass ihr Vater genauso verzweifelt war wie sie. Er griff wieder nach einem Strohhalm. „Immerhin sind wir uns darin einig, dass Guy Randolph an jenem Abend im Herrenhaus war." Peter machte ein finsteres Gesicht, als Margaret hereinkam. Sie warf einen Blick auf den halb leeren Teller auf der Ecke des Tisches und war empört. „Gutes Essen einfach stehenzulassen", murmelte sie. „Ich lasse es nicht stehen! Ich habe jeden Bissen genossen, verdammt", gab Peter ihr zur Kenntnis. „Ich bin nur beschäftigt."

„Ich auch", erklärte Margaret. „Ich gehe in einer Viertelstunde und wasche jetzt ab. Einverstanden?"

„Einverstanden." Peter schob sich eine Gabelvoll in den Mund. „Ich sage immer noch, dass Randolph der Schlüssel ist." Er fuchtelte mit seiner Gabel in Georgias Richtung. „Er taucht im Herrenhaus auf und – hoppla! – ein paar Stunden später wird seine Ex-Verlobte erwürgt. Das sind unübersehbare Tatsachen!"

„Unübersehbar wie Ihre Spaghetti", erinnerte Margaret ihn. „Nur eine Minute noch. Es ist wichtig, Georgia. Das sind Tatsachen, nicht wahr?" Bevor sie antworten konnte, mischte Margaret sich ein. „Nein, Peter."

„Wie bitte?"

„Es sind keine Tatsachen, oder?" Margaret schnaubte. „Ich könnte auch ins Herrenhaus gehen und sagen, ich sei Guy Randolph. Das heißt nicht, dass ich es auch bin."

13. *Kapitel*

„Margaret hat Recht.“

„Warum?“ Georgia sah den Wald vor lauter Bäumen nicht mehr; vor allem, wenn es um Wickenham Manor ging. Sie hatten es am Wochenende ausdiskutiert, waren aber nicht weitergekommen. „Warum“, fing sie wieder an, „sollte der Mann nicht Guy Randolph gewesen sein? Hat Rose Sadler etwas missverstanden?“

„Möglich – aber unwahrscheinlich. Die Sadlers kannten Guy nicht und ich glaube nicht, dass du Randolph in deinem ersten Brief an sie erwähnt hast.“

„Nein. Also ...“ Georgia kämpfte mit noch mehr Theorien. „Der Besucher hat gelogen und einen falschen Namen genannt. Oder die Bloomfields haben gelogen. Oder es ist irgendein anderer Fehler passiert. Vielleicht war es ein älterer Randolph. Sein Vater? Das würde erklären, warum sie an dem Abend zu Hause geblieben sind.“ In diesem Moment erschien ihr diese Erklärung geradezu himmlisch. „Und als Ada anrief und auf ein Schäferstündchen brannte, wurde ihr diese simple Tatsache nicht mitgeteilt, und dann hat der alte Major Randolph sie erwürgt. Das ist nicht dein Ernst, Georgia!“ Sie war so liebenswürdig zu lachen. „Ich tue mein Bestes.“

„Aber du hast den Faden verloren. Wenn der alte Major in der Kalkhöhle gelandet wäre, hätte man ihn erstens vermisst, und zweitens haben wir dann wieder das Problem mit der DNA. Er wäre sogar näher mit Jean verwandt als Guy.“

„Nein. Sie haben nur die mütterliche Linie untersucht.“

„Sollen wir Darenth vorschlagen, noch mehr Tests zu machen?“

„Nein danke, die Idee ist albern. Es ist wie in dem alten Kinderreim, den du mir immer vorgesungen hast“, sagte Georgia ärgerlich. *Ein Loch ist im Eimer, oh Henry, oh Henry* … Immer im Kreis und wir stehen wieder am Anfang. Und mein Eimer hat definitiv ein Loch.“ Sie atmete tief durch und versuchte es noch einmal. „Wenn Margarets Idee im Gegensatz zu Henrys Eimer wasserdicht wäre, hätte Ada doch sofort gesehen, dass es nicht ihr geliebter Guy war. Schreck, Entsetzen, niederschmetternde Enttäuschung!“

„Grund genug für einen Mord?“

„Vielleicht. Weder das Dienstmädchen noch die Sadlers, konnten wissen, dass es nicht Guy Randolph war, denn sie sind erst nach Kriegsende ins Dorf gekommen. Aber Matthew Bloomfield hätte es gewusst und Ada ebenfalls, wenn auch nicht die Wölfin.“

„Aber die Münzen und die Uhr“, jammerte Peter. „Und Guy Randolph von dem Bauernhof *war* der richtige Guy Randolph. Da gibt es keinen Zweifel mehr. Damit ist die Verbindung zu Scraggs hergestellt.“

„Aber Terence Scraggs ist gestorben – vielleicht wollte er der Sache nachgehen. Es ist interessant, das musst du zugeben. Dieser Mann taucht 1929 auf, sagt, er sei Guy Randolph, und verschwindet wieder – wahrscheinlich ermordet. Ada kommt, um sich mit Guy

Randolph zu treffen – und wird ermordet. François kommt, um herauszufinden, was aus Randolph geworden ist. Er wird nicht ermordet, aber seine Nachforschungen scheinen dort zu enden. Und Terence Scraggs erscheint, um Fragen über die Randolphs zu stellen, und hoppla, er stirbt auch!" Eine Pause. „Ganz zu schweigen vom Pfarrer!" Eine Idee nahm in ihrem Kopf Gestalt an. Peter stieß ein Geheul aus. „Was ist mit dem Pfarrer?"

„Er starb kurz nach François' Besuch an Magen-Darm-Grippe, und wenn die Gerüchte stimmen, hatte die Wölfin Bloomfield damit zu tun."

„Was für eine mögliche Verbindung ...?" Peter hielt inne. „Was tun Pfarrer denn für gewöhnlich?", half Georgia ihm auf die Sprünge. „Sie trauen, taufen, beerdigen. Die Leute vertrauen sich ihnen an und beichten ihnen ihre Sünden."

„Wie der alte Squire Gerald, der im Juli 1943 starb." Sie spielte ihren Trumpf aus. Peter war vorsichtig. „Wieder so ein Schuss ins Blaue."

„Vielleicht treffe ich diesmal ins Schwarze."

„Oder in die Kalkhöhle."

„Es ist eine These!", sagte sie abwehrend. „Verschwinde, Georgia, und komm erst wieder, wenn du Beweise hast." Und als sie ging, rief er ihr nach: „Und denk daran, dass die Bloomfields als Täter ausscheiden, was Terence Scraggs betrifft!"

***

Es gab nur ein Ziel, das sie ansteuern konnte, und das war Wickenham. Sie hatte keinen Plan, nur eine vage

Hoffnung, dass irgendetwas auftauchen würde – entweder real oder in ihrem Kopf. Sie widerstand der Versuchung, Luke zu fragen, ob er mitkommen würde. Ihre Antennen erforderten ihre ganze Aufmerksamkeit, und das mehr denn je. Ihr schlechtes Gewissen, dass sie ohne besonderen Anlass nach Wickenham fuhr, beruhigte sie damit, dass sie sich in den Hexenkessel eines Supermarktes wagen konnte, um die letzten Weihnachtseinkäufe zu machen. Heiligabend hatte man das am besten hinter sich, und sie war dankbar, dass es Internethandel und entgegenkommende Dorfläden gab, die einem so viel abnahmen. Die Weihnachtskarten waren abgeschickt und die Geschenke gekauft, sie mussten nur noch eingepackt werden. Irgendwie hatte sie alles geschafft, weil sie Wickenham aus ihren Gedanken verbannt hatte. Jetzt war sie wieder hier und beschloss, ihrem Instinkt zu folgen. Es war ein grauer Tag und sie parkte ihren Wagen und umrundete den Park. Alle schienen mit ihren eigenen Angelegenheiten beschäftigt zu sein und zu ihrer Erleichterung begegnete ihr niemand feindselig. Sie überlegte, ob sie in den *Green Man* oder in die Schmiede gehen sollte und entschied sich für letztere.

Zum Glück war Jim Hardbent zu Hause. Anscheinend freute er sich, sie zu sehen, obwohl es so kurz vor Weihnachten sicher nicht gut passte. „Ich dachte schon, Sie hätten uns vergessen", sagte er und ging voraus in sein geliebtes Arbeitszimmer. „Sie und Wickenham vergesse ich nie", sagte Georgia wahrheitsgemäß. „Hat man Sie mit faulen Tomaten beworfen?"

„Nein. Wie ist die allgemeine Stimmung zur Zeit?"

„Die Aufregung hat sich gelegt, denke ich." Janet brachte Kaffee, und sie unterhielten sich eine Weile. „Komisch, wie die Dinge sich entwickeln", bemerkte Jim. „Zuerst sind sich alle an die Gurgel gegangen, jetzt hält das Dorf zusammen, weil sie alle freiwillig DNA-Proben abgeben."

„Das heißt nicht, dass sie mich jetzt freundlich willkommen heißen."

„Ich glaube nicht, dass Ihnen Gefahr droht. Niemand bringt Ada Proctor mit dem armen, alten Terence Scraggs in Verbindung. Außer uns natürlich."

„Sie?" Georgia war überrascht. Sie hatte nicht geahnt, dass Jim etwas von der Verbindung zu Randolph wusste. Sie hätte es besser wissen müssen. Jim hatte immer ein paar Überraschungen im Ärmel. „Natürlich. Scraggs war hier und hat mich danach gefragt. Er war bei den Bloomfields gewesen, die ihm nicht helfen konnten oder wollten, also kam er zu mir. Während er malte, fragte er mich, ob ich wüsste, was mit den Bloomfields los sei. Er meinte, er stamme von ihnen ab, und dieser große Landsitz habe seinem Urgroßvater gehört. Ich sagte ihm, es gebe hier keine großen Landsitze, außer Wickenham Manor. Hazelwood House hatte nur ein paar Morgen – nicht völlig wertlos, aber gegen Wickenham war es nichts. Er fing an, mich nach den Bloomfields auszuhorchen, und ich verlor die Geduld. ‚Gehen Sie zu ihnen und fragen Sie sie', habe ich gesagt. ‚Es ist *Ihre* Familiengeschichte, nicht meine.' Wenn Sie mich fragen, Georgia, es ist gut, dass sie von uns gegangen sind."

„Von uns gegangen?"
„Sie sind letzte Woche weggezogen."

„Die Polizei muss wissen, wo sie sind." Georgia war überrascht, dass sie ihr Vorhaben so schnell in die Tat umgesetzt hatten, aber da sie nicht mehr verdächtig waren, konnte die Polizei sie wohl nicht aufhalten. „Ich bin sicher, dass die Polizei es weiß. Warum?" Jim sah sie aufmerksam an. „Sie glauben, dass sie in diese Geschichte verwickelt sind, nicht wahr?"

„Ich glaube allmählich, dass sie in *jede* Geschichte verwickelt sind."

„So ist das mit diesen Leuten."

Also waren die Bloomfields gegangen. War das der Grund, dass die Stimmung in Wickenham viel gelöster wirkte? Alice White, mit der sie vor dem *Green Man* zusammenstieß, begrüßte sie so fröhlich, als sei nichts gewesen. „Ich habe gehört, dass es Mary nicht gut geht. Sie könnten sie besuchen", sagte Alice. „Das hatte ich sowieso vor. Was ist übrigens aus den Sportplätzen geworden?"

„Noch nichts. Aber einem Gerücht zufolge wird unser Trevor sich wie ein Ehrenmann benehmen und eine wohltätige Einrichtung für das Dorf aus ihnen machen."

„Sehr nett von ihm. Aber Ihre Familie geht leer aus."

„Nein, das tut sie nicht. Der Supermarkt hat stattdessen Dickens Field gekauft." Georgia verkniff sich das Lachen. „Weit genug weg, um den Todds nicht gefährlich zu werden", wagte sie zu bemerken. „Wollen wir wetten? Die werden gegen alles Einwände haben."

In Wickenham überstürzten sich die Ereignisse. Ihr letzter Besuch war erst drei Wochen her, aber die

Bloomfields waren verschwunden und Gras über die Todd-Elgin-Fehde gewachsen – vorläufig. Frohe Weihnachten, Wickenham! Als sie durch das Dorf ging, hatte sie trotzdem das Gefühl, auf der Stelle zu treten. Vielleicht war es nur die unvermeidliche Spannung, wenn man auf Weihnachten wartete. Es war schwer zu sagen, denn die Atmosphäre, die sie und Peter wahrgenommen hatten – nicht nur bei ihrem ersten Besuch hier, sondern auch, als sie mit ihrem Projekt angefangen hatten –, war vergiftet gewesen. Die Polizei konnte leicht einen Tatort gegen den Zutritt Unbefugter und alles andere Störende absperren, aber ihr eigener „Tatort“, an dem es von Fingerabdrücken aus der Vergangenheit wimmelte, war nicht so einfach zu reinigen. Bei ihrer Ankunft im *Four Winds* machte sie sich Sorgen – was würde sie vorfinden? Sie war erleichtert, dass Mary auf ihrem Stuhl saß und nicht im Bett lag. „Morgen“, grunzte sie, als Georgia eintrat. Sie hatte auf den Garten hinausgeschaut, und Georgia fragte sich, was sie sah. Vielleicht den Gemüsegarten, den ihre Mutter so liebevoll gehegt hatte und der später ihr gehört hatte, als sie mit Bill Beaumont verheiratet gewesen war. „Es ist schön zu sehen, dass es Ihnen gutgeht“, sagte Georgia zur Begrüßung und legte ein Weihnachtsgeschenk aufs Bett. Sie hatte eine Weile überlegt, was sie kaufen sollte. „Ich dachte mir, dass Sie kommen würden. Was ist das?“ Sie beäugte das Päckchen misstrauisch. „Doch keine Pralinen, oder?“

„Nein.“ Es war noch ein Halstuch, das bunteste und fröhlichste, das sie hatte finden können. Und später würde ein Bote Blumen bringen. „Es ist etwas passiert, nicht wahr? Sie sind weitergekommen.“ Wenn es nur so gewesen wäre. Aber es gab keinen Grund, ihr ihre Illusionen zu nehmen. „Sie sind eine Wundertäterin, Mary, und haben auch noch das Zweite Gesicht", scherzte Georgia. Ein Fehler. „Das ist nicht witzig, junge Frau. Natürlich kann ich keine Wunder bewirken, aber ich weiß, wann bald eins geschieht. Ich wusste es, als ich Sie das letzte Mal gesehen habe, als Sie mit Miss Gwendolens Tochter hier waren. Hallo, sagte ich mir, endlich kommt etwas in Bewegung. Und bei meinem Gedärm kenne ich das Gefühl nur zu gut." Sie gackerte. „So, *das* war ein Witz!" Georgia lachte pflichtschuldig mit. Marys Zweites Gesicht hatte ausnahmsweise versagt. Bisher zeichneten sich keine Wunder am Horizont ab. „Also, was ist es? Erzählen Sie es mir", befahl Mary. „Das ist das Seltsame", fing Georgia an und suchte nach Worten, um die Wahrheit positiv klingen zu lassen. „Eigentlich nichts. Wir dachten, wir würden endlich vorankommen, als wir erfuhren, dass Guy Randolph – Miss Gwendolens Bruder – an jenem Abend im Herrenhaus war. Wir waren fast sicher, dass er sich als das Skelett in der Kalkhöhle entpuppen würde. Aber die DNA von Miss Gwendolens Tochter hat keinen Treffer ergeben." Sie fragte sich, ob Mary wusste, was DNA war, aber sie gab keinen Kommentar ab. „Also schnüffeln wir wieder um die Bloomfields herum – sie scheinen von einem Geheimnis umgeben zu sein, ganz zu schweigen von dem Mord an dem jungen Mann bei der Demonstration. Ich meine natürlich nicht, dass sie es getan haben", fügte sie hinzu, „aber wir haben noch nicht alles geklärt."

„Die Bloomfields haben schlechtes Blut“, war Marys einziger Kommentar. „Sind Sie sicher, dass nicht der alte Squire Ada umgebracht hat?“

„Es ist eine Theorie“, räumte Georgia vorsichtig ein. „Oder sein Besucher an dem Abend, ob es nun Guy Randolph war oder nicht.“

„Arme alte Ada, he? Dachte, sie würde ihren toten Geliebten treffen – weiß nicht, warum sie sonst im Dunkeln über die Felder gepirscht wäre! Und mein Davy hat sie gesehen! Ich sehe ihn jetzt vor mir, als wäre er hier, wie er durch die Gardinen schaut. Wir hatten gerade – na, Sie wissen schon –, und er war noch dabei, sich mit einer Hand die Hose zuzuknöpfen. Geh vom Fenster weg, sagte ich. Ich habe gekichert, aber er blieb stehen und schaute hinaus. Es ist Miss Ada, sagte er. Komische Sache, das! Und er starrte aus dem Fenster, bis sie verschwand.“

„Aber er ist nicht hinausgegangen, um zu sehen, wo sie hinging?“

„Ich habe ihn nicht gelassen. Tat so, als sei ich eifersüchtig. Sei nicht albern, sagte er, und wir wollten gerade noch einmal loslegen, als mein Dad nach Hause kam. Da wollte Davy gehen, das kann ich Ihnen sagen! Erwischt mit heruntergelassener Hose und ich ohne Rock!“ Sie hielt den Atem an. „Oh, mein Davy. Sie kennen doch bestimmt das alte Lied *Georgia on My Mind*. Das erinnert mich immer an Sie.“ Und ob sie das Lied kannte! Zac hatte sie ewig damit aufgezogen. Sogar im Bett. *Nein*, Georgia, *nein*. Sie zwang sich, in der Gegenwart zu bleiben. „Ich denke oft an Sie“, fuhr Mary fröhlich fort. „Ich glaube, Sie schaffen es; Sie schnüffeln an der richtigen Stelle, wenn Sie mich fragen. Machen Sie weiter, Mädchen. Machen Sie mir und Davy ein Weihnachtsgeschenk."

„Ich werde es versuchen, aber –"

„Wir treffen ein Abkommen. Ich sterbe nicht vor Neujahr – und bis dahin haben Sie Zeit. Ich könnte leicht sterben, jetzt, da ich weiß, dass Sie weiterkommen."

„Aber Mary, das wissen wir nicht!" Georgia war nicht sicher, ob Mary sie nur anspornen wollte, oder ob sie es ernst meinte. Vielleicht von beidem etwas – der Gedanke alarmierte Georgia noch mehr. „Deswegen kämpfen Sie da draußen für England, und ich hocke in einem Stuhl und habe nichts zu tun als nachzudenken. Sie versuchen zu denken statt zu kämpfen, nicht? Wir sehen uns im neuen Jahr. Und wenn Sie gehen, sagen Sie dem Mädchen, dass ich pinkeln muss." Und als Georgia Anstalten machte, ihr selbst zu helfen, sagte sie: „Nicht Sie. Sie haben Besseres zu tun. Die Uhr tickt schnell."

Die Uhr tickt schnell. Woran erinnerte sie das?, dachte Georgia, als sie nach Haden Shaw zurückfuhr. An die französische Uhr, die jedem gehört haben konnte, wahrscheinlich dem Skelett, aber nicht unbedingt. Vielleicht lagerte dort unten haufenweise Diebesgut. Nein, das hätte die Polizei mittlerweile gefunden. Nehmen wir an, dass die Bréguet dem Skelett gehörte. Und vor sich hin tickte ... Als sie durch die Tür ging, bückte sie sich und hob einen Stapel Weihnachtskarten auf, der auf dem Teppich lag. Sie würde sie noch heute Abend öffnen, beschloss sie. Dann kam ihr plötzlich der Gedanke, sich die Absenderadressen gleich anzusehen, falls welche dabei waren, bei denen sie die

Handschrift nicht sofort erkannte – oder sie nur zu gut kannte und vergessen hatte, den Schreiber auf ihre Liste zu setzen. Sie sah die erste Briefmarke – aus Italien. Dann erkannte sie die Handschrift und bekam einen Schock. Es war Zacs. Warum musste das passieren? Er schickte nie Weihnachtskarten, er hatte eine regelrechte Phobie davor, wenn auch nur aus reiner Faulheit. Er hatte ihr noch nie eine geschickt, also warum jetzt? Sie hatte keinen Zweifel, dass die Karte von ihm war, obwohl kein Absender auf der Rückseite des Umschlags stand. Das konnte nicht bis heute Abend warten. Sie musste sich dazu durchringen, den Brief jetzt zu öffnen. Georgia riss das Kuvert auf und sah das Bild einer unschuldigen Madonna mit Kind, aber sie wusste, was sie sehen würde, wenn sie die Karte aufklappte – sein vertrautes gekritzeltes „Zac, in Liebe". Wenn Peter oder jemand anders ihn an ihren Geburtstag erinnert hatte, oder er gelegentlich eine Karte an Freunde oder Verwandte schickte, schrieb er nie „In Liebe, Zac" sondern immer: „Zac, in Liebe". Natürlich nur bis er wieder jeden im Stich ließ. Sie öffnete die Karte, und ihr Magen zog sich zusammen, als sie die Worte sah, die sie erwartet hatte: „Zac, in Liebe". Plus „Grüß den Alten". Der „Alte" war Peter, der ihn ins Gefängnis gebracht hatte. Wunderbar. Diesmal war aber eine längere Nachricht dabei, und sie zwang sich, sie zu lesen, auch wenn sie das Ding am liebsten gleich wegwerfen und vergessen wollte. „Meine Schöne. Alles Gute Dir. Ich lebe hier mit einer bezaubernden Botticelli-Dame, denke aber immer an Dich, bezaubernde Georgia. Der Tichborne-Anwärter wird demnächst auftauchen." Das würde er bestimmt. Warum konnte Zac nicht einfach mit seiner Botticelli-Venus verschwinden, und zwar für immer? Er hatte *keinen* Anspruch auf sie, seine Ex-Frau, ebenso wenig wie der berühmte Betrüger aus dem neunzehnten Jahrhundert Anspruch auf den Besitz von Tichborne gehabt hatte. Ihr Magen verkrampfte sich wieder. Es war Heiligabend. Warum musste das *jetzt* passieren, wo ihr doch sowieso schon so der Kopf schwirrte, dass sie einen Truthahn nicht mehr von einer Gans oder Rosenkohl von Weißkohl unterscheiden konnte? Sie musste die Füllung vorbereiten. Warum hatte sie nicht die Tiefkühlvariante genommen? Sie musste an den Pudding denken. An die Brotsoße. Und Luke würde heute Abend kommen. Was sollten sie essen? Und dann auch noch *Zac*...

Eine halbe Stunde später brachte sie die Kraft auf, ihren Vater zu besuchen. Sie hatte in dieser halben Stunde eine Menge geschafft, und dank der – absurden? – Idee, die ihr gekommen war, konnte sie den Gedanken an Zac glücklicherweise verdrängen. Aber sie musste es in Ruhe durchdenken und durfte sich nicht von ihrer Aufregung hinreißen lassen. Margaret war schon da, obwohl sie erst in ein oder zwei Stunden hätte kommen sollen. Es war sofort klar, warum sie gekommen war. Sie wollte ihm sein Weihnachtsessen – ein besonderes – selbst servieren. „Georgia“, sagte Peter, „sag dieser Frau bitte, dass sie morgen nicht kommen soll. Wir kommen ohne sie zurecht. Unerwünscht.“ Er sah Margaret grimmig an. „Morgen?“, sagte Georgia entsetzt. „Oh, Margaret, das dürfen Sie nicht. Sie haben Ihr eigenes Weihnachten und Ihre Familie.“ Margaret errötete. „Sie gehören dazu“, murmelte sie. „Was hat

Weihnachten für einen Sinn, wenn man sich nicht um seine Familie kümmert? Sie werden kochen, Georgia, und geschäftig hin und her rennen, und Luke wird Ihnen helfen. Ich schaue nur einen Augenblick herein. Wenn ich irgendwann zu gebrechlich zum Arbeiten bin, können Sie mich aufs Altenteil verbannen. Bis dahin komme ich. Verstanden?"

„Heiligabend nehme ich mir frei", sagte Peter großspurig, als Margaret gegangen war. „Ich dachte mir, ich lese den neuen *Dalziel und Pascoe.* Oh, und vielleicht auch einen Allingham. Es ist lange her, dass ich *Die Spur des Tigers* gelesen habe."

„Vater, ich habe gute Nachrichten", sagte Georgia so ruhig wie möglich. „Sag jetzt nicht, dass Trevor Bloomfield einen Mord gestanden hat!" Er sah sie scharf an. „Schön wär's! Schau mal." Sie drückte ihm Zacs Karte in die Hand. „Reg dich nicht auf –" Peter hielt inne, als er die Karte ganz gelesen hatte. Er dachte ein oder zwei Sekunden nach und begriff dann, warum sie sie ihm gezeigt hatte. „Denkst du dasselbe wie ich?"

„Ja – das Erbe der Bloomfields war in irgendeiner Form bedroht, und deshalb mussten der Kalkhöhlenmann und/oder Guy Randolph vom Berthès-Hof sterben – und wahrscheinlich auch Terence Scraggs. Warum haben sie sich sonst all die Jahre so in Acht genommen?" So weit, so gut. Sie sah, dass Peter ihr folgen konnte. „Was hat Ada damit zu tun?" Peters Frage klang nicht provozierend. Genau wie sie dachte er schnell und fieberhaft. „Ich verstehe. Sie ist gar nicht die Hauptfigur. Deine Theorie ist, dass die Bloomfields immer Ärger im Dorf gemacht haben – 1929, 1943 und heute. Ein langer Zeitraum, nicht wahr? Kannst du mir einen Hergang schildern, Georgia?“

„Ja. Guy Randolph vom Berthès-Hof hatte Anspruch auf Wickenham Manor.“

„Wie kann das sein?“ Peters Frage war rhetorisch. Ihnen beiden dämmerte die Antwort. „Weil er nicht Guy Randolph war. Er war Jack Bloomfield.“

***

Sie hatten die Wahrheit die ganze Zeit vor Augen gehabt, aber in die falsche Richtung geblickt. Sie diskutierten über eine Stunde, und schließlich nickte Peter. „Okay, Georgia – jetzt bitte eine überzeugende Version.“ Sie brauchte einen Moment, um sich gedanklich in das Wickenham des frühen zwanzigsten Jahrhunderts zurückzuversetzen. „Es waren sechs junge Leute, Guy und Gwendolen, Ada und Anne, Jack und Matthew“, fing sie an. „Sie waren vor dem Ersten Weltkrieg der Mittelpunkt des gesellschaftlichen Lebens im Herrenhaus. Guy und Ada waren ein Paar, ob sie nun offiziell verlobt waren oder nicht. Jack und Guy kamen nicht aus dem Krieg zurück, danach heiratete Anne und Gwendolen verließ das Dorf. 1929 waren nur noch Matthew und Ada in Wickenham. Matthew heiratete in den frühen Zwanzigern Priscilla, die Wölfin, und auf Wickenham Manor wurde ein neues Kapitel aufgeschlagen. Jack war offiziell im Krieg gefallen und Guy verschollen. Ich muss noch einmal ins Public Record Office, um es zu prüfen, aber wahrscheinlich waren Jack und Guy, die beiden dicken Freunde, im gleichen Regiment, sogar im gleichen Bataillon. Wie auch

296

immer es dazu kam, sie hatten beide in der gleichen Schlacht gekämpft, in der Jack Bloomfield offiziell fiel und aus der Guy desertierte. Aber in Wirklichkeit fiel Guy und Jack Bloomfield – nach allem, was wir gehört haben, war er Guy charakterlich sehr ähnlich – desertierte. Vorher hatte er seine Erkennungsmarke mit der von Guy vertauscht. Er ist nun Guy Randolph, und wir wissen, dass er sich in Frankreich häuslich niederließ; zuerst bei der Tochter des Bauern Berthès und dann mit Rosanne. Leider findet er keinen Gefallen an Landwirtschaft oder überhaupt an schwerer Arbeit. Er erzählt der Familie, er sei der Erbe eines großen Landsitzes in England. Nicht Hazelwood House, wie wir dachten, sondern Wickenham Manor. Vielleicht hatte er die Nachricht vom Tod seines Vaters in der *Times* gelesen. Bei dem Lebensstil, den er bevorzugte, verfolgte er zweifellos, was in England vor sich ging. Das Problem ist nur, er weiß, dass er nicht zurückkehren kann."

„Warum?" Georgias Gedanken fuhren Achterbahn. Sie war etwas überrascht, dass Peter sie nicht schon eher unterbrochen hatte, denn sie war sich bewusst, dass hier mehr Spekulation im Spiel war als sonst. „Erstens ist er ein Deserteur, und soweit er weiß, kann er immer noch als Guy Randolph verhaftet werden. Zweitens wollte er vielleicht nicht die Verantwortung für den Besitz übernehmen, und drittens hätte es einen großen Rechtsstreit mit seinem Bruder um das Erbe gegeben. Natürlich war er offiziell tot, aber er musste sich nur in Wickenham sehen lassen, und das ganze Dorf hätte ihn erkannt."

„Warum ist er dann nach Wickenham gegangen, und wozu die Heimlichtuerei?" Jetzt hatte er sie in die Falle gelockt, dachte Georgia wütend. Nein, hatte er nicht. „Wie ich schon sagte – er wollte nicht die Verantwortung für Wickenham übernehmen. Aber er wollte *Geld*. Also hat er seinen Bruder und dessen Frau, die Wölfin, erpresst. Er ging schnurstracks inkognito ins Herrenhaus und gab sich als Guy Randolph aus. Das Dienstmädchen erkannte ihn glücklicherweise nicht, obwohl er damit ein Risiko einging. Es muss ein Schock für Matthew gewesen sein, vor allem, da er wohl nicht so viel Geld lockermachen konnte, wie sein Bruder Jack es sich vorstellte. Außerdem hat Jack ihm zweifellos vor Augen geführt, dass er eigene eheliche Kinder hatte, die sich sicher für ihr Erbe interessieren würden. Dann der nächste Schreck, als mitten in ihrer Diskussion das Telefon klingelt und eine aufgeregte Ada Proctor am Apparat ist. Jetzt sitzen sie in der Klemme. Die Bloomfields können nicht riskieren, dass Ada Jacks Gesicht sieht, und Jack darf es auch nicht, wenn er an sein Geld kommen will. Also ...“

„Mach weiter“, sagte Peter, als sie abbrach. „Ich kann nicht. Ich sitze fest.“

„Wie wäre es damit?“ Peter spann den Faden für sie weiter. „Jack alias Guy verabredet sich für später mit Ada im Herrenhaus oder irgendwo am Wegesrand, vielleicht an einer Stelle, die sie beide gut kannten, weil sie sich dort oft getroffen hatten. Jack hat vielleicht davon gewusst und denkt: Ada ist das beste Werkzeug für die Erpressung. Die Bloomfields sitzen in der Falle. Wenn sie nicht zustimmen, wird Ada die Nachricht von Jacks Heimkehr in Windeseile verbreiten. Gegen – sagen wir – zehn Uhr haben sie sich finanziell irgendwie geeinigt, oder auch früher, da Jack zu Fuß zu dem

Treffpunkt gehen musste. Als Ada auftauchte, war ‚Guy‘ nicht mehr da.“

„Akzeptiert“, sagte Georgia. „Es gibt nur ein Problem in Jacks Plan. Auf Wickenham hatten sie kein Geld, um ihn auszuzahlen. Matthew und Priscilla sehen ihre ganze Existenz bedroht und das Erbe ihrer Kinder in Gefahr. Jack war für tot erklärt worden und würde eine Weile brauchen, um diese Erklärung rückgängig machen zu lassen, aber es war möglich. Sein Gesicht war Beweis genug, und außerdem wusste er alles über das Familienleben vor dem Krieg. Sie sahen nur einen Ausweg. Jack musste verschwinden, bevor Ada auftauchte, und diesmal für immer.“

„In der Kalkhöhle“, murmelte Peter. „Ja. Matthew bringt – entweder allein oder gemeinsam mit der Wölfin – Jack und Ada um.“

„Langsam, Georgia. Warum Ada? Sie konnten es zeitlich so einrichten, dass sie ihre Ankunft verpassen würden. Sie müssen gewusst haben, dass sie irgendwann gegen zehn Uhr abends kommen würde, wenn unser Ablauf stimmt. Und sie hätten sie nicht auch erwürgen wollen, vor allem Matthew. Viel zu riskant.“

„Die Wölfin wäre nicht so zimperlich gewesen“, sagte Georgia. „Üble Nachrede.“

„Es ist doch nur eine Theorie.“

„Dann mach weiter, aber der Reihe nach. Ich bin nicht rundum zufrieden.“

„Ich auch nicht. Vielleicht haben sie sich in der Zeit geirrt …“ Georgia war verwirrt. „Vielleicht haben sie Jack umgebracht, brauchten aber länger als erwartet, um ihn in die Kalkhöhle zu schaffen. Sie hatten bestimmt keinen so engen Zeitplan. Ich komme nicht weiter. Es passt zeitlich einfach nicht."

„Zeit", wiederholte Peter nachdenklich. „*Zeit*. Die Uhr, die er trug ... Kann sie eine andere Zeit angezeigt haben? Er kam ja aus Frankreich."

„Nein, ich bin ziemlich sicher, dass 1929 in Frankreich die gleiche Uhrzeit galt wie in Greenwich. Falsche Fährte, Peter."

„Zeit kann sehr wohl eine Rolle spielen", beharrte er. „Sonst gibt es keine Erklärung für Adas Tod. Meiner Meinung nach ist Ada putzmunter um zehn Uhr erschienen, genau rechtzeitig, um mitanzusehen, wie der Mann, den sie für ihren Geliebten hielt, umgebracht oder in die Kalkhöhle geworfen wurde. Aber wie du schon sagtest – warum haben die Bloomfields den Mord ausgerechnet da begangen, obwohl sie wussten, dass Ada jeden Moment auftauchen würde?"

„Vielleicht", Georgia durchdachte den Einwand logisch, „wussten sie es *nicht*. Wenn das Dienstmädchen, oder sogar Jack selbst, den Anruf entgegengenommen hat – immerhin war es einmal sein Zuhause gewesen –, wusste nur er, was er mit Ada verabredet hatte. Vielleicht", sie schöpfte Hoffnung, „vielleicht hat er das zurückgehalten – als Absicherung, falls er sich mit den Bloomfields nicht einigen würde. Sie wollen die Dinge nicht so sehen wie er, also steht er auf und sagt, er werde den letzten Zug nach London nehmen. Auf dem Weg dorthin begegnet er – zufällig – Guys früherer Freundin. Vielleicht hat sie Jacks Stimme am Telefon nicht erkannt, aber von Angesicht zu Angesicht sah sie mit Sicherheit, dass es Jack war und nicht ihr geliebter Guy."

„Gut", sagte Peter anerkennend. „Aber liebste Georgia, wenn er nun um viertel nach zehn oder halb elf mit ihr verabredet gewesen wäre und seine dramatische Ankündigung zwischen halb zehn und viertel vor zehn gemacht hätte, hätten die Bloomfields sicher dafür gesorgt, dass Jack Ada nicht über den Weg laufen würde. Schachmatt, denke ich."

„Noch nicht." Georgia kämpfte mit diesem letzten Stolperstein. Was hatte Peter vorhin gesagt? Putzmunter. *Das* war es. „Natürlich, Peter. Ada war eine Frau", rief sie triumphierend. „Ich habe immer gesagt, dass du ein großer Detektiv bist, Watson."

„Bitte Ruhe. Ada hat Guy mindestens zwölf Jahre nicht gesehen. Sie will keine Sekunde des Wiedersehens verschwenden. Sie ist sicher, dass er es genauso empfindet. Vielleicht erscheint er früher als geplant. *Und das würde sie auch.* Und so ertappt sie die Bloomfields dabei, wie sie gerade Jack in die Kalkhöhle werfen."

„Möglich. Sogar wahrscheinlich", sagte Peter gnädig nach einem Schweigen, das ihr ewig vorgekommen war. „Ich merke aber, dass wir beide von *ihnen* reden, nicht nur von Matthew Bloomfield."

„Wo Matthew war, war die Wölfin nicht weit, nehme ich an."

„Lady Macbeth hat sich also die Hände schmutzig gemacht. Sie haben Ada erwürgt?" Georgia nickte. Jetzt war der Boden unter ihren Füßen sicherer. „Sie ist entweder um ihr Leben gerannt oder mit ihnen bis zum Waldrand gegangen, wo sie umgebracht wurde. Dann haben sie sie zurück nach Crown Lea geschleift oder getragen."

„Warum haben sie sie nicht auch in die Kalkhöhle geworfen?“

„Sie wäre vermisst worden.“

„Warum das Feld?“

„Sie mussten die Leiche von der Kalkhöhle und dem
Wickenham-Anwesen wegbringen. Unter den Beweisstücken war keine Taschenlampe aufgelistet. Das heißt
noch nichts, aber vielleicht lag es daran, dass ihre Taschenlampe dort liegenblieb, wo sie umgebracht
wurde, und dass Lord oder Lady Macbeth sie später eingesammelt haben. Adas Handtasche musste gemeinsam mit ihr verschwinden, sonst hätte man sie gefunden.“

„Einverstanden. Erledigt. Theorie vorerst akzeptiert.“
Peter lehnte sich zufrieden zurück, und Georgia dachte
sehnsüchtig an eine Pause. „Nun zu der Wölfin ...“, begann Peter. Georgia sah, wohin das führen würde. Nun
gut, am besten brachten sie es sofort hinter sich. Sie
dachte einen Augenblick nach und sagte dann: „Die
Wölfin und der Pfarrer. Meine Theorie dazu lautet wie
folgt: 1943 ist Matthew schon sehr gebrechlich; er weiß,
dass er nicht mehr lange zu leben hat und der Mord an
seinem Bruder lastet schwer auf ihm. Er muss gestehen.
Das tut er auch, er beichtet es dem Pfarrer. Die Wölfin
ist außer sich vor Wut, als Matthew es ihr erzählt oder
als sie es herausfindet, denkt aber, dass der Pfarrer sie
aus den gewohnten Gründen nach Matthews Tod nicht
verraten würde. Aber dann erscheint François auf der
Bildfläche, und der Pfarrer sitzt in der Klemme. Wenn
Matthew die Verbindung zu den Randolphs erklärt hat,
weiß er, dass François wirklich Jack Bloomfields Sohn
ist und François und seine Brüder Anspruch auf

Wickenham haben. Was sollte er tun? François zu den Randolphs oder den Bloomfields schicken? Er hält beides für falsch. Er notiert François' Adresse und sagt Priscilla, dass sie François die Wahrheit gestehen müsse. Das bringt ihm den Tod."

„So weit, so gut", sagte Peter zufrieden. „Aber was, wenn Matthew dem Pfarrer nur gestanden hat, dass er seinen Bruder und Ada umgebracht hatte, ohne etwas von der Verbindung zu den Randolphs verlauten zu lassen? Matthew hatte keinen Grund, es zu erwähnen."

„Ah." Georgia war aus der Bahn geworfen. Oder doch nicht? „Der Pfarrer hätte François die Adresse der Randolphs gegeben, wenn er sie hatte. *Aber*", sie dachte fieberhaft nach, „wenn François im Herrenhaus kein Glück hatte, hat er der Wölfin in aller Unschuld gesagt, dass er zum Pfarrer gehen würde. Und das tat er, aber der Pfarrer hatte entweder die Adresse nicht – oder er wurde misstrauisch, als François anfing, über Guy Randolphs Hintergrund zu reden, und war daher auf der Hut. Also schickt er François zum Dienstmädchen der Bloomfields."

„Warum?", fragte Peter höflich. Zeit für ein sinkendes Herz. „Um die Verantwortung loszuwerden", versuchte sie es hoffnungsvoll. „Guy Randolph kam 1929 hierher, und Jack Bloomfield und Ada wurden ermordet. Sicher kein Zufall, denkt er. Er kann nichts sagen, aber warum sollte er nicht François eine faire Chance geben, nachzuforschen? Er schickt ihn zum Dienstmädchen des Herrenhauses, sagt aber, falls er die Adresse der Randolphs finden würde, würde er sie ihm schicken. Das Dienstmädchen der Bloomfields hat die Adresse der Randolphs nicht. Ende der Geschichte." Sie warf Peter einen nervösen Blick zu, aber zu ihrer Erleichterung machte er keine Bemerkung. „Und dann“, schloss sie, „geht der Pfarrer nach François' Besuch zu Priscilla, der Wölfin. Er sei hin- und hergerissen, sagt er. Matthew hat seine Frau nicht hineingezogen, aber der Pfarrer fühlt sich auch den Randolphs verpflichtet.“

„Beide Möglichkeiten akzeptiert“, sagte Peter. „Mach weiter.“

„Vielen Dank. Der Pfarrer ist eine tickende Zeitbombe, denkt die Wölfin. Er kommt ja viel herum, und der Himmel weiß, was er sagen wird. Die Wölfin muss an die Zukunft ihres Sohnes denken. Also muss der Pfarrer verschwinden. Es ist ein Leichtes, ihn zum Mittagessen einzuladen und das Rattengift in die Pastete zu mischen. Sie geht nicht so weit, seine ganze Familie zu ermorden –“

„Ich bin erleichtert.“

„Das war es“, schloss Georgia. „Was ist mit Terence Scraggs?“, kam die unvermeidliche Frage. Noch eine Hürde zu überwinden … Sie nahm sich zusammen. „Okay. Also: Terence ist ein Randolph. Großvater François hat ihm diese Legende über den großen Landsitz und François' eigenen vergeblichen Vorstoß erzählt. Also kommt er nach Wickenham, um mit Trevor Bloomfield zu reden. Er hat auch von dem Skelett in der Kalkhöhle gehört. Er zeichnet einen Grundriss von dem Landsitz und fängt an, zwei und zwei zusammen zu zählen, aber leider kommt drei heraus. Er glaubt immer noch, Guy Randolph sei 1929 hierhergekommen und das Skelett in der Kalkhöhle gewesen, und er nahm unschuldig an, dass Trevor es gern wissen wollte. Oder“, fügte sie hastig hinzu, als sie Peters Gesicht sah und seine Miene richtig deutete, „nicht ganz so unschuldig. Vielleicht sah er eine Gelegenheit zur Erpressung."

„Und wohin, liebe Tochter, führt uns das?"

„Zurück zu den Bloomfields."

„Ihre DNA-Proben passten nicht zu dem fremden Haar."

„Vielleicht hatte das Haar gar nichts damit zu tun."

„Trevor Bloomfield ist Geschäftsmann. Er hätte wegen einer angedrohten Erpressung von Leuten wie Terence nicht die Nerven verloren, und außerdem – womit hätte man ihn erpressen sollen? Dass sein Großvater aus irgendeinem Grund Guy Randolph beseitigt hat? Na und? Es ist über siebzig Jahre her. Wenn Trevor Bloomfield Scraggs am Reden hindern wollte, dann hätte er ihm mit der Aussicht auf eine Geldbuße gedroht und nicht an seine Moral appelliert. ‚Wo sind Ihre Beweise?' hätte er gefragt."

„Irgendein Damoklesschwert muss über den Bloomfields gehangen haben", behauptete Georgia eigensinnig, „und nun ist es auf sie niedergegangen. Vielleicht wussten alle – oder zumindest die Erben –, dass Jack sich als Randolph ausgab und eine eigene Familie hatte. Sie hätten *nicht* gewusst, welche Beweise diese Familie vielleicht noch dafür hatte, dass Guy Randolph tatsächlich Jack Bloomfield war. Angenommen, Trevor hat Wind davon bekommen, dass jemand namens Randolph ihren Anspruch auf den Besitz in ernste Gefahr bringen konnte."

„Meinetwegen. Das kann ich schlucken", stimmte Peter gnädig zu. „Aber nicht, dass er Scraggs ermordet hat.

‚Wir sehen uns vor Gericht‘ – das wäre Trevors Reaktion gewesen.“

„Kommt es nicht darauf an, was Terence zu ihm gesagt hat? Er war nicht gerade weltgewandt, aber sehr intelligent, und er hätte darauf kommen können, dass zwischen den Bloomfields und den Randolphs eine Verbindung bestand.“ Sie erwärmte sich dafür. „Schließlich hätte François ihm alles über seine Besuche im Herrenhaus und, wenn wir richtigliegen, beim Pfarrer erzählen können. Stell dir vor, Terence platzte herein und stellte Forderungen an Trevor. *Hey, ich bin zwar ein Randolph, kann aber beweisen, dass ich in Wirklichkeit ein Bloomfield und der Erbe von Wickenham bin.* Der Verkauf war gerade im Gang, und wenn man bedenkt, welchen Stress die Bloomfields mit dem Protest wegen der Sportplätze hatten, war es vielleicht der Tropfen, der das Fass zum Überlaufen brachte. Eine Verzögerung hätte den Verkauf im Fall des Hotels zunichtemachen können. Niemand hat gern eine Klage am Hals, ob sie nun erfolgversprechend ist oder nicht. Terence hätte nicht gezögert, seinen Anspruch auf alles, aber auch alles, geltend zu machen.“

„Das kann sein, aber muss ich dich *schon wieder* daran erinnern, Georgia – es gibt keine DNA-Beweise dafür, dass die Bloomfields mit dem Mord an Scraggs zu tun haben. Sie und so ziemlich alles, was in Wickenham kreucht und fleucht, haben eine Probe abgegeben. Du mutierst langsam selbst zur Wölfin, was die Bloomfields betrifft. Ich stimme dir zu, dass Priscillas Methoden, Leute zum Schweigen zu bringen, drastisch sind, aber heute sind die Gerichte eine viel wirkungsvollere Waffe als Mord. Vor allem, wenn die eine Seite Geld hat, und die andere nicht.“ Georgia hatte nur mit halbem Ohr zugehört. „Das ist es“, sagte sie langsam. „Das ist was?“, fragte Peter und klang sehr ärgerlich. „Du hast gesagt, dass *alle* Bloomfields DNA-Proben abgegeben haben. Du meintest den Vater und die beiden Söhne, die bei der Demonstration zu sehen waren. Was ist mit der Wölfin im Schafspelz – Julia? Die Bloomfields haben sich aus dem Staub gemacht und Wickenham verlassen. Hat sie freiwillig eine Probe abgegeben, bevor sie gegangen sind? Ich bezweifle es. Und sie hätte keine Gefährdung des Verkaufs oder ihrer finanziellen Sicherheit hingenommen. Trevor hat vielleicht Scraggs mit seinem großspurigen Auftreten abgeschreckt, aber seine *eigene* Wölfin hat es nach Taten gedrängt, als sich eine so glänzende Gelegenheit bot. Julia war interessiert genug, mir zu helfen, als ich ihr zum ersten Mal begegnet bin; aber als ich den Namen Randolph erwähnt habe, ist Trevor in Panik geraten. Wahrscheinlich hat er ihr die Hölle heißgemacht, als ich weg war, und ihr klipp und klar gesagt, warum der Name Randolph so unbeliebt war. Wie ich Julia kenne, hat sie die Botschaft verstanden. Und danach *gehandelt*.“ Peter runzelte die Stirn. „Du lehnst dich weit aus dem Fenster, oder?“

„Tatsächlich?“ Sie griff nach dem Ordner mit dem Beweismaterial und durchsuchte ihn nach dem Polizeibericht, den Mike ihnen gegeben hatte. „Hier“, sagte sie triumphierend. „Die Bloomfields kamen heraus, und der Vater und der jüngere Sohn zogen sich zurück. Jacob blieb zunächst und ging erst später, aber zu diesem Zeitpunkt war Terence noch am Leben. Julia Bloomfield wird überhaupt nicht erwähnt. Laut ihrem Mann war sie im Haus. Was konnte sie daran hindern, sich eine Sturmmütze überzuziehen, hinter dem Haus hervorzukommen und sich unter die Elgins zu mischen?"

„Nein, Georgia, nichts. Aber wir sind im Hier und Jetzt und nicht im Märchenland."

„Hier und jetzt *passieren* Dinge. Vielleicht lohnt es sich, Mike beiläufig – wirklich nur *ganz* beiläufig – zu fragen, ob Julia Bloomfield eine DNA-Probe abgegeben hat, um zu sehen, ob die zu dem Haar passt, das unter Terence Scraggs' Fingernagel hängengeblieben ist?"

***

Als sie am späten Abend nach Hause kam, fand sie dort Luke, ein Feuer im Kamin und, dem Duft nach zu urteilen, etwas zu essen im Ofen vor. Die Weihnachtsbeleuchtung brannte, ihre Hausschuhe standen vor dem Sofa. Luke drehte sich um, als sie eintrat, und kam ihr entgegen. „Nun, Liebling? Fortschritte?"

„Wir glauben, dass du dein Buch bekommst."

„Was ist passiert?" Georgia lächelte. „Das, worauf Peter immer gehofft hat. Jack ist heimgekehrt."

Epilog

„Wie findest du Wickenham jetzt?", fragte Luke. Es war Neujahr, und das Dorf zeigte sich von seiner schönsten Seite – Eltern waren mit ihren Kindern unterwegs, schlenderten durch den Park oder stapften in Richtung Sportplatz. Ein Todd sprach mit einem Elgin und *The Green Man* war festlich geschmückt.

„Herrlich", antwortete Georgia. Das war es auch. Sie hätte geschworen, dass keine Fingerabdrücke mehr da waren. Eine ganze Woche ohne den Fall Ada Proctor – ein Traum! Und gestern Morgen hatte Mike angerufen und gesagt, dass die DNA-Probe des Skeletts genug Übereinstimmungen mit der von Trevor Bloomfield aufwies, um die Polizei davon zu überzeugen, eine DNA-Probe von Julia Bloomfield zu nehmen. Wenn sie zu dem Haar passte, das bei Terence Scraggs gefunden worden war, würde man sie wegen des Mordes an ihm anklagen. Peter hatte gemurrt. Georgia hatte den Verdacht, dass er Wickenhams Fingerabdrücke schon aus seinem Bewusstsein gewischt und den Fall aus East Anglia längst vergessen hatte. Er interessierte sich mehr für einen abgelegenen Pub, den sie während der Feiertage besucht hatten. *Friday Street* hieß er, und sogar Georgia musste zugeben, dass dort eine seltsame Atmosphäre herrschte. Dann hatte sie es vergessen, als Morris-Tänzer erschienen, um ihren traditionellen

Weihnachtstanz aufzuführen, und sie und ihr Vater hatten hitzig über das Pro und Contra alter Bräuche debattiert. Eine Pflicht und ein Vergnügen warteten jedoch noch in Wickenham und deshalb waren sie, Peter und Luke hier: Mary Elgin. Irgendwie war es ihnen gelungen, Peters Rollstuhl in den kleinen Fahrstuhl von *Four Winds* zu bugsieren. Er wollte unbedingt dabei sein, und da Mary wieder bettlägerig war, ließ das Personal sie nicht herunterkommen. Georgia fand, dass sie sehr schwach wirkte, aber zu ihrer Erleichterung war sie geistig hellwach. Das knallbunte, neue Halstuch war auf der Bettdecke ausgebreitet – ein gutes Zeichen. „Sie sind zu dritt, he? Also ist endlich alles gut." Mary sah sie der Reihe nach hoffnungsvoll an. „Ja, Mary. Wir glauben, dass wir den Fall gelöst haben."

„Es waren diese Bloomfields, nicht wahr?"

„Ja."

„Immer Ärger mit dieser Sippe, sagte Mum. Widerliche Bande. Wickenham wäre ohne sie besser dran, fand sie."

„Und nun ist es sie los."

„Das ist gut. Also ist Davys Unschuld bewiesen."

„Ja", sagte Peter ernst. „Das Problem ist nur, Mary, dass es nicht mehr offiziell festgestellt werden kann. Auch wenn man die Leiche von Jack Bloomfield gefunden hat, der in der gleichen Nacht gestorben ist, und wir sicher sind, was passiert ist, kann niemand vor einem Gericht beweisen, dass es stimmt. Wir können eine offizielle Rehabilitierung von Davy Todd beantragen, aber der Erfolg ist zweifelhaft. Nicht, weil die Polizei es nicht glaubt, sondern aus formalen Gründen." Mary gab keinen Ton von sich und rührte sich auch nicht. Sie sah ihn nur an. „Was wir tun können“, fuhr er fort, „ist, unser Buch zu veröffentlichen. Wir können dafür sorgen, dass jeder, der es liest, erfährt, dass Davy unschuldig war.“ Jetzt kam der schwierige Teil, den Georgia nur zu gut kannte. Sie hatten endlos diskutiert, nicht nur in diesem Fall, sondern auch in vorigen. „Wir können unser Buch veröffentlichen, dann ist Davy theoretisch rehabilitiert“, hatte sie gestern zu ihrem Vater gesagt, „aber die Unschuldigen in der Familie Bloomfield werden darunter zu leiden haben. Juristisch ist es kein Problem, aber moralisch schon.“

„Das können wir nicht beurteilen“, antwortete er. „Wir können unser Material präsentieren, unsere Schlüsse daraus ziehen und klarstellen, dass Beweise und Schlussfolgerungen nicht das Gleiche sind.“ Jetzt schaute Mary angewidert von einem zum anderen. „Wer in Wickenham liest schon ein ganzes verdammtes Buch? Nun ja, Sie haben getan, was Sie gesagt haben. Ich wusste, dass er unschuldig war, und Sie haben mir erzählt, was passiert ist. Also kann ich dort oben ankommen und sagen ‚Hallo, Davy, ich komme, um zu bleiben‘ wann es mir passt.“ Mary schloss die Augen und Georgia bekam Angst. Sie verstand, dass sie nicht das Richtige gesagt hatten. Mary dachte immer noch an den Tod. Was hatten sie noch zu bieten? Vielleicht war es doch falsch gewesen, zu glauben, dass sie es der mürrischen alten Dame aus der Teestube rechtmachen könnten. „Wer liest schon ein dämliches Buch?“, wiederholte Mary matt, immer noch mit geschlossenen Augen. „Eine ganze Menge Leute“, sagte Luke bestimmt, „und wir können das Buch bekannt machen – mit Rezensionen in der Zeitung und Fernsehinterviews –“

Mary schlug die Augen auf. „Sie meinen, ich kann ins Fernsehen kommen? Jetzt sagen Sie aber etwas!" Langsam richtete sie sich in ihren Kissen auf. „Hör mal, Davy", krächzte sie. „Ich komme bald – aber vorher muss ich ins Fernsehen!"